隠《お》温《う》羅《ら》　よろず建物因縁帳

内藤 了

講談社
タイガ

デザイン──舘山一大
写真──Getty Images / Hara Taketo / EyeEm

目次

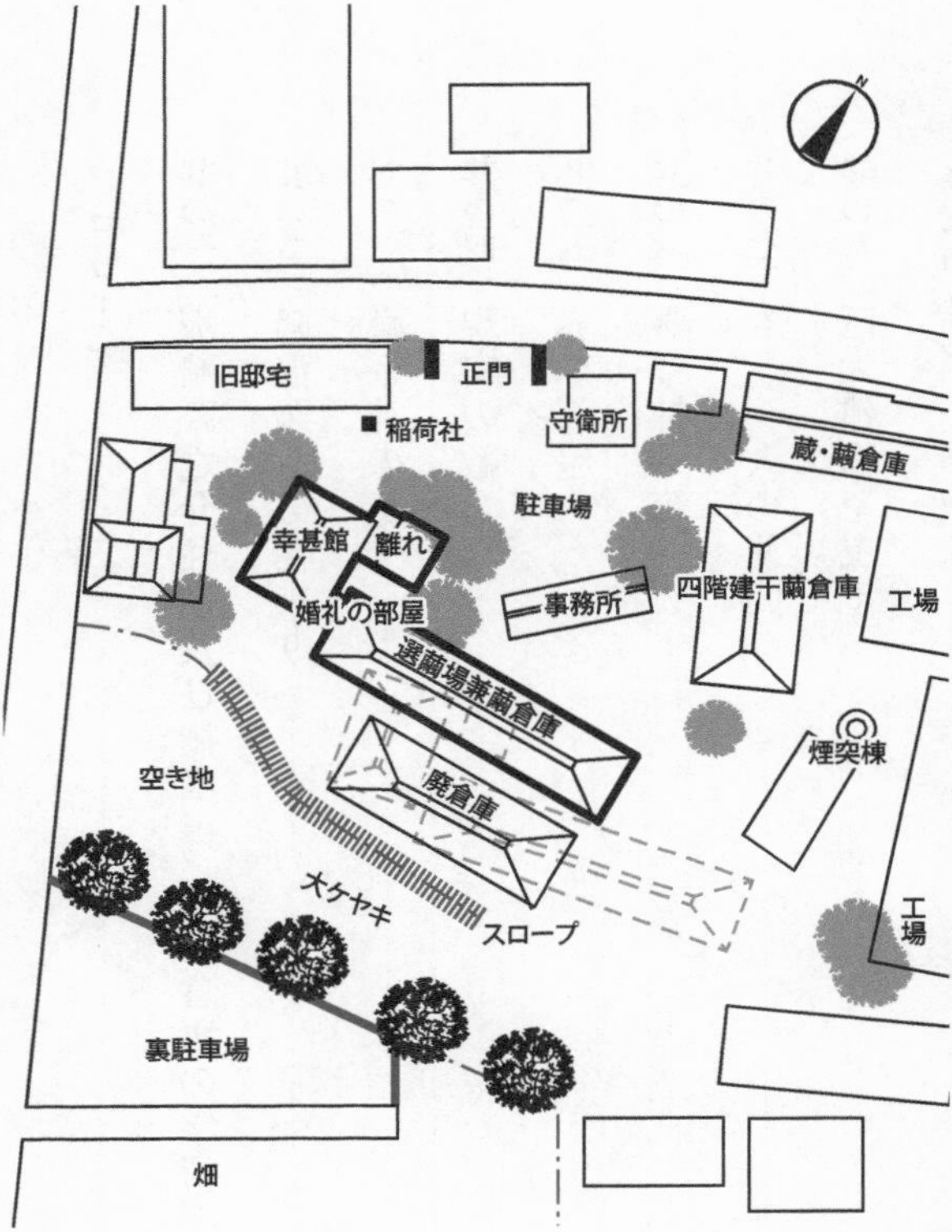
旧邸宅
正門
稲荷社
守衛所
蔵・繭倉庫
駐車場
幸甚館
離れ
婚礼の部屋
事務所
四階建干繭倉庫
工場
選繭場兼繭倉庫
煙突棟
空き地
廃倉庫
大ケヤキ
スロープ
工場
裏駐車場
畑

坂崎製糸場位置図

登場人物紹介

高沢《たかざわ》　春菜《はな》――広告代理店アーキテクツのキャリアウーマン。隠温羅《おうら》流のサニワ。

守屋《もりや》　大地《たいち》――仙龍《せんりゅう》の号を持つ曳家《ひきや》師。鐘鋳《かない》建設社長。隠温羅流導師。

崇道《すどう》　浩一《こういち》――鐘鋳建設の綱取り職人。号は風鐸《ふうたく》。

守屋《もりや》治三郎《じいちろう》――鐘鋳建設の専務。仙龍の祖父の末弟。棟梁と呼ばれている。

花岡《はなおか》　珠青《たまお》――仙龍の姉。青鯉と結婚して割烹料理『花筏』の女将をしている。

小林《こばやし》　寿夫《ひさお》――民俗学者。信濃歴史民俗資料館の学芸員。

加藤《かとう》　雷助《らいすけ》――廃寺三途寺に住み着いた生臭坊主。

井之上《いのうえ》　勲《かおる》――春菜の上司。文化施設事業部局長。

長坂《ながさか》　金満《かねみつ》――長坂建築設計事務所の所長。春菜の天敵だった。あだ名はパグ男。

隠温羅

よろず建物因縁帳

プロローグ

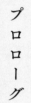

芽吹き間近の木々は枝の先がほんのり赤くて、地肌が透ける山々を日本の色に覆《おお》っている。そこに桜の花が咲き、薄紅の雲が湧《わ》くかのようだ。

台風で決壊した千曲川《ちくまがわ》の土手にも桜は咲いて、生きていたよと訴えている。芳香は微《かす》かだが、一斉に咲き競うので、夕刻から夜にかけては風を甘やかに感じるほどだ。春が来るたび植物の生命力を思い知らされるが、最たるものが桜だろう。仕事終わりに深呼吸しながら、崇道浩一《すどうこういち》は会社の敷地《しきち》に積み上げられた枕木《まくらぎ》を仰いだ。

枕木は曳家《ひきや》に欠かせない材のひとつで、整然と積まれたそれは見上げると巨大なモニュメントのようだ。曳家の際には地面に敷かれ、渡したレールの上を建造物が滑《すべ》っていく。仕事が終わればまたここへ運ばれて、手入れしてから積み上げられる。コーイチが社員になったばかりの頃も枕木は同じかたちで積まれていたし、先輩たちが社員になったばかりの頃も、やはり同じように積まれていたのだ。偶然目にした曳家に心奪われ、職人になると決意したあのときも、同じ枕木が建物と地面をつないでいたのに違いない。敷地に並ぶ重機やトラックや現場資材には、隠温羅流《おうらりゅう》の職人たちの心意気が光っている。

迫り来る『そのとき』の足音が、耳ではなくて臓腑《ぞうふ》に響く。

陰《かげ》の流派を継承してきた鐘鋳《かない》建設。綿々と受け継がれてきた流儀の仕来り、神宿る曳家、それらをどれほど愛したことかと、コーイチは考える。

彼が勤める鐘鋳建設は長野市郊外に社屋をかまえる曳家業者だ。社屋正面には駐車場兼資材置き場が、裏に社員用の駐車場があり、建物の一階が工場で、二階が事務所になっている。この会社は因縁《いんねん》がらみの建造物を扱うことが多く、発注元は同業者だ。手がける物件に障《さわ》りがあったり、古い建物に隠温羅流の因が見つかると、業者は鐘鋳建設に因縁祓《ばら》いを頼むのだ。隠温羅流は鐘鋳建設が継承する流派で、因縁物の障りを祓って次の世代へ引き継ぐことを旨としている。曳家のとき屋根に登って差配する者を導師と呼ぶが、隠温羅流導師は因縁を祓って因縁に呼ばれ、齢《よわい》四十二の厄年に命を終える宿命を負う。現在の導師は社長の守屋大地《もりやたいち》で『仙龍《せんりゅう》』を名乗り、コーイチの師匠にあたる。

「お疲れ」

と、声がして、先輩職人が会社を出ていく。

「お疲れっした」

下《した》っ端《ぱ》職人のコーイチは頭に巻いたタオルを外して腰を折る。

「先に上がるぞ。そっちも大概にしておけよ」

「うっす、了解っす」

二階からゾロゾロと職人たちが下りてきて、コーイチに手を上げ、帰っていく。大工《だいく》は朝が早いので基本的に残業をしない。早めに帰って体を休め、翌日の重労働に備えることが大切なのだ。

一同が社員用駐車場へ行くのを玄関で見送ってから、コーイチは事務所へ上がった。定刻を過ぎた事務所の中はいつにも増してガランとしている。社長の仙龍は打ち合わせから戻っておらず、帳場を仕切る棟梁《とうりょう》も同道していて留守である。事務所にいるのはコーイチだけだ。

「よっしゃ」

両手を擦り合わせてタイムカードを刻み、手を洗ってから資料室へ向かった。

資料室は事務所の片隅《かたすみ》に造られた特殊な部屋で、防炎設備が施されている。備え付けの棚に古書や図面が並んでいるが、すべて隠温羅流が曳《ひ》いた因縁物件の記録で、どんな因縁をどのように断ち切って、どう曳家したのか、また誰が責任を引き継いだのかがわかるようになっている。隠温羅流は関わった因縁物に『因』と呼ばれる三本爪《づめ》の印を残すから、時を経《へ》てそれが見つかった場合でも来歴を調べられるようにしておくのだ。ただし、因縁物の資料は突然火を吹くことがあるので、この部屋だけは用心のために窓もない。隠温羅流の身上は、人より長い寿命を持つ建造物を浄化して、次の世代へ引き継ぐことだ。

分厚いドアの内部には埃《ほこり》と紙の匂《にお》いが籠《こ》もっている。部屋は狭いが椅子《いす》とテーブルが置かれていて、テーブルにはすでに資料が積まれている。ここ数日、仕事終わりにコーイチが調べ物をしているからだ。

「今日もお願いしますよ」

椅子を引き、資料の前で姿勢を正すと、名刺入れを出してテーブルに置いた。木目も美しい名刺入れには『風鐸《ふうたく》』と文字が刻まれている。

にやけ顔でそれを眺《なが》めて、鼻の下をこすってから真顔になった。

隠温羅流では研鑽《けんさん》五年で真の弟子入りを許されて、職人の号と、儀式に使う純白の法被《はっぴ》を賜る。コーイチは数日前に法被式を終えて『風鐸』の号を受け、それを境に誰も『コー公』とか『コーイチ』とは呼ばなくなった。風鐸と呼ばれるたびにコーイチは、自分が隠温羅流の一員になれたことを実感する。名刺入れは隠温羅流のサニワからの贈り物で、棟梁が命名式に墨書きした文字が彫り込んである。サニワは名を春菜《はな》といい、広告代理店で文化施設事業部の営業職をしている仙龍の婚約者だ。塩でも酒でも水でもなく、コーイチはこの名刺入れをお守りにしている。

「んじゃ、やりますか」

古い台帳を引き寄せて、和紙を挟んだページを開いた。調べているのは隠温羅流が関わってきた因縁物件と依頼人の名前で、欲しいのは鐘鋳建設の前身だった鐘鋳曳屋の導師鈺龍《ぎょくりゅう》こと守屋正十郎《せいじゅうろう》が差配した上田《うえだ》市の坂崎《さかざき》製糸場にまつわる『蟲峯神《やねがみ》封じ』の記録である。

その製糸場の敷地内には三代目坂崎蔵之介《くらのすけ》が建てた邸宅があり、変形屋根の内側に『蠱峯神』なるものが封印されている。奉ずる者には莫大《ばくだい》な富をもたらすが、富を独り占《ひとじ》めすることは許されず、邪《よこしま》な者が近寄れば蟲《むし》を放って殺すといわれる神である。蠱峯神の来歴は謎《なぞ》に満ち、民俗学者でも存在を知る者がほとんどいない。最近、その蠱峯神を封じた邸宅が市に寄贈されることになり、春菜が勤める広告代理店アーキテクツが調査に入ると決まったのだが、この神はすでに役所の担当課長を殺しているのだ。

ヒントになり得る項目が見つかると、和紙の短冊にメモを書き込み資料の間に忍ばせていく。古くて貴重な資料を傷めないための配慮だ。そしてパソコンにも記録する。

窓のない部屋は景色が見えない。夕暮れは夜になり、さらに時間が経《た》っていく。どれくらい過ぎたのか、眉間《みけん》に縦皺《たてじわ》を刻んで書類の山に埋もれていると、突然、ドアが開いた。

「なんだ風鐸。まーだ調べ物をしていやがったか」

瞼《まぶた》の下がった目をシバシバさせて、文句を言ったのは棟梁だった。開襟シャツにハゲ頭、老齢ながらに引き締まった体軀《たいく》の棟梁は、仙龍の女房役でご意見番だ。

「あまり根を詰めるなよ」

棟梁の後ろから仙龍も顔を出し、コーイチはようやく時間を確認した。すでに午後十時になろうとしている。

「あやや、こんな時間になってたんっすね」

棟梁は呆《あき》れ顔《がお》で腕組みをした。

「事務所に鍵《かぎ》も掛けねえで、独りで奥に籠もってちゃ困るよ。入ってきたのがあっしらでなく、泥棒だったらどうするつもりだ」

「すんません。社長が戻ってくるまでと思って」

恐縮して頭を掻《か》くと、仙龍は苦笑した。

「せめて戸締まりはしてくれよ」

「はい。今後は気をつけるっす」

コーイチは立ち上がって二人に詫《わ》びた。

メシは喰《く》ったか、と、仙龍が訊《き》く。

「や。これで帰りますんで」

「何か喰いに行くか？　俺たちもまだなんだ」

すると棟梁は手の甲で宙を払いながら、

「あっしは帰るから若と二人で行っとくれ」

そしてようやく結婚を決めた又甥《またおい》に当てつけがましく付け足した。

「家に女房を待たせてるもんでね」

仙龍は澄ましている。コーイチは急いで片付け、三人一緒に資料室を出た。

事務所を通るとき棟梁はタイムカードを確認したが、コーイチがすでに退勤扱いになっていたため何も言わなかった。

躾《しつけ》の厳しい会社だから、甘い考えで入った者はひと月も保《も》たずに辞めていく。それでもいいと棟梁たちは思っている。扱う物件が因縁がらみなので、舐《な》めて挑めば命に関わる。五年の研鑽を経て身につけるのは生き様だ。真っ当なことを真っ当にやる。それがなにより重要なのだ。若い者たちが育っていくのを、棟梁は仙龍の後ろで見守っている。

事務所を施錠して階段を下り、玄関も施錠した。

外には花冷えの風が吹いていた。

「見なよ。いい夜じゃねえか」

街を黒々と取り巻く山の端《は》に、巨大な月が懸かっている。その光輪が近しい星を霞《かす》ませて、いつもより空の広さを感じた。

「そういえば、今日の満月が地球に最も近いんすってよ」

コーイチが言うと、棟梁は「け」と鼻を鳴らした。

「ロマンがねえなあ……でかくてきれいなお月さん。それでいいじゃぁねえか」

そしてコーイチに向き直った。

「風鐸、いい曳家師になれよ。社長のことを頼んだぞ」

「え、そりゃもちろん頑張るっす……けど」

「けど、なんだ？　技術ってぇのは学ぶ気がありゃ進歩してくが、心根ってぇのは意識してもなかなか変えられねえ。その点、おめえは持って生まれた宝があるから、穢《けが》さねえようにやってけよ」

コーイチは真顔になって身を引いた。

「やだなあ、急になんすか、棟梁ったら……」

「難しい話をしているか?」

「そうじゃなく、改まってそんなこと言うもんだから」

どっか具合でも悪いんっすか? コーイチは後の言葉を呑《の》み込《こ》んだ。

社員用の駐車場へ向かいながら、棟梁は首をすくめる。

「号を持つのは流派を背負うことだから、いつまでも下っ端のつもりで甘えてもらっちゃ困るんだよ。そういうことを言っているのさ」

「はい。それは重々……」

コーイチは足を止め、二人に向かって直立不動になった。

「俺、やりますから」

が、棟梁は振り向きもせずに先へ行く。

「今宵《こよい》の棟梁は饒舌《じょうぜつ》だな」

そう呟《つぶや》いた仙龍と、コーイチは目が合った。過去最大の因縁に挑む導師の目とは思われぬほど、静かに澄んだ眼差《まなざ》しだった。号を賜るだけで流派を背負うというのなら、龍の文字が入った導師の銘を受けるとき、その重責は如何《いか》ほどか。そしてすぐに思うのだ。導師は四十二の厄年で死ぬわけだから、文字どおり命を懸ける覚悟であろうと。

サワサワサワサワと風がゆく。黒く沈んだ山々は、桜だけがおぼろに白く浮かんで見える。北信濃《きたしなの》では桜の時期と満月が重なるが、コーイチがそれに気付いたのは最近だ。七十を越えた棟梁はいつからそれを知っていたろう。来年も、その次の年もこうして一緒に桜を見たい、そして仕事の話を聞きたいものだと思う。満月の頃に、この場所で。

「じゃあな、お疲れさん」

自分の車の前まで来ると、棟梁は振り返り、思い立った顔で仙龍を見た。

「どうした棟梁？」

仙龍が訊く。

「いやなに、よくもあんな跳ねっ返りのサニワを見つけたもんだと思ってさ——」

「捜して見つけたわけじゃない。自然にそうなったんだ」

車のロックを外しながら、棟梁は背中で笑った。

「——引きが強いってか？　曳屋だけに」

棟梁が車に乗り込んだとき、

(今のはシャレだったんすかね？)

と、小さな声でコーイチは訊いた。

「お疲れ様でした」

仙龍が言い、二人同時に頭を下げた。

山の端に家の明かりがぽつぽつ浮かび、大きな月が足下の砂利を斜めに照らす。

その中を棟梁の車が去っていく。

風が周囲を吹き渡り、咲き初めの花をなぶっている。美しくも妖《あや》しげな夜だった。


その真夜中。

棟梁の細君は眠りからふっとはじき出されて、暗闇《くらやみ》の中で目を開けた。枕《まくら》に頭を預けてぼんやりしていると、風が梢《こずえ》を揺らす音が聞こえた。闇に目が慣れてきて、格天井《ごうてんじょう》の継ぎ目が見える。何時だろうと思ったけれど、携帯電話は開かなかった。暗がりで見る人工の光は眼球に突き刺さるようで嫌いだからだ。長く眠った気もするし、寝付いてすぐのようにも思う。横向きになって掛け布団を抱いてみたけれど、肺の裏側がさわさわ疼《うず》いてすぐに眠れる気がしない。珍しく夫の帰りが遅かったから、リズムが崩れてしまったのだろう。水でも飲もうと考えて、そうだトイレに行こうと思った。

細君はそろそろと体を起こした。

風が強いのか梢の音がまた聞こえ、咲いたばかりの桜が散ってしまうと心配になる。

――いやいや、咲き初めの桜は散りゃしない。満足するだけ咲いたなら、潔く散るけれど――

頭の中で言ったのは、出会った頃の夫であった。歩けば人が振り返るほどいい男だったのに、無骨で粗野で身だしなみにも無頓着《むとんちゃく》で、怖そうな人に見えたっけ。

もしもあのときこの人が……と、細君は隣で眠る夫を見た。

もしもあのときこの人が桜のことなど話さなかったら、怖い人だと思ったままで、連れ添うこともなかったはずだ。

起こさぬように気をつけながらトイレに立った。襖《ふすま》を開けて廊下に出ると吐《は》く息が闇に白く見え、信州の春よと思う。日中以外は夏でも涼しい信州だから花の季節はまだ寒い。それにしても今夜の寒さはひとしおだ。廊下の空気が張り詰めていて、金縛りに遭ったように動けなくなる。襖を閉めねば風が行き、夫を起こしてしまうのに、身動きするのがなぜだか怖い。張り詰めた空気を乱したら、なにか、どこか、よくないものを刺激しそうな気がしてしまう。細君は闇に目を見開くと、息をひそめて気配を殺した。

風の音は聞こえない。呼吸の音すら聞こえはしない。はたして自分が息をしているのかすらも、細君はわからなくなった。住み慣れた家の廊下のはずが、似て非なる場所のように思われる。ただ心臓の鼓動ばかりが、手首に、腿《もも》に、首筋に、どくり、どくりと打っている。片手を襖にかけたまま、もう片方の手は襟元に置き、細君は立ちすくむ。

ミシリ、とどこかで音がした。長い廊下を踏む音だ。

ミシ、ミシリ、と足音は続き、廊下の先を白いモノが行き過ぎた。真っ暗なのにはっきり見えた。その者は白装束に身を包み、背筋を伸ばして、すり足で、廊下を真っ直《ます》ぐ進んでいった。

「はっ」

心臓がバクンと鳴って、その瞬間に体が動いた。鼓動は早鐘のごとくになって、慌てて影を追いかける。見間違いか、それとも幻であればいい。たったいま目の前を過《よ》ぎった者は、長く連れ添った夫であった。こちらには目もくれず、ひたすら前へと歩いていった。その先にあるのは仏間だ。

突き当たりまで追いかけたとき、仏間に入る夫の背中と、静かに閉まる襖が見えた。

そんな……だめよ。細君は心で叫んだ。

言い伝えは知っている。隠温羅流の職人たちには死期の知らせがあるという。白装束で仏間に入る姿を見ると、事故であれ、病気であれ、必ず命を落とすのだ。

チーンと仏間で鉦《かね》が鳴る。夫を引き戻そうと近づいたとき、室内に大勢の気配を感じてぞっとした。

……そうかい……いや……なるほどねえ。

紛《まぎ》れもなく夫の声だ。夫は誰かと話している。

……の……には……が……ろう……。

答える声には聞き覚えがない。臓腑に響くテノールだ。何事か相談をしている気配だ。

は……整えた……とは……の覚悟し……だ。

……や、あっしは……が……ている……で……を……ならば……だ……。

ヒソヒソヒソ声で大勢が喋《しゃべ》る。細君は息を殺して、襖に耳をそばだてた。

ザワザワザワ。ヒソヒソヒソ。またも夫の声がする。

……た……も男だ……その時が……たら……覚悟を決めるよ。

「だめよ！」

我慢できずに襖を開いた。

暗い仏間に夜が満ち、線香の香りとともに一筋の煙がたなびいて、あれよという間にすうーっと消えた。誰もいない。客も、夫も、何もない。

仏壇に並ぶ歴代導師の遺影だけが、闇の中からこちらを見ていた。

襖を閉めることもせず、振り返って細君は廊下を戻った。

夜はそここに満ちている。壁スイッチの蛍灯《ほたるび》が青く光って、それ以外は闇の色だ。

呼吸できないほど心臓が躍って、スリッパを履《は》く足がもつれた。寝室の襖は開いたままで、そこに夫のスリッパが揃《そろ》えてある。

「……あなた……」

寝室へ飛び込むと、寝具を踏みつけて夫の許《もと》へ駆け寄った。

さっきとまったく同じ姿勢で、棟梁は枕に頭を載せている。

掛け布団は皺ひとつなく、妻の混乱に目覚めるふうもない。それで細君は気がついた。

自分の口を両手で覆い、二度、三度と呼吸してから、次には片手を夫の鼻先に差し出して、手のひらに来る風を待った。体の芯《しん》から震えが襲い、吐き出す息はもう白くない。

最初から、今夜の寒さは異常だった。それなのに、今頃それに気付くとは。

共に過ごした長い年月、いいことも、悪いこともあったけど、辛《つら》いと思ったことは一度もなかった。さまざまなシーンがぐるぐると脳裏をめぐったけれど、一緒に苦労した記憶ばかりが懐《なつ》かしかった。誰にでも厳しい人だったけど、この人を憎む者はいなかった。それは、たぶん、この人が、誰より厳しく、誰より優しい人だったから。

震える手で自分の口を押さえたままで、もう片方の手を愛《いと》しい夫の頰《ほお》に置く。まだぬくもりのある皮膚は奥に異質を感じさせ、生者と死者のあいだに帳《とばり》を下ろす。

「どうしよう……ああ……どうしよう……」

誰にともなく細君は言い、夫の頰に頰を重ねた。

慟哭《どうこく》は静かに激しく突き上げてくる。取り戻せないことはわかっていた。それは無理だと理解していた。自分は曳屋の女房だ。理解なんかしたくないのに悟ってしまう。

「隠温羅流の女なんて……」

厭《いや》だと言いたかったけど、それはあんまりだと自分でも思った。何もかもひっくるめて好きになったのだ。後悔していないと言ってやらないと、この人があんまりかわいそうじゃないか。皮膚の間に涙が染《し》みて、言うべきことを言わなきゃ駄目だと考えた。

そうよ、今こそ言わないと。

棟梁……いえ、治三郎《じいちろう》さん。私はね、あなたといられて幸せでしたよ。ええ、それはもう幸せでしたとも。

照れるじゃねえか、俺もだよ。

どこからか、夫の応える声がした。

線香の匂いが追ってきて、涙で霞んだ目の端《はし》に白い衣装の男たちがズラリと立っているのが見えた。怖くはなかった。夫と頬を合わせたままで、細君は彼らの勇姿を見ていた。

あなたもそこへ行くんですね。私を置いて。

酷《ひど》いじゃないですか。ほんとに酷いじゃないですか。

男たちは静かに身を翻《ひるがえ》し、暗い廊下へ消えていく。夫の姿はわからなかった。

「ひどい人」

今度は声に出してみた。私がそっちへ行ったときには、しっかり言わせてもらいます。あなたは正座して私のお説教を聞くんですよ。

あの人はきっと笑うだろう。優しい目をして、首の後ろを掻きながら。
いつかこうなるとわかっていた。
隠温羅流の職人と所帯を持ったあの日から。
彼が最近仏間に籠もって、誰かと煙草《たばこ》を吸い出したときから。
細君は目を閉じて、消えていく夫のぬくもりを貪《むさぼ》った。

其の一

坂崎蔵之介住宅及び
撰繭場《せんけんじょう》兼繭倉庫の学術調査

大学教授の職を退いた現在も、周囲から親しみを込めて『教授』と呼ばれる民俗学者の小林寿夫《こばやしひさお》は、坂崎製糸場の社員用駐車場で助っ人《すけと》が来るのを待っていた。敷地内に建つ邸宅と、邸宅にくっついている撰繭場兼繭倉庫の学術調査を進めるためだ。築五十年を経過した歴史的建造物は、専門家が価値を調査して結果を学術報告書にまとめ、文化庁に提出することで登録有形文化財建造物の認可を受ける可能性がある。

地域に長く親しまれ、歴史的価値が認められるもの、再現不能な建造物や、時代の特色が顕著なものなどが文化財として保護される。調査には、歴史、民俗、建築、文化など、さまざまな方面の有識者が協力するが、小林教授もそのひとりである。

明治期創業の坂崎製糸場は敷地が広く、創業当時は製糸工場、繭倉庫、繭の乾燥場のほか従業員宿舎から行楽施設、病室まで備えていたが、製糸業に陰りが見え始めた昭和期になると敷地を縦断するかたちで県道が整備され、現在は寄贈予定の建物含め十八棟が残るのみとなっている。社員用駐車場は敷地の裏にあって、高さ二メートルほどの塀で敷地と隔《へだ》てられている。塀の一部に通用口があり、それを抜けるとケヤキ木立の奥に空き地があって、一段上がった敷地の上に建物が見える。

手前にあるのが廃倉庫、奥が件《くだん》の建物だ。

ポカポカと長閑《のどか》な陽気に誘われて、二頭の蝶《ちょう》が駐車場を舞っている。

小林教授は空を仰いで腰を伸ばした。

学術調査は思うように捗《はかど》っていない。その始まりは邸宅内で役所の担当課長が不審死したことだ。課長の死に様はあまりに異様で、蟲に食い荒らされたように体中に穴が空き、皮膚が軽石さながらに見えたという。

「……恐ろしいですねぇ」

と、教授は長閑に呟いた。

邸宅には蟲峯神という不明の神が祀《まつ》られており、担当課長の死に様は、伝承にある蟲峯神の祟《たた》りとそっくりだった。発見者は上田市役所の若手主任で滝沢《たきざわ》といい、課長が死亡した今は寄贈プロジェクトの責任者を務めている。

小林教授は掛けていた黒縁メガネを外すと、腰の手ぬぐいで拭《ふ》き始めた。本当は、どんな死に様か見てみたかったと考えている。あらゆる怪異、あらゆる不思議、迷信に民間伝承、祟りに呪《のろ》い、そういうものに魅せられて民俗学者になったのだから。

二頭の蝶は駐車場につながる道路のほうへと飛んでいく。

メガネを拭きながら眺めていると、カプカプと音をさせて薄汚い軽トラックがやってきた。フロントガラスに唐松の葉を積もらせて、錆《さ》びたボディは一部に穴が空いている。運転席にいるのは無精ひげを生《は》やした六十過ぎの強面男《こわもておとこ》で、手ぬぐいをほっかむりして古臭いサングラスを掛けている。真っ直ぐに駐車場へ入ってくると、ギ、ガタ、と音をさせて止まった。

「どうもどうも」

と言いながら、小林教授が駆け寄っていく。

「ほっかむりにサングラスでは余計に目立つのではありませんかねえ」

開けっぱなしの窓から運転手が顔を出し、

「なんの、儂《わし》だとわからなければそれでよいのだ」

地面に降りるや力任せにドアを閉めた。車のボディから砂のように錆《さび》がこぼれる。

ダブダブのTシャツに半ズボン。剛毛の生えた足にサンダル履きという出《い》で立《た》ちの男は、背中を丸めると、ほっかむりしている手ぬぐいを引っ張って口元を隠した。

「ささ。人目につくで中へ入ろう。そこか、あそこか？　おお、あの入り口から入るのだな？」

コソコソと車の間を進んでいく。

男の名前は加藤雷助《かとうらいすけ》。鐘鋳建設が懇意にしている生臭坊主《なまぐさぼうず》で、酒と女と博打《ばくち》に溺《おぼ》れ、借金取りから身を隠すために山奥の廃寺に身を隠している。こう見えて腕は確かなので、教授は彼を助っ人として呼び出したのだ。挨拶《あいさつ》もそこそこに通用口まで行くと、和尚はドアに手を掛けてしばし固まり、頭上に枝を広げるケヤキを仰いだ。

振り向きもせずに先へいくので、教授も続いて敷地に入った。

通用口の先は敷地の裏だ。居並ぶ巨木と壁の間は湿って薄暗い幅二メートルほどの捨てスペースで、ケヤキの向こうが砂利の空き地になっている。往時には繭を積んだ荷車が次々とやってきて、そこで荷を下ろしたのだ。空き地の先は石垣で、石垣の上に廃倉庫があり、スロープで上がっていく仕様である。撰繭場兼繭倉庫はその奥に建ち、鉤《かぎ》の手に曲がった先が邸宅だ。荷揚げされた繭は撰繭場で選別したのち、乾燥を経て製糸場へと運ばれたのだ。敷地内に入ったとたん、雷助和尚はほっかむりを取って首に巻き、色の濃すぎるサングラスはポケットに入れた。

「ほうほう……なるほど……聞きしに勝る様相よのう」

小林教授は隣に立って、漆喰《しっくい》塗《ぬ》りの建物を見上げた。

「ここから見る限りはただの古い建物ですけど、中に入ると違うのですよ」

「どう違う」

廃倉庫は繭が濡《ぬ》れないようにトタンの庇《ひさし》が突き出している。使われなくなって長いのか庇は所々が錆びて穴だらけだ。撰繭場は廃倉庫よりも背が高く、中央の階段室にだけ窓がある。白漆喰が剝《は》げた部分から覗《のぞ》く下地は木製だ。鉄骨と鉄骨の間を木材でつなぐ工法で、ラーメン構造というらしい。

「何か棲《す》んでいる感じがするのですねえ」

「ふむ」と、和尚は生返事をした。

「大きなニュースにはなりませんでしたけど、今どきは情報が早いですから、課長さんが妙な死に方をしたことは学生たちも知っていまして」

「蠱峯神に喰い散らかされるとは因果《いんが》なことよ」

「その蠱峯神の小さいやつが、こちらの建物にもいる感じがしましてね、調査を手伝っていた学生たちがこぞって辞めてしまったのですよ。現代人でも怖いものは怖いのですねというところが、まあ、私としては興味深いわけなのですが」

「教授の興味はどうでもよいわ」

和尚はスッパリ斬《き》り捨《す》てたが、教授のほうは気にも留めない。

「今回の調査には、北部信州大学で准教授をしている教え子が参加してまして、今日からは、そのまた教え子たちが来ることになったのですが、変死事件はすでに噂《うわさ》になっておりますから、オカルト好きが集まるのではと懸念しているところです」

「何が懸念じゃ」

「心意気で来る学生は大歓迎ですが、ただのオカルト好きですと徒《いたずら》に現場を荒らしかねません。興味本位で参加して気味が悪いと逃げ出すのでは調査になりません」

「誠にそれは道理である」

和尚が唸《うな》り、「そこで」と、教授は指を立てた。

「学生たちに『強力な助っ人を呼んである』と言いましたなら、少しは落ち着いて調査ができるのではないかと思いまして」

「儂が『強力な助っ人』か？　はったりをかますつもりなら、そうと申せばよいものを」

「そうなのですが……」

そしてとても残念そうに、短パンから突き出た剛毛とサンダルを眺めた。

「……どうしてそのような出で立ちでお越しになってしまったのでしょうか。せめて、あの迫力あるボロボロの僧衣で来てくれたなら」

「ボロボロは余計じゃ。それに、あんな格好で外が歩けるか」

「そうですが、仙龍さんのところへはあんな格好で来るではありませんか」

「それは運転手が別におるからじゃ。儂は後ろで横になっておればよいからの。そもそも教授が手伝いを頼みたいと、コー公から聞いただけである」

「何の手伝いをするのかと、電話下さると思ったのですよ」

かんらからと和尚は笑った。

「説破！　儂と何年付き合っておるのか」

話しながらスロープを行くとき、建物を見上げて和尚が訊いた。

「ときに、気味の悪いことは実際にあったのか」

「はい。撰繭場兼繭倉庫は内部がとても広いのですよ。しかも裸電球しかありませんで、それもほとんどが切れてしまっていたので、電球を交換したのですが、配線が古くてショートしまして。今は照明機器を持ち込んで調査しているのです。ところが細長い構造なので奥まで照らすことはできないわけです。自然光はほとんど入りませんし、そうしますと光の届かない暗がりが怖いのですねえ。五階建てなので上から冷たい空気が落ちてきますし、プチプチジミジミと変な音が聞こえる気がして。あとは蟲の臭《にお》いでしょうか……今どきの学生はお蚕さんの匂いや糞《ふん》の臭いを知りませんので」

「はて。繭の倉庫で蚕の臭いがするものか」

「そうですが、やはり蟲の臭いがするのです」

「音と臭い……その程度のことで儂を呼んだか――」

和尚は大きな目で睨《にら》んだが、教授は口角を上げただけだった。

「――山からはるばる街へ来るのにどれだけ神経を使うと思う」

「もちろんタダとは言いません。和尚さんの足代は調査費用から捻出《ねんしゅつ》します」

「ならばよい」と、和尚は言った。

「学者も因果よ、曰《いわ》く付《つ》きでも調査をするとは」

「蠱峯神は怖いですけれど、やはり興味が勝るのですよ。ましてやライフワークと位置づけていた隠温羅流の謎まで解けそうだというわけですから、プチプチやジミジミに怖《お》じ気《け》づいてはおれません」

雷助和尚は足を止め、真顔になって教授を睨んだ。

「此度《こたび》は今までと状況が違い、隠温羅流の始祖と金屋子神《かなやごかみ》が祟りの主じゃ。外側から関わる案件とはわけが違うぞ。それをライフワークとは呑気なものよ」

「学者を見くびってもらっては困ります。隠温羅流の方々が建物の因縁を祓って未来へつなぐのが使命と言うなら、民俗学者の使命は消えゆく人の生き様を文献に残して未来へつなぐことですからねぇ」

「命がけの因縁祓いになるやもしれぬのだぞ」

「わかっています、わかっていますとも」

小林教授はニッコリ笑った。

「少なくともこれを論文に仕上げるまでは死んでなどいられません。万が一の時は、化けてでも書き上げるつもりですから」

「ふむ」

和尚は鼻を鳴らして頷《うなず》くと、再びスロープを上がり始めた。

「如何《いかが》です？　なにか感じますでしょうかねぇ」

一陣の風が頰を打つ。蟲峯神が棲む巨大な変形構築物は、青空のもと、二人を見下ろすようにそそり立っていた。

同じ日の午後。

長野市の広告代理店アーキテクツでは、坂崎蔵之介邸宅及び撰繭場兼繭倉庫の保存事業推進のための会議が開かれていた。会議室に集まったのは文化施設事業部の営業職、高沢《たかざわ》春菜と、部局長の井之上《いのうえ》、設計士の轟《とどろき》、企画推進事業部の責任者と営業部長、外部からはデザイナーの比嘉《ひが》とフリーカメラマンの岡本《おかもと》が参加していた。

二十畳ほどの広さを持つ会議室は、雛壇《ひなだん》にホワイトボードとスクリーンが置かれ、ホワイトボードに物件図面が、スクリーンには建物の外観写真が映し出されて、この件を主導する春菜が雛壇から説明をしていた。

「……邸宅及び撰繭場兼繭倉庫は法人としての製糸場ではなく、三代目坂崎蔵之介の娘さんが所有しています。邸宅に独りでお住まいでしたが、ご高齢のため現在は福祉施設に入居しています」

映し出された邸宅は、一階部分が純和風、二階部分が西洋風の洒落《しゃれ》た造りになっている。二階は外壁がルーバー風に加工され、跳ね上げ式のフランス窓だ。和洋折衷のモダン建造物は観光客に人気が高く、それ自体を観光の目玉にしている自治体も多い。寄贈先の上田市も文化財としてのみならず観光資源として活用したいと言っている。

邸宅の正面は車寄せになっていて、玄関の観音開きドアを開ければ大勢の客を同時に迎えられるほど広い。事実、この建物は社員の結婚式や地域の公会堂として開放されていたという。蔵之介の家族は一階部分に居住して、二階にあるふたつの広間が公共スペースになっていたのだ。二階には執務室もあり、そこにある隠し階段から蠱峯神が棲む屋根裏へ行ける。

春菜は別方向から撮った写真もスクリーンに映した。

邸宅に隣接する離れである。こちらは著名人や文化人が長逗留《ながとうりゅう》するときに使ったという、サロン、書斎、和室の造りだ。外壁は白漆喰塗り、飾り窓には当時高価だった色ガラスがはめ込まれ、母屋同様にレトロモダンな雰囲気を持つ。

「カッコいい建物ですねえ」

と、デザイナーの比嘉が言う。

「傷んだ箇所を修復して岡本さんに撮ってもらえば、いいポスターができそうです」

「たしかに素敵な建物だけど、ちょっと問題ありなのよ」

あまり深刻な声にならないように気をつけながら、春菜は言う。

「今からそれを説明しますね」

さっきから腕組みをしていた岡本が、首を傾《かし》げてこう訊いた。

「写真撮るのはかまわねえけど、その家の屋根は、ちょいとおかしかねえか?」

カメラマンの岡本は町の写真館の二代目だ。二代目といってもすでに六十を過ぎ、会うたびに『店を閉める』とぼやいている。父親の頃は人生の節目を写真に残す家族で繁盛したが、デジタル時代が到来すると食べていけるだけの仕事はなくなった。その頃からアーキテクツの依頼でパンフレット用のブツ撮り写真を受けてくれるようになったのだが、そうした仕事も徐々に減っている。三代目に当たる息子はサラリーマンになり、写真館は岡本の代で終了となりそうだ。付き合いが長いので、もしもプロジェクトを進めることができたなら、一連の記録撮影と現像を岡本にお願いしたいと春菜は考えている。

肌が浅黒くて頭はツルツル、色の濃いサングラスがトレードマークの岡本は、身を乗り出してスクリーンを指した。

「妙ちくりんな角度で撮ってるけどよ、その家はさ、屋根になんか載ってんのかい」

比嘉も首を伸ばしてスクリーンを眺めた。

「あれ、本当だ。煙抜きの屋根かなあ？　洋館なのに変ですね」

その邸宅は二階の屋根にもうひとつ小さな屋根が載っている。

春菜と井之上は視線を交《か》わし、「煙抜きじゃないの」と春菜が答えた。

「この邸宅は、変形屋根の部分に蠱峯神を祀っているんです」

「またまたぁ」

と、腰を浮かしたのは設計士の轟だ。長髪瘦軀《そうく》で白シャツとデニムパンツがトレードマークの轟は、昭和のフォーク歌手さながらに両手で髪を掻き上げた。

「なによヤネガミって？　俺ヤだよ、長坂《ながさか》先生んとこみたいな悪魔憑《つ》き物件とかさ」

そして悪魔憑き物件で大けがをした比嘉を見た。

手術が成功していなかったら、比嘉はデザイナーを辞めていたかもしれない。

「……そうなんですか？」

と、比嘉も井之上と春菜を見る。

全員から先を促《うなが》す目を向けられて、春菜はわずかに首をすくめた。

「もう、轟さんは先走らないで。順を追って説明すると言っているのに」

高沢春菜は気が強い。物件についてまとめた書類をひとりひとりに配り終え、雛壇に戻ってから、改めて一同を見渡した。

「この話は邸宅の持ち主坂崎総子《ふさこ》さんから上田市役所へ持ち込まれ、当初は長坂建築設計事務所の長坂所長が主体となって動くはずでした」

「その長坂先生から物件の調査を依頼されたのは俺だ」

春菜の隣で井之上が言う。

「変形屋根に祀られた神様がどんなものか調べてほしいとのことだった」

「ほーら、やっぱり」

と、轟のぼやく声がした。

「あの先生が絡むと、ろくなことがないんだよ」

「結論から言うと、轟さんが心配しているとおりのことが起きたんです」

スッパリと春菜は言う。どうせわかってしまうことだから、隠しておいても仕方ない。

「当該住宅には持ち主の家財道具が残されたままなんですよ。先《ま》ずはそれらを整理しないと積算できないということで、建物に入った役所の課長が執務室で変死しました」

「あぁ……ていうかあの先生も、なんでうちへそういう話を持ってくるかなあ」

轟は泣き声を出す。

「他にやってくれるところがないからじゃないですか?」

真面目《まじめ》な顔で比嘉が答えた。そのとおりだということは轟もよくわかっているのだ。

「高沢さ、その役所関係者の変死って、プロジェクトとも関係あるの?」

営業部長が訊いてきた。

「それもこれから説明します」

春菜は真剣な顔になっている。

「問題が山積みだから、部局長に頼んで会議を開いてもらったんです。成功すれば大きな実績になるけれど、先にプロジェクトを進める以前の話をさせてほしいのです」

そして比嘉と岡本に言った。

「比嘉さん、岡本さん、すみません。どうか私にお時間をください」

頭を下げると二人は互いに顔を見合わせ、岡本のほうは腕組みをして座り直した。

「長坂所長は変死を蠱峯神のせいだと考えてプロジェクトを下りました。蠱峯神は、邪な者が近寄れば死ぬという伝承があるんです」

「なにそれ、長坂先生も自分の邪さは自覚してたってこと？　笑える」

冗談ではないので、春菜はジロリと轟を睨んだ。

「うちは後任のようなかたちになっていますけど、正直に言うと建物の寄贈自体がご破算になる可能性も出ています。この邸宅の蠱峯神は家や地域を守る神とは別で、蔵之介氏がどこからか持ち込んできたハヤリガミです。蠱毒《こどく》の蠱に、部首がやまかんむりの峯《みね》で『蠱峯神』と書きます。奉じる者には莫大な富をもたらすけれど、富の独り占めは許されず、邪な者を食い殺す神。蔵之介氏は仕事で国内をめぐるたびに各地からハヤリガミを持ち帰ったそうですが、蠱峯神だけは別格で会社は急成長し、これを祀るために変形屋根の邸宅をわざわざ建てているんです。利益は社員や地域に還元し、いっときは会社の敷地内に娯楽施設や病室まで備えて、蠱峯神がもたらす富は決して独り占めしなかったんです」

春菜はビビリの轟に目を向けた。

「その執務室へ調査に入った課長さんですが、死に様が伝承のままだったので、上田市役所も蠱峯神の存在に半信半疑です。第一発見者の滝沢主任なんか、轟さんよりずっと怖がって……まあ、ともかく……一方で当該建造物は坂崎製糸場の歴史にからめて貴重な観光資源にできる。比嘉さんも仰《おっしゃ》ってましたが、邸宅の意匠は洋館マニアの心をくすぐるし、変形屋根と蟲峯神は全国の集客を見込めます。小林教授によれば蟲峯神に関する文献はあまりに少なく、民俗学的にもたいへん貴重ということでした」

隣で井之上が先を続けた。

「坂崎製糸場にはすでに文化財登録された建造物が数棟あるから、邸宅と撰繭場兼繭倉庫が文化財建造物の認定を受ければ、全体として製糸業の歴史を物語る貴重な施設になることは間違いない。現在操業中であることも、過去の産業と比べられる点で貴重だ」

「どのくらいの試算をしているの？」

営業部長は身を乗り出した。春菜が答える。

「最低でも億単位でしょう」

「まあそうだよな……」

と轟が言い、比嘉と岡本がため息を漏らす。部長は嬉《うれ》しそうな顔をした。

「文化財的価値を含めて展示保存する場合、当該建造物が坂崎製糸場の敷地内にあることが重要です。見学者は往時と同じ土地に立って、創業者一族の歴史を追体験できるわけですから。文化施設事業部としてはぜひ成功させたいプロジェクトです。ただし、推進前に解決しなければならない問題が大きく分けてふたつあります」

春菜はお腹《なか》の前で指を組む。

「ひとつは建造物の持ち主と土地を所有する法人の希望が相容《あいい》れないことです。上田市に寄贈を申し出た総子さんは、建物を敷地内から動かしたくないと言っています。その理由が蠱峯神で、移築して蠱峯神が外に出てしまうことを怖《おそ》れているんです。対して敷地を有する坂崎製糸場は、やはり蠱峯神を怖れるあまり建物の解体移築を望んでいます。敷地内に蠱峯神を置きたくないという理由です」

「なんだかおかしな話じゃねえか。どっちも神様を怖がってんのに、片や保存で、片や移築と言ってんのかよ」

「だからこそ、蠱峯神の正体を暴《あば》かないとマズい――」

井之上が岡本に言う。

「――うちの事業部は古い建物を扱うから、こういうケースは初めてじゃない。部外者は迷信だと笑い飛ばせばいいが、当事者は深刻で、なにが怖いかというと、『なんだかわからない』から怖いんだ。当事者同士が納得できる解決策を探るためにも蠱峯神の正体を調べないと。言い伝えが核心を突いている場合もあるわけだから」

「轟さんを怖がらせたくはないけど――」

と、春菜は眉尻《まゆじり》を下げて轟を見た。

「――持ち主の総子さんに会って話を聞いたら、蠱峯神は屋根裏に、大きな木箱に入って置かれているそうなの。それでね、屋根裏は天井も壁も床も鏡張りになっているって」

「……ええぇ……」

轟は目一杯に顔をしかめた。春菜は轟以外のメンバーを見渡した。

「総子さんは蔵之介氏の六人の子供のうち下から二番目で、蟲峯神を知る最後の人です。現在の製糸場は甥御《おいご》さんたちが役員で、蟲峯神については『なんだか知らないけど面倒臭いものが家にある。だからどこかへ持っていってほしい』という認識なんです。総子さん自身も、祀る人がいなくなって蟲峯神が祟るんじゃないかと恐れているようで」

「ちょっと待て。その、なんだ、役所の人はホントに祟りで死んだのかよ」

岡本はサングラスを外して資料を開いた。残念ながら資料には邸宅内部の写真がない。

「それがさぁ、岡本さん」

と、砕《くだ》けた調子で井之上が言う。

「警察が調べたけど、死因はわからなかったんだ。ただ、総子さんが子供の頃、家に入った泥棒が同じような死に方をしたのを見ているそうで、それで怖れているんだよ」

「泥棒が死んだことがきっかけで、屋根裏に鏡を張ったんじゃないかと思うんです」

そう言って、春菜は比嘉と轟を交互に見た。

「蟲峯神については、子供の頃から『目が潰《つぶ》れるから見てはいけない』と言われていたんですって。でも、お父さんが死んだあと、好奇心に抗《あらが》えなくて屋根裏を覗き、全面が鏡張りになっているのを知ってゾッとしたそうよ。蟲峯神の箱には三本の爪の焼き印が押してあったと」

「うわー……やっぱ隠温羅流が封印してたんじゃんか」

と、轟は言った。

「それなのに死人が出たんですか？」

と、比嘉が訊く。

「そうなんだ。どうも、そこが解《げ》せないんだよ」

井之上が答えた。

「もう一つの問題はなんですか？」

「今の話にも関わることですが、上田市役所も気味悪がって、蟲峯神の正体がわからなければ市長に案件を提示できないと言っているんです」

「そりゃそうだよな。当たり前だな」

岡本がうんうんと頷いた。

「今回、仙龍さんのところは絡むんですか？」

「鐘鋳建設さんも協力してくれる」

井之上が答えると、比嘉はパッと明るい顔をした。

「なーんだ。それなら大丈夫じゃないですか」

「ところがそう簡単でもないの。お渡しした資料の最終ページを見てください」

春菜は資料と同じ画像をスクリーンに呼び出した。

「私としては、建物を坂崎製糸場の敷地内に残したうえで、資料館として公開したいと考えています。全国の民俗学者が追い求めていた謎の神が祀られていて、その神が製糸場に富をもたらしたという伝承がある。蔵之介氏が社員や地域に自宅を開放して貢献してきたことも蠱峯神を奉ずる者の伝承どおりで、テーマのわかりやすさ、PRのしやすさを含めさまざまにアプローチできる優れた案件だと思う。そこで先ずは坂崎製糸場の経営陣にこのプロジェクトの価値を知ってもらいたいと考えているのですけれど」

この場に集められた者たちの役割をスクリーンに映し出す。

「岡本さんには、現在の建物含め調査の過程を写真に記録していただきたいと考えます。写真は後に小林教授のチームが調べた内容と合わせて書籍にまとめ、オンデマンドサンプルを作って坂崎製糸場に提示します。どなたも蠱峯神ばかりに意識が向いているけれど、坂崎製糸場の歴史そのものが貴重なので、そこを理解していただきたいし、残したい。資料館が実現できたらミュージアムショップで書籍を販売するのがいいと思うんです」

「俺の写真を、か？」

岡本はサングラスを掛け直す。

「それなら――」と、企画推進事業部の責任者が言った。

「――郷土書籍の出版社に話して、協力してもらったらどうだろう」

「そうだな。竜胆《りんどう》書房とかならやるだろう。俺が話を通してもいい」

営業部長が手を挙げた。

「部長、それではお願いします」

春菜は営業部長に頭を下げた。

「岡本さん、どうでしょう？」

訊くと岡本はまんざらでもなさそうに鼻の下を擦《こす》った。

「写真集かぁ……」

「ええと……厳密には写真集じゃありませんけど」

「でも俺の写真が載るんだろ？　撮影者として俺の名前も」

「そうです。もちろん」

岡本が考え込んだので、春菜は比嘉のほうを見た。

「比嘉さんには企画書の製作を手伝っていただきたいのです。展示プランはもちろん、当該建造物の備品などの整理から関わっていただけたら」

「わかりました」

この仕事に慣れている比嘉は多くを訊かずに頷いた。

「企画案は俺が担当する。高沢は……」と、井之上が言うと、

「私は蠱峯神の正体を調べて坂崎製糸場と交渉します。当該建物が建っている土地は法人

のものだから、強く移築を勧められれば壊すしかなくなってしまうんです」

轟は激しく頭を掻きだした。

「壊すのは厭だなあ……そうなると、どうなるんだろう」

「わからないけど、ろくなことにならないと思うわ」

「あれじゃんか、仙龍さんたちはなんて言ってるの？　教授や坊主は？」

春菜は寸の間息を止め、天井に目を向けてから、こう言った。

「蠱峯神の正体は不明ですけど、文字に蠱毒の『蠱』が使われているので、小林教授は憑《つき》物《もの》の一種かもしれないと。ただ、憑物は増えすぎると使役する者にも災《わざわ》いをもたらすので辻《つじ》に捨てて誰かに拾わせたりして調整するじゃないですか、でも蠱峯神の場合は持ち主にお願いして分けてもらうので、そこがちょっと違うかなって。結局、よくわかっていないんです。鐘鋳建設さんも慎重で……準備が整わないと手を出せないというか」

「真面目な顔でそんな話をするなよぅ、怖《こ》えぇじゃねえか」

と、岡本が言う。

「すでに一人亡くなっているし、真面目な話よ。とにかく鐘鋳建設さんは協力してくれます。箱に隠温羅流の因があるわけだから」

「うう……ガチもんじゃんか」

頭を抱《かか》える轟に井之上が言う。

「うちの社長に話したら、企画段階で無理な場合はすぐに引けとさ」

「ええー……でも一人死んでんだよね？　死人が出たならもう無理でしょうよ」

「轟さんは怖いなら出てって。やるための方法を一生懸命模索してるのに、なんなの？

轟さんがやらないなら、長坂所長を下請けに使って図面を引いてもらうから」

春菜が本気で怒りだしたので、井之上が割って入った。

「伸《の》るか反《そ》るかは気持ち次第と俺は思う。有利な条件がひとつもないなんて、こんな仕事も珍しいだろ。むしろ清々《すがすが》しいくらいだよ」

轟は顔を背けている。

「この案件はうちでなければ扱えない。貴重な文化財を潰してしまうか、それとも後世に引き継ぐか、俺としてはやってみたい」

轟はこれ見よがしにため息を吐き、首をすくめて春菜を見た。

「ま……お祓いが終わるまで現場へ入らなくていいなら、俺だって仕事はしたいよ？　そそるプロジェクトではあるし、近頃は大きな仕事も転がってこないしね。でもさ、蟲に食われるってのはどうも……厭だなあ、蟲は」

「喰われるのは邪な人だけよ？」

「どこからが邪か、神様の基準がわからんじゃん」

「それはまあ……そうだけど……」

春菜は唇《くちびる》を尖《とが》らせた。

「そのあたりは鐘鋳建設さんと打ち合わせをして危険がないよう配慮するさ」

と、井之上が言う。

「岡本さんも、準備できてから撮影してもらえればいいからね」

岡本は腕組みしたまま椅子の上に胡座《あぐら》をかいて、春菜にニヤリと笑って見せた。

「俺ぁ別にかまわねぇよ。下請けだし、歳《とし》だしさ、写真の仕事ができるなら嬉しいや。俺ぁ春菜ちゃんに協力するぜ」

「ぼくもやらせてほしいです」

比嘉もそう言ってくれたので、春菜は少しだけホッとした。

「では次に具体的な日程を……」

その時。ポケットで春菜のスマホが震えた。

「すみません。鐘鋳建設さんからです」

「緊急かな？　こっちは俺が進めておくから」

「ありがとうございます、すぐ戻ります」

一同に頭を下げて、春菜は廊下へ出ていった。

コーイチが資料を調べると言っていたので、蠱峯神について進展があったのだろう。それか、現地調査をしている小林教授から鐘鋳建設に報告が上がったのだ。会議室のドアを背に意気揚々と電話に出ると、なぜか産毛《うぶげ》がチリリと痛んだ。

「はい。高沢です」

――俺だ――

仙龍だ。けれど今まで聞いたことがないほどに深刻そうな声だった。

「……どうしたの？」

眉間に縦皺を刻んで訊いた。とんでもないことが起きたのだと思った。

――昨夜、棟梁が亡くなった――

「え？」

頭の中で反芻《はんすう》しても、言葉の意味を理解できない。

「なんて言ったの」

――棟梁が死んだ。昨夜、自宅で――

「ええっ」

大声を出してしまった。それでもまだ信じられない。

「……うそでしょ……どうして……え……なんで……」

棟梁が死んだ。同じ言葉が頭の中をグルグルめぐる。白昼夢を見ているようだ。

くるぶしのあたりに発した鳥肌が、凄《すさ》まじい勢いで駆け上がってきて、スマホを持つ手が硬直した。スマホからは仙龍の苦しげな呼吸が聞こえ、

——今から棟梁を迎えに行ってくる。隠温羅流の職人は会社から出棺し、遺灰にして

……初七日の夜に告別式をやる仕来りなんだ——

と、静かに言った。春菜はまだ信じられなくて、

「仙龍は大丈夫？」とだけ訊いた。

——……どうかな……それじゃ——

通話が切れて、春菜は廊下にしゃがみ込んだ。

棟梁が死んだ。昨夜、自宅で。え、なに、うそよ、どうして？

漫画やドラマで観《み》るように、ショックのあまり泣けたらよかった。けれども春菜は、臓腑の奥からこみ上げてくる衝撃を全霊で抑え込んでしまった。

視線は廊下に向けながら、脳裏で棟梁の姿を探す。粋《いき》でいなせな棟梁は、鼻の頭にメガネをのっけて算盤《そろばん》をはじく。現場ではいつも仙龍の後ろに陣取って、万事に睨みを利かせていた。手ぬぐいを姉さん被《かぶ》りにしていた姿、職人に活を入れるときの凄《すご》みのある声、朗々と歌い上げた入《い》り汐《しお》の高砂《たかさご》……嘘《うそ》だ。何かの間違いだ。いえ、そうじゃない、仙龍は冗談を言わないし、嘘もつかない。

春菜はよろよろ立ち上がり、会議室のドアを引く。手にはスマホを握ったままで。

「鐘鋳建設さんは、なんだって？」

呑気《のんき》に訊《たず》ねた井之上は、春菜の顔を見て眉をひそめた。春菜は答える。

「ゆうべ専務が亡くなったそうです」

え？ と、全員の声がした。実際は声でなくて、『え？』と空気が揺れたのだ。

「専務って、棟梁か」

井之上が訊き、春菜は頷く。

「嘘だろ。なんで？ もしかしてどこか悪かったのか？ そんな話は聞いていないぞ。高沢は知っていたのか」

春菜は首を左右に振った。そのとたん、意志とは無関係に涙がこぼれた。春菜は歯を食い縛り、拳《こぶし》でグイッと涙を拭《ぬぐ》った。泣いたら負けだ。まだ確かめたわけじゃない。信じてないのに泣いてたまるか。唇を嚙《か》み、井之上に言う。

「お元気でした。病気じゃなかった」

「待ってよ、まさか」

小さく呟く轟を、春菜はギロリと睨んで言った。

「蠱峯神は関係ないです。棟梁は邪じゃないし、亡くなったのはご自宅で」

井之上が肩に手を置いてくる。

「行ってこい高沢。こっちは俺が」

そうだ、すぐに行かなくちゃ。そう思ったら急に震えてきた。

行けば私は何を見る？ 行けば棟梁の死を信じるしかない。そんなの厭だ。

けれど仙龍や職人たちはその悲しみのただ中にいる。春菜は一同に頭を下げた。

「すみません。行ってきます！」

そして会議室を飛び出した。廊下へ、階段へ、駐車場へ、駆けていく間も鳥肌はおさまらず、服装がどうだとか、今夜が通夜になるだろうとか、そんなことを考えている余裕もなくて、取るものも取りあえず車に乗った。

――待ってよ、まさか――

轟の声が頭に響く。そうじゃない。そんなはずはない。棟梁は邪じゃない。蠱峯神に喰われたはずがない。じゃあ、どうしてよ？

春菜は混乱し、突きつけられた現実と、その裏側にあるはずの因縁に震えた。

もしかして、私のせいなの？

隠温羅流の因を解いたから、因縁を解かれたくない何かの悪意が棟梁に作用したのではないかと。

其の二　隠温羅流の仕来り

これから棟梁を迎えに行くと、仙龍は言った。棟梁の自宅はどこだろう。考えてみたけど、わからなかった。仙龍が誰とどこに住んでいるのか、棟梁が誰とどこに住んでいたのか、なにひとつ春菜は知らなかった。鐘鋳建設を知って四年になるのに、仕事だけの付き合いだから、彼らのことを何も知らない。悔《くや》しくて、涙が流れて、春菜は手の甲で頬を拭った。片手でバッグをまさぐって、ハンカチを出して鼻を押さえた。

バカな春菜、泣いてる場合じゃないでしょ。心の中で声がする。しっかりしなさい、しっかりね。道路状況を確認し、交差点を右折した。するとまた心で声がした。

棟梁なしでどう闘うの？

「今はそれどころじゃない。棟梁が……」

思わず声に出していた。ドキ、ドキ、ドキ、今さら焦っても仕方がないのに、棟梁はもういないのに、強くハンドルを握りしめていた。姉さん。と、頭の中で棟梁が言う。

——姉さんが諦《あきら》めなかったから、ようやくあっしらがそれを知った……ついでに鬼に訊いてやっちゃもらえませんか。どうやったら因が解けるのか——

隠温羅流導師が厄年に死ぬ理由がわかったとき、棟梁はそう訊いた。だからその方法をこれから見つけようというときに、逝ってしまうなんてあんまりだ。

「嘘よね、棟梁、なんでなの?」

道は比較的空《す》いている。それでも春菜はもどかしかった。遅々として進めない気がしたし、赤信号の時間を長く感じた。四月の空は薄水色で、すべてが長閑で落ち着いていて、春菜の気持ちにそぐわない。早く、早く、信号よ、変われ。

私はサニワを持っているのに、そうよ、サニワを持っているのに、棟梁に忍び寄る死の影なんか感じなかった。これっぽっちも感じなかった。

無駄にグルグル思考は回り、なにひとつ考えがまとまらない。

そうこうするうち鐘鋳建設に到着した。裏側へ回り込み、社員用の駐車場に車を入れると、錆び付いた軽トラックが止まっていた。雷助和尚が来ているのだ。枕木を積んだ会社の敷地を見てみれば、いつもは空っぽの駐車場に重機や営業車が揃っている。社員たちが集まっているということだ。

「ああ……」

春菜は悲鳴を上げて車を飛び出した。

社屋へ向かうとき、枕木の上からブツブツと声が降ってくるのを聞いた。

「なんすか……ダジャレ言ってる場合じゃないっすよ……なんでっすか……オレ、まだ棟梁に教えてもらわなきゃならないことが山ほどあるのに」

押し殺して泣く声もした。

コーイチ、と春菜は頭で思い、心臓が痛くなる。顔を上げ、拳を握って建物へ走った。

工場のシャッターが全開になっていて、中に人が集まっていた。

「春菜ちゃんが来ましたよ」

そう言ったのは小林教授だ。いつもと同じ灰色の作業服を着て、腰に手ぬぐいを下げている。顔が引《ひ》き攣《つ》り、青白い。すぐそばに雷助和尚が、なぜか短パンを穿いて立っていた。鐘鋳建設の社員たちもいる。訃報《ふほう》を知ったばかりの彼らは一様に作業着を身につけていた。仙龍はいない。四天王も、棟梁の姿もない。

「……教授……和尚……」

春菜は工場へ駆け込んで、沈痛な面持ちの皆に頭を下げた。言葉なんか出なかった。社員たちも頭を下げた。何か教えてくれたらいいのに、誰も口を開かない。

「仙龍から電話が行ったか」

和尚が最初にそう訊いた。

「そうよ。信じられない。本当なの?」

和尚は唇を引き結んでいる。ふざけた格好をしているが顔は真剣そのものだ。

「どうして」

と、春菜は教授に訊いた。

「私も詳しいことは知らないのです。ちょうど仙龍さんに電話して、そのとき和尚さんと一緒だったもので、慌ててここまで乗せてきてもらったというわけで」

「社長が来たっす！」

枕木の上からコーイチの声がして、社員たちが一斉に外へ飛び出していく。ガランとなった工場内は天井に張られた注連縄《しめなわ》の下に枕木が井桁《いげた》に組んで置かれていた。

「棟梁が戻ったようですね」

教授は外へ出ようとせずに、春菜を工場の隅《すみ》へ誘った。

これから何が始まるのか、小林教授はわかっているのだ。ああそうか、教授や和尚は仙龍のお父さんが亡くなったときのことを知っているのだ。

和尚も外へ出ていった。不安と焦りに押しつぶされそうになりながら、春菜は教授と一緒に様子を見守る。

四天王の一人『軔《はどめ》』の運転するバンが駐車場へ滑り込んでくる。助手席にいるのは仙龍で、その後ろからもう一台、喪服のご婦人方を乗せたワゴン車が来た。職人たちが二列に並び、車はその間に入ってくる。二台が止まるとドアが開き、仙龍が降りて荷台を開いた。男たちが寄っていき、中から引き出したのは棺桶《かんおけ》だ。

ワゴン車からは青鯉《あおこい》と茶玉《ちゃだま》と転《ころ》が降り、次いで女性が二人降りてきた。六十がらみの女性が一人、それより高齢の女性が一人。仙龍の姉の珠青《たまお》はいない。

四天王が棺《ひつぎ》を持つと、何人かが近寄って手を添えた。仙龍が先頭に立ち、棺は工場へ運び込まれる。いつの間にか社員の中にコーイチもいる。鼻の頭を赤くして、それでも泣かずに立っている。その顔を見ただけで春菜は胸が潰れそうになる。

「来てくれたのか」

目の前を通るとき、仙龍は春菜に言った。春菜は頷くことしかできない。

棺は井桁に組んだ枕木の上に置かれた。社員たちが寄ってきて、棺の前に祭壇を組む。喪服の女性が二人、棺に寄り添っている。水と塩、そして酒、和蠟燭《わろうそく》に線香立て。隠温羅流の祭壇には花もなく、煌《きら》びやかな装飾も、遺影すらない。ものの数分でそれらが整い、棺の前に職人たちが整列した。春菜と教授も末席に立つ。

春菜はまだ何が起きたのか理解できずに苦しんでいた。

一同が揃うと棺の前に仙龍が立った。

少し離れて和尚が、その後ろにご婦人たちがいる。

「昨日、棟梁は俺と一緒に橋梁《きょうりょう》工事の現場へ行った」

両足を開いて背中で手を組み、仙龍が言う。

「いつもどおりに元気だった。ここへ戻ったのは夜十時ころ。会社に残っていた風鐸と話し、棟梁に夕飯を一緒にどうかと訊ねると、奥さんを待たせているから帰ると言った。駐車場で月を見て、『いい夜じゃねえか』としみじみ呟き、珍しく饒舌に話をした。そのときも、特に異変は感じなかった」

コーイチが洟《はな》を啜《すす》る音がした。仙龍が続ける。

「家では普通に食事をし、いつもと変わらぬように休んだという。ところが真夜中……」

後ろに立っていたご婦人の一人が、顔を上げてこう言った。

「私……何か夢を見たんです。どんな夢だったかは忘れてしまいました。でも、胸騒ぎで眠れなくなって、トイレに起きたとき、見たんです。この人が白装束で仏間に行くのを。慌てて寝室へ戻ったら」

死んでいました、と彼女は言った。

ハンカチを握りしめ、けれど毅然《きぜん》とした口調と態度で。

「社長さんは特に異変を感じなかったと仰いましたが……実は……このところ主人は少し変だったのです――」

春菜も拳を握りしめていた。

棟梁は、隠温羅流の因が解かれることを、本当は恐れていたのではないか。それを使命と思って調べ続けていたけれど、調べるうちに何かに触れて、本当は諦めようとしていたのではないか。けれど私がしゃしゃり出て、棟梁をまた動かしたのでは。

「――夜になると、あの人は仏間で誰かと話をしているようでした。気になって覗くと誰もいないのですけれど……流派の言い伝えどおりだと、気味悪く思ったりしていたんです。私は社長さんに相談しようと考えて、でも、そんなことをすればこの人に叱《しか》られるだろうと思い……結局……」

はあぁ。と、すすり泣くようなため息を吐く。棟梁の奥さんなのだと春菜は思った。

もう一人の女性が寄り添って、背中に手を置いている。仕草《しぐさ》と面立ちからして仙龍のお母さんだろう。二人とも楚々《そそ》として、けれど凛《りん》とした印象だ。珠青のギラギラした強さとはまた違うたおやかな粘《ねば》り強《づよ》さを感じる。細君はそれだけ言うと後ろに下がった。

「棟梁がいなければ、父昇龍《しょうりゅう》の代で隠温羅流は終わっていた」

仙龍は奥さんにそう言うと、また正面を向いてから頷いて、棺の前を退いた。

別れを告げるときが来たのだ。

初めて社員の泣き声がした。最後列の春菜からは皆の背中しか見えないが、重い枕木を平気で担ぐ男たちが何度も涙を拭う様は見て取れた。誰一人声を発することなく悲しみに暮れている。棺の四隅《よすみ》に四天王が立ち、棺の蓋《ふた》が開けられて、男たちが順繰りに別れを告げに行く。腕を伸ばして棟梁に触れ、それから深く頭を下げる。

ありがとうございました。心の声が春菜には聞こえる。棟梁、感謝しています。棟梁、お世話になりました。棟梁、それはないっすよ。棟梁、なんでそんなに急なんですか。棟梁、これからじゃないですか。棟梁……後の言葉が続かない者もいる。

それなのに、棟梁自身はどこにもいない。工場内を見上げても、奥さんのそばにも、棟梁の気配はまったくない。

「春菜ちゃん、大丈夫ですか？」

小林教授に囁《ささや》かれたとき、春菜は自分の番が来たと悟った。棺の中を覗くのが怖い。棟梁のことは大好きだけど、死んだ姿は見たくない。それでも教授の後ろから、春菜は祭壇へ近づいた。意識せず自分の鎖骨に手を置いている。そこには隠温羅流の因そっくりの痣《あざ》がある。導師の呪いを解くと決意したとき、オオヤビコを名乗る鬼が来て、契約の証《あかし》に刻んだ痣だ。折に触れ血を吹いて鬼の想《おも》いを伝えてくるが、いまは眠っているかのようだ。

オオヤビコ、まさかあなたじゃないわよね？

棺に近づきながら春菜は訊く。

あなたが棟梁を連れに来たんじゃないわよね？

白木の棺が近づいてくる。教授が先に中を覗いて、自分の口を右手で覆った。その悲しそうな仕草に背中を押され、春菜も棺を覗き込む。

棟梁はそこに眠っていた。死者が纏《まと》う白装束など着ていない。胸にサラシを巻いて純白の法被を纏い、地下足袋を履いている。まるで、今しも曳家に飛び出しそうな出で立ちだ。ただひとつだけ違うのは、眉間に隠温羅流の因を墨書きされていることだった。それがなければ棺で仮眠しているかのようだ。死んでいるとは思えない。表情の穏《おだ》やかさは想像もしていなかった。春菜はそっと手を伸ばし、胸の上で組まれた棟梁の手に触れた。

そして生きている人のものではないと悟った。ひんやりとした肌が拒絶してくる。生者と死者の間には、見えない帳が下りているのだ。

「棟梁……ああ……棟梁」

と、教授が言った。

「どうするんです。シルバー仲間がいなくなったら、私が寂《さび》しいじゃありませんか」

春菜は言葉が出なかった。言いたいことがありすぎて、何を言えばいいのかわからない。訴えたいのはひとつだけ、『棟梁なしで、どうやって因縁を解けばいいの』ということだった。そして、彼の死を悼むより因縁を解くことを考えてしまう自分を恥じた。

棟梁はいつも味方をしてくれた。厳しいことも言われたし、交わした言葉は多くなかったけれど、その存在は隠温羅流の要《かなめ》だった。それなのになぜ、ようやく因がわかったこのときに、私たちを置いて逝ってしまうのか。噛みしめた唇の隙間《すきま》に涙が流れ込んでくる。泣いている場合じゃないのに、後ろ盾を喪《うしな》って、ここにいる全員が途方に暮れているというのに、棟梁はなぜそんなにも安らかな顔をして、そして、どこにもいてくれないの?

顔を上げれば目の前に、魂になった棟梁が立っているのではと思う。たとえば仙龍の真後ろに、たとえば奥さんのすぐ脇《わき》に、工場の隅に、職人たちの間に。けれど棟梁はどこにもいない。きれいさっぱり消えてしまった。そんなことがあっていいはずがない。

気がつけば、教授に肩を抱かれていた。教授の鼻の頭にも涙の雫《しずく》が光っている。手ぬぐいでそれを拭って、教授と春菜は工場の隅へ戻っていく。全員が棺に挨拶を終えると仙龍は言った。

「一度帰って着替えてくれ。棟梁は明日荼毘《だび》に付す。その後は告別式まで遺骨をここに置くことになる」

一同は頭を下げ、やがてバラバラと出ていった。

雷助和尚がそばに来て、「唐突すぎるわ」と、文句を言った。

「昇龍の葬式以来じゃのう。こんな去り際は棟梁らしいが、あまりに急で理不尽じゃ」

「告別式の段取りはどうなるの？　雷助和尚、教えてください」

春菜は訊ねた。鐘鋳建設の専務が亡くなったとなれば、その段取りを会社へ報告する義務がある。ショックと悲しみと混乱のさなかにも事務的なことを考えなければならないのが職業人の哀《かな》しさだ。

「隠温羅流の葬儀は独特でのう。華美なことは一切やらん。別れの儀式ではあるが、死者の魂を穢れなく彼岸へ渡すことが肝要……一般の通夜に当たるのが今宵だが、夜明けの光で死者を送って遺骨にしてから、告別式を初七日にやる。死者は七日掛けて三途《さんず》の川《かわ》のほとりに着くので、無事に川を渡りきれるよう告別式を執り行って参列者の力を借りるのじゃ。隠温羅流の職人は因縁物に関わるから、悪いモノが邪魔するのを防ぐ意味がある」

「間もなく棟梁のご家族も来るでしょう。隠温羅流の職人は、特に棟梁や導師ともなれば、ここから送り出すのが仕来りです。昇龍さんのときもそうでした」

和尚と教授が交互に言った。

「明日、棟梁は、夜明けと共に火葬場へ向かうのですねえ。告別式では関連業者の皆様がお別れをして、遺骨は菩提寺《ぼだいじ》へ参ります。その後本堂に安置され」

「生前に祓った因縁の垢《あか》を落としてから、四十九日目に葬られるのじゃ」

「私、棟梁のご家族を知らないわ」

「棟梁には息子と娘がいるが、息子のほうは曳屋を継がずに東京で仕事をしている」

頭の上で声がして、振り向けば仙龍が立っていた。

「娘は他県へ嫁《とつ》いで孫が大学生や高校生になっている。全員こちらへ向かっているよ」

棟梁の棺にはコーイチが寄り添っている。真っ赤に泣《な》き腫《は》らした目が痛々しい。

「よく来てくれた」

と、仙龍が言う。いつもどおりの顔を見て、春菜は涙が止まらなくなった。

「……どうしてそんなに冷静なのよ」

八つ当たりのように訊く。

「普通はもっと取り乱すでしょ」

仙龍は一瞬だけ悲しそうな目をしたが、それに対しては答えなかった。

「一緒に来てくれ。お袋に紹介しよう」

腕を伸ばして誘うので、「珠青さんは？」と、訊いた。

「店で白飯と塩小豆を準備している」

仙龍の姉の珠青は青鯉と結婚して割烹《かっぽう》料理屋を営んでいる。昨年生まれた長男はようやくハイハイを始めた頃だ。美人で利発で気の強い珠青だから、悲しみを押し殺してやるべきことをこなしているのだ。仙龍はさらに言う。

「おまえが知る葬儀とはずいぶん違うことだろう。隠温羅流では職人が死ぬと、魔除《まよ》けのために塩で握った白飯と小豆の塩ゆでを食べるんだ。因縁切りはそういう仕事で、いらぬ障りを被らぬように、遺体も自宅ではなくここから送る。死者に最高の礼を払って」

「どこまでも隠温羅流なのね」

皮肉でも嫌みでもなく、それが素直な感想だった。この人たちは重い因縁を背負ってきたのだ。それが宿命で、そのために流派を継いできた。遠い昔に一人の村下《むらげ》が神を謀《たばか》り、受けた呪いを子孫に負わせた。二十一世紀の今もなお呪いは生きて、因縁物を浄化することで徳を積み、いつか許されるときを待つ。

肌に刻まれたオオヤビコの痣を、春菜はブラウスの上から押さえた。

「痛むのか？」

と、仙龍が訊く。

「痣なんか平気。それより心が張り裂けそう……棟梁を喪うなんて」

一緒に母親たちの許へ行く。春菜は先ず棟梁の奥さんに頭を下げた。

「アーキテクツの高沢春菜です。棟梁にはどれほどお世話になったか知れません」

一番辛い思いをしている彼女の前で泣くのは間違っていると自分に言って歯を食い縛る。顔を上げると奥さんは、目の縁を赤くしながらも微笑《ほほえ》んでくれた。

「仙龍さんの婚約者ですね」

あなたも同じ宿命を背負うのねと、心の声が聞こえた気がした。

「このたびは……」

ご愁傷様ですと言いかけて、そう言う自分は卑怯《ひきょう》だと思った。言うべきことはそれじゃない。春菜は自分を叱責《しっせき》し、そして突然訴えた。

「ごめんなさい。許してください。きっと私のせいなんです」

体を二つ折りにして自分の膝《ひざ》を見る。奥さんや仙龍の母親の目を見るのが怖くて、そのままの姿勢で告白した。

「私が因縁の元を突き止めたから、棟梁は……私のせいで」

その後の言葉が見つからない。もしかしたら蠱峯神か金屋子が、私たちに思い知らせるために要の棟梁を奪ったのかもしれない。隠温羅流が闘う決意をしたせいで、呪いを解くと決めたから、そうさせまいと棟梁を連れ去ったのだ。

「春菜」と、仙龍が名を呼んだ。

「頭をあげろ。おまえは何も悪くない」

「ごめんなさい、私が傲慢《ごうまん》に進めたせいで」

「いいから頭を上げてくれ」

仙龍はもう一度言った。優しく腕を掴《つか》まれて、春菜は泣きながら頭を上げた。

悔しくて情けなくて申し訳なかった。　大切な仙龍を守ろうとして、大切な棟梁を奪われた。どうしよう。どうしたらいいのだろう。涙に潤《うる》む目の前で二人の婦人は寄り添いながら春菜を見ている。あまりに静かな眼差しに、なぜこんなに冷静でいられるのかと、春菜はますます戸惑った。対する自分のみっともなさはどうだ。

「隠温羅流は因縁物件に関わってたくさんの人を救ってきたのに、どうして自分は救えないんですか？　そんなのおかしい……なのに本気で因縁を解こうとしたら、こんな……」

ハンカチで鼻を押さえたとき、

「そのとおりよね」

と、棟梁の奥さんがきっぱり言った。

「高沢さんと仰いましたね？　あなたのことを、主人は喜んでいましたよ。こういう人ですから大げさに吹聴《ふいちょう》したりはしませんけれど、私にはわかりました」

春菜に近づき、泣き顔を覗き込むように体を曲げて、

「うちの人、棟梁は……ずっと隠温羅流の因縁を解きたかったんです。それをあなたが叶《かな》

えてくれて、いっときは子供みたいにはしゃいでいました。だから自分を責めないで。うちの人は頑固で強い人ですから、因や縁に負けてあっちへ行ったわけじゃない。そんな弱い人じゃない。なにか理由があるんです」

ポロポロと涙がこぼれた。もしもいつか仙龍を喪うときが来たとして、自分は絶対こうできない。冷静でなんかいられない。運命を怨《うら》み、無様《ぶざま》に取り乱して泣くだろう。

そして突然思い出す。父親の昇龍を喪ったとき、悲しみを表に出さない母や祖母の姿に不審を抱き、隠温羅流から離れたという仙龍の言葉を。好きな女に同じ思いをさせるくらいなら、結婚などしないと仙龍は決めた。因縁を自分の代で終わらせるために。

「守屋大地の母、雅子《まさこ》です」

仙龍の母親がそう言った。

「高沢春菜です」

と春菜は答えた。昇龍の妻となって珠青と仙龍を産んだ女性は涼やかな目の持ち主だった。細面ですらりとして、上村松園《しょうえん》の浮世絵から抜け出たような人だった。

「うちと関わって、たくさん恐《こわ》い目に遭ったんですって？　かわいそうに」

黙っていると、

「珠青が話してくれました。導師の呪いを解くために、吉備《きび》や奥出雲《おくいずも》まで行ってくれたと。今までは、私たちの誰も本当の理由を知ることができずに来ました。でも、あなたのおかげで……」

そう言って春菜の手を取った。ひんやりと乾いていて、白く骨張った手であった。

「私……あの……」

「いいのよ」

と、仙龍の母親は言う。

「いいの、いいんです。私たちが棟梁の死を知らされたのは昨晩で、だから少しは落ち着いたのよ、そういうことなの。訃報を知ったときは息が止まるほどだった。私たちを冷たい人間と思わないでね？　私も、彼女も——」

と、棟梁の奥さんに目をやって、

「——隠温羅流の職人と一緒になると決めたとき、覚悟はしていたのです。けれど覚悟と実際は違う。せめて夫に恥をかかせることがないように、歯を食い縛って精一杯に努《つと》めているの。男は勝手に戦って、女を置いてどこへでも行く。ならば私たちだって……夫が振り返らないというのなら、私たちだって潔く送り出してみせますよ。隠温羅流の女の底意地なのよ」

「はい」

この人たちは珠青そっくりだと思い、春菜はたちまち二人を好きになった。

同じ悲しみ、同じ意地、同じ運命を知る女たち。自分もそうなるのかと春菜は問いかけ、そんなの厭だと即座に思った。甘んじるのなんか厭だ。意地なんかくそ食らえ、私は仙龍を死なせない。諦めるのなんかまっぴらだ。

「でも厭です。こんな悲しいことは許せない。そんなのダメです、許せない」

「そうね。ええ……そうですとも」

棟梁の奥さんが頷いた。

「うちの人もそう考えていましたよ。もう、誰一人として職人を、若くして死なせたくなかったんです。仙龍さんを見送るくらいなら、自分が、先に……」

突然、奥さんは止めどもなく泣き出した。仙龍の母親が肩を抱き、コーイチが飛んできて彼女を椅子に座らせた。奥さんは膝に突っ伏して肩を震わせ、声も上げずに泣いている。こんな悲しみがあるだろうか。昨日まで元気だったのに今日は死の床《とこ》にいるなんて。

「少し休ませよう。寝ていないんだ」

仙龍に肩を抱かれて、春菜は小林教授や和尚の許へ戻ってきた。

工場の隅に椅子を出し、二人は勝手に掛けている。棟梁はいつも枕木に腰を掛けて煙草を吹かしていたなと思う。

「これからどうなってしまうのでしょうねえ」

奥さんたちを遠目に見ながら教授が言った。

「本当は体調が悪かったのに、隠していたのでしょうかねえ」

「死因は心筋梗塞《しんきんこうそく》だ。奥さんから電話をもらって、すぐに救急車を手配したんだ。でなければ警察が介入するからな――」

仙龍が言う。

「――懇意の病院で死亡証明書を書いてもらった。外傷はなく、体に穴も空いていなかった。医者は眠ったまま死んだようだと言っていた」

仙龍も蠱峯神の祟りを疑っていたのだ。

「なにか理由があるのじゃろう。今はわからずとも」

重々しい声で和尚が宣《のたま》う。

「棟梁は隠温羅流の因を解き、障りを祓いたいと誰より願った男である。その因縁がようやく浄化の流れに乗って、まさに蠱峯神の正体を暴こうというときに、犬死にするとはとても思えぬ」

「俺も和尚に同感だ」

「でも、死んだら何もできないわ」

春菜は敢《あ》えて反論する。

「もう私たちを助けてくれない。この先は私たちだけでやらなくちゃ」

「そう伝えたかったのでしょうかねえ。それとも、因が解けて浄化の流れになったのを知って、力尽きてしまったのでしょうか」

「かように柔《やわ》な男ではない。筋金入りの頑固者ぞ」

和尚はそう吐き捨てて、

「儂も三途寺《さんずのてら》へ帰ってくる。読経するにもこの格好ではの、馬鹿《ばか》にするなと棟梁が怒って化けて出るやもしれぬ。きちんと法衣《ほうえ》に着替えて参る」

「幽霊でもいいから逢《あ》いたいですねえ」

「あそこにおるゆえ、棺桶に覆い被さって悪態《あくたい》をついてくるがよい。儂は行く」

雷助和尚はドスドスと床を踏みならしてオンボロトラックのほうへ歩いていった。

「和尚さんも辛いのですね……運転しながら泣くのでしょう」

その後ろ姿を見送りながら、小林教授が呟いた。


和尚が行ってしまったので、春菜が教授を自宅へ送ることになった。自分も会社へ報告し、喪服に着替えてこなければならない。出棺は日の出の頃というので、春菜と教授は連れ立って会社の裏の駐車場へ向かった。その間にも各所からお悔《く》やみの品が届き始める。それは供花でも花輪でもなく三宝に盛られた一山の塩で、送り主の名前を墨書きした短冊がついていた。工場内では四天王とコーイチと仙龍が黙々と準備を整えている。彼らはすべてを心得ていて、一連の動作は曳家の儀式を見るようだ。

「どうして塩なんですか？」

教授が助手席に乗るのを待って訊いてみた。

「そうですねえ……春菜ちゃんは初めてなので驚いたことでしょう。隠温羅の流儀は何から何まで興味深くて、けれどもこうして因が解けてみますれば、理由がわかったというものです。鐘鋳建設で仏様が出たときは、家族と職人たちだけで故人を見送る仕来りです。ご存じのように、隠温羅流の職人が死ぬときは障りを纏っている可能性がありますからして、灰にするまで一般人に参列させないのは、障りをうつさぬためでしょうか。悼む側もそれを知るから塩を送ってくるのです。御社の井之上さんはご存じのはずだと思いますよ。昇龍さんが亡くなったときもお付き合いがありましたから」

「先に会社へ連絡してもいいですか？」

エンジンを掛け、エアコンのスイッチを入れてから訊いた。

「どうぞどうぞ。それ用の業者さんに電話して、鐘鋳建設へ届けたいと言えば手配してもらえることでしょう」

井之上は連絡を待っていた。会議でプロジェクトの進行に同意を得たばかりのタイミングでもたらされた棟梁の訃報は、先に立ちこめる暗雲を予感させたことだろう。

——塩はすぐに手配する。あと、告別式には俺も行く。鐘鋳建設さんの葬儀となれば、関連業者がみな顔を出すだろうしな——

そして「大丈夫か？」と春菜に訊ねた。

「はい。大丈夫です」

——高沢は出棺にも立ち会うな？　今は仙龍さんのそばにいてやれ。うちの社長には俺から話を通しておく。いっそ忌引き扱いにするか？——

春菜は少し考えて、「いえ。プロジェクトを進めます」と、答えた。

「それが棟梁の望みです。私がやらなきゃなりません。棟梁と約束したから」

井之上は「そうか」と言った。電話を切ると、小林教授が春菜を見ていた。

「よく言いました。私もそう思います」

そしてメガネを手ぬぐいで拭き始めた。

「教授も出棺に立ち会いますか？　そうなら私がお迎えに行きます」

春菜が車を発進させると、「いえいえ」と、教授は答えた。

「隠温羅流の出棺は神聖なもの。春菜ちゃんはともかく私は家族じゃないですからね。遠くから見守ることにいたします。それに、私だって棟梁のためにやらなければならないことがありますからして。私も調査を進めます」

駐車場を出て鐘鋳建設の脇を通ると、その先の信号は赤だった。

停止して、春菜は訊く。

「雷助和尚と一緒だったのはなぜですか？」

「蟲の臭いや奇妙な音で学生たちが怖がるもので、和尚に助っ人を頼んだのですよ」

「短パン姿で？」

教授は「はは……」と虚《むな》しく笑った。

「いつもながらの凄い法衣で来ていただけると思いきや、そこは私も甘かったのですねえ。けれどもさすがは和尚さん。それなりに効果はありました」

きれいに拭いたメガネを掛けて、小林教授は正面を見据える。

信号が青になり、春菜は車を発進させた。

「お祓いしながら調査したんですか？」

「いえ、そうではありません。建物に入ったとたん、和尚さんはまっしぐらに階段を上っていったのですねえ」

その建物には春菜も入ったことがある。そのときも、階段の上から気配を感じた。薄暗い建物は、階段を上がった先がどこか別の世界につながっていた。春菜はそこでオオヤビコを見た。それともあれは蠱峯神か。井之上が呼びに来てくれなかったら、どうなっていたかわからない。

「雷助和尚は何事もなく？」

「ああ見えて腕は確かな人ですから」

チラリと見えたドヤ顔が、春菜は無性にありがたかった。

「天井に梁《はり》がありまして、和尚さんはその上に何かあるから確かめてみろと言うのです。

それで脚立を持ってきて、若い者に確認してもらいましたらね？」

語尾を上げて悪戯《いたずら》っぽい顔をする。

「何かあったんですね――」

と、春菜は言う。

「――なんですか？　建設当時の棟書きとか？」

「小さな桐《きり》の箱でした」

そう聞いたとき、ゾッとして腕に鳥肌が立った。

「仙龍さんに知らせなければと電話して、訃報を知る羽目になったのですよ。ですので、このことはまだお伝えできていないのです。明日はさらに他の場所……坂崎製糸場の別の建物も確認しなければなりません」

「それは何の箱ですか？」

「おそらくは、蠱峯神の箱と思われます」

「蠱峯神の箱は邸宅の屋根裏にあるのでは？」

教授はしばらく沈黙してから、運転席に体を向けた。

「そうですが……蠱峯神は望む者に分けられる神ですからして、大きな箱から小さな箱へ、神を分けたとも考えられます」

ますます嫌な予感がしてきた。

「箱の中身は？　確かめたんですか」

ええ。と教授は頷いた。

「状況からしても蠱峯神が入っているのだろうと考えまして、決して開けないという約束で、箱を大学へ持っていっていただいたのです。昨今はX線イメージング法というやり方がありまして、それを使えば箱を開けずに中の検査ができるのですよ」

「そうなんですね」

「私も詳しいことは知りませんけど、二種類のX線を照射して対象物の組成を探り、そこから映像に結んでいくようです。考古学の世界では、たとえば貴重なエジプトのミイラなど、容《い》れ物《もの》を開けずに内部を知るのに使われているそうですよ？　試していただいたところ、人の足の指が入っているようでして」

「足の指……って」

ハンドルを握る手に力が入る。

「春菜ちゃんは覚えておりますでしょうか。因幡《いなば》の大庄屋《だいしょうや》だった人物の家で蔵を壊したら、丑梁《うしばり》のほぞ穴から、書き付けと砂が出たという話を」

「覚えています。その家には蠱峯神がいたんですよね？　家長のみが神と話して、それ以外の者は蠱峯神の名前すら知らなかったと」

「そうですそうです。蠱峯神は秘して祀る神で、家長が世話をし、正体は明かされないのが普通で、だから文献などが残っていない。ところで、その砂が実は遺灰だったとしたらどうでしょう。京都で見つかった『蠱峯神御祈禱之璽《ごきとう》』には小さな石が含まれていましたが、こちらは骨かと思います。坂崎家の箱に入っているのが足の指だとわかったことは、大発見だと思うのですねぇ」

「つまり……どういうことになるんですか？　教授は、蠱峯神を憑物の一種ではないかと仰いましたね。同じ憑物の犬神の場合、ご神体は動物のミイラで、蠱峯神も同じだとすれば……え？　じゃあ、そのご神体は……もしかして」

「その可能性もあるのではないでしょうかねぇ。そして、だからこそ蠱峯神信仰の記録が残っていないのかもしれません」

「それはつまり、こういうことですか？」

春菜は敢えて訊く。

「蠱峯神のご神体は、人の遺体かもしれないんですね？」

教授は深く頷いた。

「興味深いことに、金屋子神を祀る金屋子神社のご神体は、たたら場に埋めて塚《つか》を築いた安部《あべ》氏の遺骸《いがい》でしたねぇ。同じルーツを持つ蠱峯神のご神体が遺骸でも、驚くべきではないのかもしれません。真言密教でいうところの入定《にゅうじょう》など、日本は即身仏を崇《あが》めてきた国ですし」

「言われてみればそうですね。でも、そうなると、謎は誰の遺体か、ですね」

そして春菜はこう言った。

「金屋子神社の金屋子姫は、十七世紀後半に飛び去った。私たちはその先がここ信州だと思ってますよね。もしかして蟲峯神の正体は、金屋子姫の遺体なんてことが……」

教授は瞳《ひとみ》をキラキラさせて、興奮を押し殺した声でこう言った。

「まさしく、その可能性を私も考えていたのです。金屋子さんは隠温羅流に執着するあまり、自らご神体を運び出させたのかもしれません。なんというロマンでしょうか」

それがロマンとは、春菜にはどうしても思えなかった。

「指はどういう状態だったんですか？」

「箱自体はそれ用にあつらえたものでしょう。蓋に坂崎家の家紋が押されていましたから。画像はイメージなので鮮明ではありませんが、中に緩衝材を入れていまして……この緩衝材はおそらく真綿だと思います。さらに繊維の、こちらはおそらく和紙でしょう。和紙で包んだ指のミイラが入っていると思われます」

「書き付けやお札は」

「なかったですね」

開けて確かめれば簡単なのだ。けれどもそれで蟲峯神が噴出したら、その場の誰かに憑いて災厄を運んでいくか、誰かを喰うかもしれない。それともまさか、再び浅間山《あさまやま》が噴火して天明の飢饉《ききん》のような災厄が降り懸かるのか、今はまだ何もわからない。

「今回の調査は北部信州大学の設備を使えますので、ゆくゆくは指のDNA鑑定をしてみたいのですが――」

「絶対ダメです」

春菜は思わず教授を見た。

「箱を開けたら何が起きるかわかりません」

「それは重々承知しています。ですからすぐにはやりません。組織が劣化しているとDNAは検出できないそうですし、ただ、画像で見る限りは保存状態がよさそうで、そこもひとつ謎なのですねえ。まさかナマの指が入っているとも思えませんので」

「保存状態がいいって、どれくらい？」

「日本は多湿な国なので、乾燥地帯のエジプトのミイラよりずっと状態はよいでしょう。和紙と真綿にくるまれていることも期待できます」

春菜は考え、教授に訊いた。

「DNAを調べたら、何がわかると思いますか？」

前を向いて運転していても、教授が体をこちらへ向けるのがわかった。しばらくのあいだ春菜は待ち、やがて教授は静かに言った。

「蠱峯神の、神様のDNAがわかるではありませんか。それをたとえば、安部氏の子孫や、仙龍さんや私や春菜ちゃんと比べることができますし、もしかしたら渡来人の指かもしれませんし、温羅《うら》のDNAが手に入るなら照合してみたいですしねえ」

「生《い》け贄《にえ》にされた人の指かもしれないですしね」

春菜が言い、教授は続ける。

「かもしれません。その場合は生け贄を生き神とした信仰がひとつ紐解《ひもと》かれますねえ。いずれにしても答えは目の前ですよ」

それを棟梁にも見てほしかった。どうしても、考えはそこにいってしまう。

「では、邸宅の屋根裏にある大きな箱も、遺骸の部位が入っていると思うんですね?」

「もちろんです……私としては、小箱に入っていたのが『足の指』であることに引っかかりを覚えておりまして、屋根裏の大きな箱は、あるいは……」

教授はそこで言葉を切ると、あとはただ沈黙のまま、車は自宅に到着した。

車を降りると小林教授は運転席を覗き込み、

「私は明日にも他の施設を調べてみます。新しい建物はともかく、古い建物には同じような箱があると思いますので」

「わかりました」

教授は少し考えてから、

「隠温羅流が死者を送るのは未明過ぎ。日の出の頃と覚えておくといいでしょう。春菜ちやんが仙龍さんの家族としてそこにいることも大切な意味があるのでしょう。私たちは棟梁のためにも、それぞれができることをやらねばならない。泣くのはそれからにいたしましょう。棟梁も言うでしょう。『お気張りなせえ』と」

「はい」

春菜が応えると、教授は微笑んでから、踵《きびす》を返して自宅へ戻った。

シルバー仲間を喪ってしまったその背中には、気負いと淋《さみ》しさが宿っていた。


翌未明。まだ太陽も昇らぬ頃に、春菜は喪服で鐘鋳建設を訪れた。広い道路に車通りはほとんどなくて、鐘鋳建設の前の路肩に霊柩車《れいきゅうしゃ》とワゴン車が待機していた。表側の駐車場にあった重機や社用車は一台もなく、代わりに隠温羅流の因が入った提灯《ちょうちん》が薄闇に朱《あか》い火を灯《とも》して並んでいた。灯りが呼吸のように揺れ、奥出雲の風景を彷彿《ほうふつ》させる。

社員用の駐車場へ車を回すと、そちらはすでに満杯で、コーイチの車が路上に駐車してあった。隣に停《と》めて車を降りると、小柄《こがら》で白い影が近づいてきて、

「春菜さん」

と、名を呼んだ。純白の法被を纏ったコーイチだった。

その姿を初めて見るのが棟梁の葬式なんて、こんな皮肉があるものか。春菜はグッと唇

を噛む。泣いても棟梁は喜ばない。私たちにはやることがあるのだ。

コーイチは春菜に一礼した。

「来ていただいてありがとうございます」

「このたびはご愁傷様でした」

深く頭を下げてから、闇に輝くコーイチの法被姿を眺めた。ツンツンに立っていたアッシュの髪を黒く染め、整髪料でオールバックに整えている。

「やっぱり白い法被で送るのね」

「隠温羅流の正装っすから」

コーイチも、もう泣いてはいない。唇を引き結び、真っ直ぐ前を向いている。いつの間にこんなに逞《たくま》しくなったのだろうと、春菜は思った。

「どうぞ」

コーイチの案内で工場へ向かう。

二列に並んだ提灯は工場と霊柩車をつなぐ灯だ。線香の香りが微かに漂い、その普通さにホッとした。因縁祓いの儀式でも線香は使われていたから、そこは世俗の葬儀と一緒のようだ。けれど工場内を見渡せる位置まで来ると、春菜は思わず足が止まった。

隠温羅流の葬儀は華美を嫌うと聞かされてはいた。でも、これほど厳《おごそ》かだとは思わなかった。棟梁の棺は昨日と同じ場所にあったが、工場の内部はすっかり片付けられて、両脇に白布で覆った机が並び、塩を盛った三宝が夥《おびただ》しく置かれているのであった。塩はピラミッド型に固められ、送り主を書いた短冊が貼《は》ってある。照明はなく、燭台《しょくだい》に立てた和蠟燭がずらりと並んで、夕暮れ色の炎が燃える。棺の前に喪服の遺族と法被姿の職人たちが静かに並んで立っていた。コーイチが言う。

「死者が障りを被らないよう、縁ある者が塩を送ってくるんすよ。置いておくと何割かは障りを吸って溶けるんすって。死者を案ずる人の想いが死者の魂を守るんす」

儀礼は祈りだ。願いを込めた呪《しゅ》なのだと春菜は思った。

ずらりと並んだ三宝には、隠温羅流との仕事で知った業者の名前が並ぶ。仙龍の兄弟子が起こした曳家の会社『木賀《きが》建設』、造り師の親方の『徳永造園《とくながぞうえん》』、その造り師が丹精込めた庭を持つ『藤沢《ふじさわ》本家博物館』、宮大工《みやだいく》の『鶴竜《かくりゅう》建設』、『(株)アーキテクツ』の名前もあった。隠温羅流が懇意にしている『九頭龍《くずりゅう》神社』、首洗い滝を護《まも》る『八《や》角《すみ》神社』、犬神の山にトンネルを通した『橘高《きったか》組』、魂呼《たまよ》び桜と人柱を護る『猿沢《さるさわ》地区人柱供養堂保存会』、怨毒草紙《えんどくぞうし》を鎮める『東按寺《とうあんじ》』……春菜の知らない業者の名前も、ずらずらずらりと並んでいる。『美好健創《みよしけんそう》』、『剣持《けんもち》曳家』、『川柳《せんりゅう》建設』、『深井組《ふかいぐみ》』、『河島《かわしま》左官』に『金田《かねた》工業所』……ああ、そして、『長坂建築設計事務所』も。

和蠟燭の炎が盛り塩の短冊を照らす様を見ていると、これこそが隠温羅流の成し遂げてきた技であり、縁だと思う。長い、長い年月をかけて、隠温羅流は多くの建物と人々を救った。救われたモノの想いが重なって、流れを浄化へ導いていく。

棺桶の四隅に四天王が立ち、正面には和尚がいて、その脇に仙龍がすっくと立ってこちらを見ていた。頭を下げると仙龍も下げ、喪服の遺族も会釈した。

悲しみの夜は白々《しらじら》と明け、駐車場に青白い光が差してくる。誰も、何も言わないが、和尚の読経が始まると、一同は棟梁に向いて頭を垂れた。

お経の意味は何度聞いてもわからない。

死者に西方浄土の在処《ありか》を説いているのだろうか。それとも三途の川まで各所をめぐって遺恨を晴らせと説くのだろうか。和尚の声は深く厳しく美しく、胸に溜《た》まった澱《おり》や汚れを掻き落としてくれるかのようだ。こうして読経を聞いてさえ、春菜はまだ信じられない。けれど現実は変わらない。棟梁はもういないのだ。

絶対に、諦めません。

固く目を閉じて春菜は誓った。答える棟梁はいなくても、その魂に訴えた。

ザッと音がして空気が割れた。顔を上げると職人たちが左右に分かれ、盛り塩と燭台の前に列を作って並んでいた。いつの間にか珠青が来て腕を引き、家族の中へと誘われていく。黎明《れいめい》の空に日が昇り、朝焼けが駐車場を照らし始めた。提灯の灯りが溶けていく。

「守屋竜生《たつお》と菊子《きくこ》の三男、守屋治三郎こと棟梁を送る」

棺の前で仙龍が言い、腕を伸ばして軔を招いた。昇龍亡きあと、仙龍が導師を継ぐまで鉄龍《こくりゅう》を名乗って導師を務めた仙龍の叔父で、棟梁の甥だ。彼は厄年前に導師を降りて、四天王の一人となった。端整な佇《たたず》まいの男が多い守屋家の血を引きながら無骨で色黒の軔は長い法被を翻して仙龍の横に立ち、開脚して一同を見た。仙龍が言う。

「棟梁の仕事は軔に継がせる。明日から彼がうちの専務だ」

職人たちは声を発しなかったが、両腕を後ろに組んで軔のほうへ顔を向け、同時に深く頷いた。初めて軔が口を開いた。

「訃報を聞いて、俺は棟梁の机を調べた」

今後は五十がらみの軔が社の最年長となるのだろう。ゲジゲジ眉毛《まゆげ》で、大きな瞳が黒々として、口元に覗く歯が爽《さわ》やかな軔は言った。

「すべての書類がわかりやすいように整理してあった。それで思い出した。ここひと月ほど、俺は棟梁の仕事を手伝わされていた。おそらく棟梁は覚悟して、準備していたのだと思う。決して因縁に獲《と》られたわけじゃない。棟梁は知っていたんだ」

仙龍が軔の言葉を引き継いだ。

「隠温羅流は導師や職人を何人も送った。そうした不幸は俺の代で終えるべきだと考えていた。けれど因に手が届き、流れは浄化に向かいはじめた。俺は因縁を終わらせる。隠温羅流は表に出るぞ」

ザッ！　と工場に鳴り響いたのは、職人たちが姿勢を正す音だった。雷助和尚が立ち上がり、コーイチと若手の綱取りが、棺の前から経卓を下げた。軔は棺の隅に戻って、四天王が棺を肩に担いだ。

「それではの」

と、雷助和尚が棺に囁く。またすぐ会おうと、生きた棟梁に言っているかのようだった。チーン……と和尚の鉦が鳴る。仙龍が先に行き、棟梁を入れた棺が続く。

夥しい塩と、その前に並ぶ和蠟燭の炎、白い法被の男たちに見守られ、棟梁は鐘鋳建設の工場を出る。うしろには細君が、そして身内の人々が続く。外を照らすのは黎明の光だ。どこからか舞い落ちてくる花びらが白くて小さな蝶にも見える。風は優しく、花が香って、山々から雲が生まれていく。別れの時を惜しむかのように棺はゆっくり外へ出て、居並ぶ職人たちの間を通り、やがて霊柩車の脇につく。

そこで棺は立ち止まり、職人たちが頭を下げた。白い法被が風をはらんで、縦横にはためいても動かない。棺が積まれる様子を、後続のワゴン車の周囲で遺族たちが見守っている。春菜は遺族の最後尾にいたが、棺桶が霊柩車に乗ると、仙龍がそばに来て訊いた。

「どうする。火葬場へ付き合うか?」

「いいえ」

と、春菜は頭を振った。

「私は戻って仕事を進める。教授を独りにしておけないし、棟梁と約束したから」

仙龍は頷いた。

「わかった。何かあったら風鐸に連絡を入れてくれ」

仙龍は霊柩車の助手席に棟梁の奥さんを誘ってから、後部座席に乗り込んだ。

車は静かに発進し、春菜もまた職人たちと同じ姿勢で見送りをした。

敷地に並ぶ職人たちは、二台の車が見えなくなるまで顔を上げようとしなかった。

其の三

蠱峯神の足

棟梁を送ったあと、自宅へ戻ってパンツスーツに着替えてから、春菜はアーキテクツに出社した。駐車場でエンジンを切り、仕事の書類をバッグにまとめているときも、薄明かりのなか、蠟燭や提灯、大量の塩に囲まれて厳かに会社を出ていく棟梁と、それを見送る職人たちの光景に心を囚《とら》われ続けていた。

書類と入れ替わりにポーチを出して、春菜は大切な棟梁の手帳を抱きしめた。

棟梁、私は託されたのよね？

心で訊いても返事はない。棟梁の気配はどこにもない。きれいさっぱり消えてしまった。もしやサニワが使えなくなったのだろうかと春菜は思い、それは困ると戦慄《せんりつ》した。ルームミラーを自分に向けてブラウスの襟をぐいと引き、醜《みにく》い痣が確認できると安堵《あんど》した。

「痣があるなら大丈夫。私はまだ役に立てる」

鏡の自分にそう言うと、車を降りてオフィスへ向かった。

営業フロアの自分のデスクへ行くと、井之上のメモが貼られていた。

——盛り塩は手配しておいた。:井之上——

塩は確かに届いていた。春菜もメモ用紙に走り書きし、井之上のデスクに貼り付けた。

——部局長。盛り塩をありがとうございました。本日は坂崎製糸場へ行ってきます。何かあれば連絡ください：高沢——

早朝なのでフロアは無人だ。春菜は行き先を書き込むホワイトボードに『坂崎製糸場：調査』と書き込んで、再び会社を出発した。

なんとしてもこの案件を成功させなければならない。建物を敷地内に保存できればいいが、それがダメでも蠱峯神だけは除去したい。そして、と、春菜は宙を仰いだ。

教授は蠱峯神のご神体が人の遺骸ではないかと言った。さらに遺骸は金屋子神社を去った金屋子姫の可能性がでてきた。もしも蠱峯神が金屋子姫なら、やり方次第で導師の呪いを解けるかもしれない。たとえば遺体を出雲に戻して金屋子神社に再び祀り、今の信者の崇敬を得るようにしてあげるとか。以前、座敷牢《ざしきろう》に囚われた死霊にしたように、擬似的な婚礼を挙げさせるとか。指を本体に戻すとか。

アーキテクツのある長野市から上田市の坂崎製糸場までは車で一時間少しの道のりだ。国道を進んで市街地を抜けると、川に沿って長閑な風景が続いていく。土手の桜や菜の花を見ても、キラキラとさざめく千曲川を眺めても、春菜は隠温羅流と共に立ち向かう因縁の凄まじさを考えてしまう。今頃棟梁はどうしただろう。ニヒルな棟梁が時折見せた、はにかんだような微笑みや、いつも鋭かった眼光や、片膝胡座で煙草を吹かすおなじみの仕草が脳裏に浮かび、あの体が荼毘《だび》に付されることを悲しんだ。

納得がいかないのは、棟梁が死期を悟っていたとして、どうして仙龍や四天王に、コーイチや私に、雷助和尚や小林教授に助けを求めてくれなかったのだろうということだ。

「私たち、チームじゃないですか」

声に出して呟いてみる。答えたのは棟梁ではなく、奥さんの声だった。

――なにか理由があるんです――

車が上田市街地へ入り、赤信号で止まっているとき、ブルートゥースで電話が掛かった。

「はい」

――春菜さん、俺、コーイチっす――

声を聞くだけでホッとする。春菜は集音器に向かって話した。

「風鐸って言わないの？　もう風鐸って言わないと」

――そうなんすけど、照れちゃって……今朝はありがとうございました――

「いいえ、こちらこそ。皆さんは大丈夫？」

――や。社長たちはまだ戻ってないっす。俺らは片付けて仕事してます。サボってると棟梁に叱られちゃうんで――

隠温羅流は立ち止まらないんだ、と春菜は思った。

「どうしたの？」

信号が青になる。車を出して春菜は訊く。

――春菜さん、いま会社っすか？――

「運転中。坂崎製糸場へ向かっているの」

マジすか。と、コーイチは言った。

――そんなら俺もそっち行くんで、ちょっと現場で会えないっすかね――

「いいけど、どうして？」

――今、小林センセから電話があって、なんか箱が見つかったって言うんすよ――

その話なら本人から聞いている。

「知ってる。蟲峯神の小箱でしょ？　昨日、教授を送っていくとき話を聞いた」

――そうじゃなくって、昨日とは別の箱が出たって言うんす――

「え？」

――社長に電話したら現場へ行ってみてくれって言うもんで、いちおう春菜さんにも報告しておこうと――

「教えてもらってよかったわ。私も教授が心配だったの」

棟梁だけでなく教授にまで何かあったらと、心配する気持ちは一緒だ。

――俺もすぐ向かいます。急いで行くんで――

了解。と、春菜は答えて通話を終えた。

他にも箱が見つかった。なるほどそういうことだったのか。初めて坂崎製糸場へ行ったとき、役所の滝沢が言っていた。邸宅だけでなく撰繭場兼繭倉庫にも何かいる感じがすると。建物の持ち主総子さんによれば、蠱峯神の御利益《ごりやく》は絶大らしい。つまり蔵之介氏は、邸宅のみならず製糸場全体に蠱峯神を分けていたのだ。

鈺龍こと守屋正十郎が坂崎家の蠱峯神を封印したとき、蔵之介氏は分けた蠱峯神について隠していたとは考えられないだろうか。邸宅に入った泥棒が蠱峯神に食い殺されて、蔵之介氏は蠱峯神を怖れるようになった。そこで正十郎に頼んで封印したが、引き続き御利益は受けようとご神体を各所に分けて、それについては黙っていたのだ。

「蠱峯神はそれを通して敷地内に作用しているんだわ。だから大きな箱が屋根裏に封印されても、課長を食い殺すことができたのよ」

パパーッ！　と、クラクションを鳴らされた。

危ない。これでは教授を守るどころか自分が事故を起こしてしまう。手のひらで頰を叩《たた》いて前を見た。万事に注意を心がけないと、障りは隙を突いてくる。

市街地を抜けて先へ行く。やがて道の両側に土蔵や美しい格子窓の古民家が続く通りへ出た。坂崎製糸場である。格子窓の古民家は創業者一族のかつての住居だったといい、蔵之介氏が邸宅を建てるまで、蠱峯神はこちらに置かれていたらしい。

土蔵の白壁が途切れたところに製糸場の正門があって、事務所棟が窺《うかが》える。古い分校のような佇まいは、由緒ある会社に似合っている。春菜は正門を通り過ぎ、敷地の裏側にある駐車場へと向かい、上田市役所の車と北部信州大学のバンの脇に駐車した。

担当職員の滝沢は上田市役所街づくり推進事業部の主任だ。死んだ課長を最初に発見したのが彼で、蠱峯神を怖れている。車には姿がないので、すでに教授と中にいるのだろう。ルートは知っているものの、敷地は法人の坂崎製糸場のもので勝手に出入りすることができない。春菜は滝沢の名刺を探して電話をかけた。

——街づくり事業部の滝沢です——

「アーキテクツの高沢です。今、よろしいですか？」

ああ、高沢さん。と、滝沢は嬉しそうな声を出した。

——どうされましたか？　なにかいいアイデアが？——

「まだですが、それにつけても現場を拝見したくて、裏の駐車場に来ているんですが」

——本当ですか——

「大学のバンの隣に主任の車があったので、電話してみたんです」

ちょうどよかったと滝沢は言い、手前の倉庫にいますと告げた。春菜は鐘鋳建設からもう一人来るので、彼を待ってそちらへ行きますと伝えた。

「勝手に入っていくわけにもいかず、お仕事の手を止めさせてすみません」

――アーキテクツさんならかまいませんよ。調査で業者が出入りしますということで了承を得ていますから。まあ、立会人のぼくがいるときはってことですけど――

では後ほど倉庫へ伺います、と話していると、向かってくるコーイチの車が見えた。

「来たので電話を切りますね」

今朝は整髪料で髪を固めていたコーイチは、黒くてツンツンした髪型に戻っていた。額に黒いタオルを巻いて、黒色のTシャツを着ている。駐車場に入ってくると、端のほうに停めて駆けてきた。

「すんません。遅くなりました」

「私も今着いたとこ。滝沢主任に電話したら、倉庫にいるから入ってきてって」

「小林センセは大丈夫っすかね」

「教授とはまだ話してないの。行ってみようか」

「そっすね」

一緒に歩き出しながら、互いに互いを見守る気配が奇妙で苦笑した。

「コーイチは大丈夫？」

と聞いてから、風鐸と呼ぶべきだったと考えた。

「春菜さんこそ」

「うん」と、春菜は頷いた。

「大丈夫じゃないけどなんとか平気……平気じゃないけど平気の振りならできるかも」

「むしろオレっすよ……かなりショックを受けたんで」

俯《うつむ》いて、コーイチは目をパチクリさせている。

「や。わかってはいるつもりだったんっすよ？　隠温羅流は陰の流派で、陰っていうからにはやっぱ、公にできないあれこれがあるんだろうなって。ていうか、軽薄に陰の流派ってカッコいいなって思ってたところもあったんす」

春菜は少し心配になった。

「供花の代わりに塩を盛るとかそういうところ？」

流儀の違いに戸惑いを覚えたのだろうと思って訊いた。

「や、んなことないっす。あれは理にかなっているんで」

コーイチは春菜を振り向いた。

「今朝、棟梁を送り出したじゃないっすか。お骨にしてから初七日に告別式をやる本当の理由、知ってます？」

「三途の川を無事に渡れるように、でしょ」

「それもあるけど現実問題として」

訴えるような目をしている。

「守屋家の曳家職人は、亡くなるとご遺体が火を吹くんすって」

「え」

「軔さんが『おまえも法被になったから』って、教えてくれたんす」

「どういうこと？　ご遺体が火を吹く……？」

「自然発火っていうんすかね。そういう言い伝えがあって火葬を急ぐらしいっす」

春菜は背筋がゾッとした。祟りの元凶は金屋子だ。金屋子姫とも、金屋子神とも、親しみを込めて金屋子さんとも呼ばれる神は、たたら製鉄の際に村下との婚姻で鉄を産む。隠温羅流の祖先はこの神を裏切って呪いを被った。

「遺体が燃える……金屋子が燃やすのかしら」

想像するとおぞましい。金屋子は死の穢れを好む神。鉄を吹く直前に村下が死ねば炉に遺骸を吊《つる》して鉄を涌《わ》かすという。

「独特な葬儀は曳家で被った障りより、金屋子から死者を守るためだったのね」

「そう。やっと本当の理由がわかったって軔さんが」

「盛り塩も、秘匿して行う出棺も、金屋子から守るため……なんて凄まじい執念なの」

「軔さんもそう言ってたっす。遺体が火を吹くなんて話は誰も真に受けていなかった……ていうのも仕来りが厳格に守られてきたから、実際に火を吹くのを見た者がいないんで……んだけど呪いの理由を知れば、然《さ》もありなんと思えたと」

「コーイ……じゃなく風鐸は、隠温羅流が怖くなっちゃった？」

「春菜さんに風鐸って呼ばれると照れるっすねーっ」

と、コーイチは白い歯を見せて、

「怖くなんかないっすよ、ショックだけど凹《へこ》んだわけじゃなく、むしろ怒りに燃えたってゆーか……オレ、好いた男に裏切られた女神にちょっと同情してたんっすよ。でも、不遜《ふそん》かもですけど、なんつか、あまりに理不尽で、『そりゃないよ』って」

春菜は少しだけ眉尻を下げた。

「風鐸が怒るの、手島《てしま》常務のとき以来よね」

手島は傲岸《ごうがん》不遜が過ぎて入社早々に会社を去ったアーキテクツの役員だ。

「あー、あのオッサンも酷かったっすねーっ」

その酷いオッサンが最後はどうなったのか、思い出して二人はくすりと笑った。

「でも、何百年も怨み続けるって相当な体力よ？　真に救ってほしいと思っているのは金屋子姫のほうだったりして」

コーイチの腕をポンと叩いて、春菜は通用口の扉を開けた。廃倉庫の奥には撰繭場兼繭倉庫がそそり立っている。数百年にわたる呪いも、執念も、もう終わらせていい頃よ。

オオヤビコが残した痣が、じんわり熱を帯びていた。

空き地からスロープを上って廃倉庫へ向かうと、スライド式の鉄扉が開かれていて、中で話し声がした。春菜とコーイチの足音に気がついたのか、扉の陰から滝沢が顔を出して「どうも」と言う。

「おはようございます」

春菜たちも滝沢に会釈した。

往時は繭で一杯だった廃倉庫も、今はガランとしていて何もない。

「小林教授はどちらです？」

訊くと滝沢は「二階です」と言った。

「小林センセから、また箱が出たって電話をもらったんすけど」

コーイチがここへ来た理由を告げると、滝沢は頷いて、

「霊能者の方が来たときに──」

と、撰繭場兼繭倉庫のほうを指さした。雷助和尚のことだろう。

「──向こうの建物の梁の上から小さい箱が見つかったんです。北部信州大学の島崎《しまざき》准教授が大学で調べてくれたんですが」

「中に人間の足の指が入っていたと聞きました」

「ああ、そうなんですね、足の指？」

滝沢は目を丸くして、気味悪そうに顔をしかめた。

「それで小林先生が、他にも箱があるかもしれないと言うので調べたら」

「やっぱあったってことっすかー」

と、コーイチが言う。

「あっちは撰繭場と繭倉庫がくっついてますが、それぞれひとつ見つかったんです。それで廃倉庫のほうも調べてみたら、上階の天井の桟に、やっぱり箱が」

「オレ、行ってみます」

言うが早いかコーイチは猿のように階段を駆け上がっていった。

「小林教授のチームも上に？」

「そうです。写真を撮ってます」

「大学の先生も一緒なんですね」

「島崎准教授は見つかった箱を持って大学へ戻られました。すぐに中を調べたいって」

「私も二階へ行っていいですか？」

滝沢は春菜を連れてコーイチが上っていった階段へ向かった。

室内は細長く、だだっ広いだけの空間だ。一階の床が土間であることや、意匠のない素通し空間であるのは撰繭場兼繭倉庫と似ているが、階段室の窓しかないあちらと違い、こちらは壁の両側に窓が並んでいる。全体的に明るいのも窓があるせいだろう。

「同じ繭倉庫なのに窓があるのね。なぜかしら」

春菜が言うと、滝沢が説明してくれた。

「こちらのほうが古いからです。多窓式といって、当初は繭の乾燥に自然の風を使ったんですよ。坂崎製糸場は大型機械の導入に積極的で、撰繭場兼繭倉庫が建った頃には乾燥機を使うようになったので窓がないんです」

「それでわかったわ。だからわざわざ石垣を築いてGL《グランドレベル》を空き地より嵩上《かさあ》げしたのね」

「風を呼ぶために？　なるほど、そうかもしれないですね」

「そういうことなら、この倉庫も貴重な文化財じゃない」

「そうですが、なんでもかんでも残しておくのは難しいです。同じ様式の四階建て倉庫がすでに文化財登録されていますし」

「そうなのね、不勉強でごめんなさい」

滝沢はニッコリした。

「四階倉庫はもっと東にあったので、事務所の脇へ曳家したんです。こっちの倉庫は敷地の最奥にあって、傷みも激しいので取り壊す予定らしいです。荷下ろし用の空き地と第二駐車場と、ここの敷地を合算すれば広大な土地が空くわけですから」

使用不能な土地を抱えておくより、更地にして活用するほうがずっと利益を生むだろう。けれど、もし、小箱の存在を知らずに倉庫を解体していたら、業者に死人が出たかもしれない。その手の不幸は結構あるが、大抵が工事中の事故で片付けられてしまう。慎重に階段は踏むたびギシギシ鳴って、コーイチのように駆け上がる気は起こらない。

二階に上がると、長いフロアの真ん中あたりに脚立を置いて、小林教授と三人の学生が作業をしていた。コーイチの姿はどこにもない。

「お疲れ様です」

声を掛けると、いつもどおりの格好をした小林教授が「おやおや」と応えた。脚立の周りに突っ立っていた学生たちが、それぞれに振り向いて頭を下げる。

「春菜ちゃんまで来てくれたとは……これは百人力ですねぇ」

教授は春菜を学生たちに紹介した。女の子が二名、男の子が一名、オカルト話を知りながら志願してきた猛者《もさ》だと言うが、どう見ても普通の学生たちだ。

「風鐸が先に上がってきたはずですけど」

「ここっすよー」

と、天井から声がするので見上げると、コーイチは膝を折って梁の上にいた。相変わらずの身軽さだ。

「私たちではどうにもなりませんのでねえ。梁の上を撮影してもらっているのです」

「下からじゃ腕を伸ばして箱を取るしかないっすもんね。でも、こうやって上から見ると、箱の周囲に結界が張ってあったみたいすよ」

脚立の上に男子が乗って、コーイチからカメラを受け取った。

それを小林教授に渡したので、春菜と滝沢もデジタル画面を覗かせてもらった。梁の上は埃だらけだが、箱があった場所だけ地肌が見えて、墨で四角く線を引いてあるのがわかる。箱は枠の中に置かれていたのだ。

「大きさはどのくらいなんですか？」

春菜が訊くとコーイチが代わりに答えた。

「枠線は煙草より二回り大きいくらいっすかね」

「サイズ的にも他の箱と同じで、坂崎家の紋が入っていましたねえ」

「結界って言うけど、線が引いてあるだけなのね。呪文《じゅもん》とか、記号とか、なんかそういう複雑な仕掛けがあるのかと」

「それはアニメの見過ぎでしょう」

と、教授が笑う。

「結界はもともとシンプルなものです。私たちは日常的に結界を目にしていながら意識せずにいるわけでして。たとえばですが、私有地と公の場所を隔てる塀とか門がそれですね。道路に引かれるセンターライン、輪投げをするとき踏んではいけない立ち位置の線。それらがすなわち結界です」

なるほど……と、春菜は心で思った。

「たかが線と仰いますが、心理と結びついて力を発揮するわけで、他にはですね」

「小林センセ、下りていいっすか」

また話が長くなりそうだと思ってか、コーイチが上から訊いて、

「ええ。結構ですよ。ありがとうございました」

教授の許可を得て梁から下りた。脚立など使わず、するりと着地して埃を払う。

学生たちは驚嘆の眼差しでそれを見ていた。

「重さも前のと似た感じでしたね。島崎くんがすぐに検査をしてくれるそうで、何が入っているのかは、もう少しすればわかるでしょう」

「わかれば連絡が来るはずです」

と、滝沢が言う。

「いったい何時から調査してるんですか」

春菜が訊くと、教授は澄まして、

「学生さんが来たのは八時過ぎですが、私と滝沢さんは六時前でしたかね」

などと言う。付き合わされた滝沢が眉尻を下げて首をすくめた。

「昨日の今日ですからね、私だってじっとしてなどいられません。シルバー仲間が中陰にいるうちに、はなむけを渡してあげたいですから」

コーイチがグスと洟を啜った。

「他に調べるところがあれば見るっすよ」

「ありがたいですが、私の推理によりますと、ほかに箱があると思《おぼ》しき場所は、曳家され

た四階倉庫程度と思います。蔵之介氏が経営者だった頃に現存し、かつ従業員たちが出入りした場所と言いますか」

「どうしてそう思うんですか?」

春菜が訊くと教授は答えた。

「蠱峯神は不徳の者を殺す神ですから、蔵之介氏は守り神としても随所に置いたのではないでしょうか。防犯カメラなどない頃ですし、蠱峯神が従業員の品性を守ったといいますか……事実、盗みに入った経理の人は亡くなってしまったわけですからねえ。考えようですが、祟りというのは最強の警備システムですよ」

「なんか生々しいっすね」

「そうですねえ」

小林教授は大きく頷き、

「結界の話にもつながりますが、恐怖は本能に訴えますからねえ。これをしてはいけない、と話してもあまり守る気になりませんけど、これをすると死にますよと言えば、人は守るし、怖がるし、さらには誰かに吹聴します」

「んでも、蠱峯神は怖がらせるなんてもんじゃなく」

実際に人を喰うんすよ、と、コーイチは学生たちを怖がらせないよう声をひそめた。

「大丈夫ですよ、彼らは蠱峯神より怖い単位を落とさないために来ていますので」

教授が言って、学生たちは苦笑した。

「ところで春菜ちゃん。少々お願いがあったのですが」

小林教授はまたもメガネを外して手ぬぐいで拭く。学生たちは脚立を片付け、間口や窓の形状を書類に書き込む作業を始めた。

「はい。なんでしょう」と言うと、

「いつでしたか、長坂先生の事務所工事を手がけたときに、ガラス屋さんが来ていましたが、あの会社を紹介していただけないでしょうか」

「村上《むらかみ》ガラスさんですね。かまいませんけど、ご自宅の窓ガラスが割れたとかですか？よければ私が手配しますが」

「ありがたいですけど、自宅の窓は無事なのですよ」

「伝票は上田市に上げてもらえば」と、滝沢も言う。「調査費用で落としますので」

春菜はわずかに眉根を寄せた。

「ガラスをなんに使うんですか？」

教授は拭き終えたメガネを耳にかけ、

「欲しいのはガラスではなく鏡です」

そうですねえ、と高さを見るように腕を上げ、

「鐘鋳建設さんにも相談するつもりだったのですが、人が立って入れてしゃがめる程度の

箱を造って、内側を鏡張りにしたいのですよ」

「その箱で何を……」

と、言いかけて、春菜は気付いた。

「まさか、蠱峯神の箱を開けるんですねっ」

教授はニコニコしながら頷いた。

「組織を採るには箱を開けねばなりませんから」

「なんすか」とコーイチが訊く。

「教授は箱の指からDNAを採るつもりなのよ」

コーイチはポカンと口を開け、恐ろしいものを見るような目で教授を見た。

「小林センセは何を考えているんすか」

「仮説の証明です。古い蠱峯神のお札は粉末や骨片のようなものとセットでしたね。粉末も骨片も調べることができませんけど、こちらの小箱は足の指が入っているわけで」

春菜とコーイチは顔を見合わせた。

「怖いからぼくは立ち会いませんけど、経費はなんとかします」

蠱峯神を畏《おそ》れる滝沢は、そう言って自分の手を尻で拭った。怖いと手汗をかくらしい。

「鏡張りの箱ができましたなら、中で小箱を開けるのです。邸宅の屋根裏は鏡が張ってあるという話でしたね？　と、するならば、蠱峯神は鏡の迷宮からは出られないということですから、鏡の中で箱を開けるのが安全でしょう」

「でも、誰がその中に入って箱を開けるんですか？」

「邪ではない、と言い切れるかどうかわかりませんが、私もシルバー世代ですし、これは私が長く追いかけてきた研究ですしね」

「そんなにしてまで箱の中身を見たいんですか？」

「見たいですねえ」

と教授は言った。あまりに清々しい顔をして。

春菜とコーイチは再び顔を見合わせた。このうえ教授まで喪うなんてありえない。そう思うと全身の血がザワザワと騒いだ。導師の呪いを解くことが誰かの犠牲の上に成り立つなんて、もしもそうなら仙龍は宿命を受け入れると答えるだろうか。けれどこのチャンスを活《い》かさなかったら、いずれはコーイチが、珠青と青鯉の息子の力良《ちから》ちゃんが、厄年で死んでしまうのだ。春菜は言葉を失った。

一方、滝沢はプランニングの進展具合が心配のようだった。

「アーキテクツさんの首尾はどうですか？　坂崎製糸場と話しましたか？」

春菜はただ頭を振った。

「……いえ、まだです。蟲峯神の正体がわからないことには、納得していただける説明ができませんので」

「それではたぶん間に合いませんよ」

と、滝沢は言う。彼は学生たちが離れた場所にいるのを確認してから声をひそめた。

「学術調査が始まったことであちらは態度を硬化させています。どこでどう話がねじ曲がったのかわからないけど、総子さんやぼくたちが、施設をここから動かさないために文化財登録の調査を始めたと考えているみたいです」

「そんなことないわ。建物をどうするか、まだ白紙の状態なのに」

「わかっています。ぼくはわかっているけど、会社が二束三文で建物を買い取って壊したほうが手っ取り早いという意見が出ているみたいで、そうなると文化財認定は障害でしかないですから」

「そんな乱暴な話が出てるんですか？」

コーイチも心配そうだ。教授も説明してくれる。

「黒沢《くろさわ》さんと仰いましたか、坂崎製糸場に融資をしている銀行の出向役員さんがおりまして。表向きは業績向上のお手伝いに来たことになっていますが、その実は資産を整理して資金を回収するのが役目です。ご存じのようにこの倉庫は取り壊し予定で、隣にあるのが件の建物と邸宅ですね？　これらの建物を処分しましたら、会社になんの負担もなく大きな土地が空くわけで、売却益で融資分など楽に回収できますからねえ」

「ここだけの話、絹糸が世界を席巻《せっけん》していたときならともかく、現在の坂崎製糸場で製糸業が売り上げに占める割合はほんのわずかです。収益を上げているのは他の事業で、それも銀行の紹介で下請けに入った分らしいです」

「黒沢さんの影響力は大きいということですねえ」

「んなこと言ったら文化財はどうなるんすか」

「まだ文化財じゃないです」

と、滝沢が言う。

「文化庁が認定しないと文化財にはならないですから」

「んでも、どう考えたってあれは文化財級の建物っすよ」

「しかも蠱峯神がいるのよ、処分なんてできない」

「銀行さんには関係ないことですしねえ。施設に思い入れがあるわけでなし、不良債権の処理がお仕事で……嘆かわしいことですが、多くの文化財がそうやって消えていったのですよ。日本にはかつてたくさんのお城がありましたが、保存費用が莫大で、ほとんどが崩れるに任されたり、むしろ壊されたりしたのです。背に腹は代えられないと言いますか、維持管理する資金がなければ残すことはできないのですねえ」

「小林先生の言うとおりです。役所としても邸宅は残したいですが、実際問題この場所に残せるのかどうか、ぼくらでは決められません。坂崎製糸場の社長も黒沢さんの意見に耳を貸さないわけにいかないだろうし、甥御さんたちが総子さんを説得しにかかっているとも聞きました。総子さんが亡くなれば建物の所有権は自動的に血縁者に移行するわけで、そうなれば邸宅だけ移築保存するくらいしかできないです」

「総子さんはお悪いんですか」

「今のところはお元気ですし、蟲峯神のことがあるので頑として首を縦には振らないと言っていますけど、お歳ですから明日のことはわからないとご自分でも仰っていました。総子さんの願いは叶えたいけど、ぼくはただの公務員で、できることは限られています」

春菜は両手の指を組み、揉《も》みしだきながら考えた。コーイチも、「うーん……」と唸っている。こんなとき棟梁がいてくれたなら。

その時だった、小林教授のガラケーと、コーイチのスマホが同時に鳴り出した。

「もしもし？　ああ、島崎くん」と、教授は言い、

「はい、風鐸っす。社長？」と、コーイチが言う。

春菜と滝沢は目配せをして、二人が通話を終えるのを待った。

廃倉庫は両側に窓があり、開け放しているので室内の空気は爽やかだ。裏に撰繭場兼繭倉庫がそそり立っていて、建物の壁が見えている。空き地から吹き上げてくる風が撰繭場兼繭倉庫のほうへ抜けていき、ケヤキ並木の香りがする。

春菜は頭の中でこれまでの流れを整理した。

鈺龍こと守屋正十郎が上田で鐘鋳曳屋を興したのが百十数年前。その後、坂崎製糸場で

は経営者が三代目蔵之介に代わる。製糸業は隆盛を極め、蠱峯神を奉ずる邸宅が建って、事件が起きた。窃盗目的で執務室に入った経理関係者が蠱峯神に食い殺されたのだ。

蔵之介は蠱峯神を畏れて鐘鋳曳屋を頼り、隠温羅流が蠱峯神を木箱に入れて因を彫り、屋根裏内部に鏡を張って封じた。問題は邸宅の解体時に蠱峯神封じが破られることだ。

それだけかしら。と、春菜は考える。

問題がそれだけならば、小林教授の作戦を真似《まね》て屋根裏の箱が入る大きさの箱を造って鏡張りにし、蠱峯神を入れて建物を解体、移築してから戻せばいい。

鎖骨のあたりで痣が疼いた。

それでは何も変わらない。オオヤビコは救われず、導師の呪いも解けたとはいえない。因が見えたと同時にこの案件が舞い込んできたからには、何かまだ秘密があるのだ。

「春菜ちゃん、滝沢さん」

小林教授が興奮した声を出し、調査中の学生たちを手招きして呼び寄せた。

「島崎くんから電話がありまして、他の箱の内部がわかったそうです」

学生たちがそばに来るのも待ちきれず、教授は言った。

コーイチはまだ電話をしている。

「思ったとおり、それぞれ足の指が入っているようです」

「全部が足の指ですか？」

「全部同じ指ですか？　人差し指だけとか、親指だけとか」

学生たちが交互に訊いた。

「いいえ、そうではありません」

小林教授は興奮し、メガネを外して拭きだした。その間にコーイチも通話を終える。

「よろしいですか？　最初の箱には親指が、他の三つには別の指が。大きさからしてひとつは小指ではないかということでした。けれど、どの箱も入っているのは足の指です」

そして教授は春菜を見た。

「私が何を言いたいか、春菜ちゃんにはわかりますでしょうか」

この民俗学者との付き合いはかれこれ四年にも及ぶ。その間に、春菜は教授の思考回路がほぼ読めるようになっていた。

「蠱峯神は憑物ではなく、祟り神だったんですね」

「そうです、そうです、そのとおり」

と、小林教授は頷いた。

「なんすか？」と、コーイチが訊く。

「箱の中身がわかったの。すべて足の指だったそうよ」

「ひい」

と、コーイチも首をすくめた。わけがわからないのは学生たちと滝沢だ。

「あれなんっすよ。神様もいろいろで、平将門《たいらのまさかど》や菅原道真《すがわらのみちざね》みたいに祟りを恐れて祀られた怨霊《おんりょう》ってのがあるじゃないすか。御霊《ごりょう》とか若宮さんとか、言い方はさまざまっすけど」

学生たちは頷いた。我慢できずに教授が話を取り上げる。

「もとが死霊や怨霊ですから、祀る場合は幾重にも結界を張り巡らして外へ出ないように工夫をします。こちらの邸宅に棲まう蟲峯神の場合、私などはその正体を憑物の一種と考えていたわけです。ちなみに憑物は蠱毒という呪法《じゅほう》から生まれるのでして、元になった、たとえば蟲の箱ですとか、動物の死骸《しがい》をご神体として保存し、拝むことで自らに災厄が向くのを防ぐわけです。考えてみれば身勝手極まりないですねえ。惨殺した怨みを使役しておきながら、本体は畏れて祀るわけですから」

またも話が逸《そ》れていく。春菜は思い出していた。教授や仙龍たちと出会うきっかけになった仕事でも、祟り神があまりに惨《むご》い殺され方をしていたことを。

「教授は話が逸れていくので私が言いますけど、蟲峯神を蠱毒ではなく祟り神と言うわけは、ご神体が歩き回れないように足の指を切ったんじゃないかと思うからよ」

学生たちは引き攣った顔をした。

「そうなのです。箱にあるのが足の指。これは春菜ちゃんの言うように、死霊の動きを封じる呪の一種だと思うわけです」

「でも、蟲峯神は蟲なんですよね？」

と、学生が訊く。

「蠱毒と同じ文字を当てているから蟲だと思うのは早計で、正体は不明です」

と、教授が言った。

「わかってきたのは、蠱峯神のご神体が人の遺体であるらしいということですね。蠱峯神は数百年前からある神で、それを持つ者からもらい受けてくるという側面は憑物にそっくりなので、私はこれを憑物の一種と考えていたわけですが、ここに来て人の足の指が出たということは、春菜ちゃんの言うように祟り神の可能性も出てきたわけです」

教授はメガネを掛け直し、

「日本の神様のほとんどが元は人間だったりします。考えますに、可能性があるのは金屋子さんのご遺体、もしくは温羅の首から下でしょうか。頭の部分は吉備津神社《きびつじんじゃ》にあるわけですから。金屋子さんが祟り神だという話はどこにもないですが、死の穢れを好む怖ーい神様であることからしても、足を切って歩き回れないようにしたというのは考えられることですねえ」

「でも教授、温羅や金屋子は実在したとして紀元前でしょ？　その指が残っているってあり得るの」

「や、春菜さん。エジプトのミイラなんか三千年以上も前のが残ってんすから、ご神体が温羅や金屋子神でもおかしくないっす。それに、あれじゃないっすか、『金屋子神祭文』

や『金屋子神略歴』の発見で、金屋子さんは十七世紀後半に奥出雲を飛び立ってどっかへ行っちゃったってことがわかってるわけで」

「信州に来たって言いたいのよね。それはまあ大発見かも」

小林教授は目を輝かせ、

「蟲峯神の正体が金屋子さんなら、どういうことになるのでしょうか」

と、両手を擦り合わせて喜んでいる。

「屋根裏の箱がでかいのは本体だからってことっすか？　ひー」

コーイチは身を震わせた。学生たちは興味津々な顔をしている。

「もしも蟲峯神の正体が金屋子なら……」

言いかけて、「あっ」と、春菜は叫んだ。気がついたことがあったのだ。

「わかったわ……私、何かがずっと胸のあたりにひっかかっていたんだけど」

そう言って滝沢を見る。怖がらせる気はないけれど、突然胸に落ちたのだ。

「滝沢さんから聞いた課長の亡くなり方、蟲というキーワードが強すぎて、すっかり蟲に食い殺されたイメージを持っていたけど。でも、聞いた話から想像できる死に様ってつまり、全身が穴だらけだったたってことでしょう？」

その話はもうしたくないと言うように、滝沢は顔を背けた。

「その状態、蟲の他にもイメージできるものがあったわ。たたら製鉄で生まれる鉧《けら》やズクは、大小さまざまの穴が空き、ざらざらでゴツゴツした溶岩のようなものなのよ」

「あーっ……たしかにそうっす」

と、コーイチも言った。

「なるほどなるほど」

教授はもはや躍り上がらんばかりだ。

「これがもし本当に金屋子さんのご遺体であれば、それはもう民俗学史に残る大発見で」

そしてふっと顔を曇らせ、小さな声で呟いた。

「ああ……信じられなくてつい忘れてしまうのですよ。それを一番喜んでくれるはずの棟梁が、もういないのですよねえ」

「さっき社長が電話をくれて、お骨は無事に会社へ戻ったそうっす。春菜さんに礼を言っといてくれって」

変えられない現実が、こうしてふいに突きつけられる。春菜たちはしばし瞑目《めいもく》して棟梁を悼んだ。その後も調査を続けると教授らは言い、心配なのでコーイチも残ると話す。

それを聞くと滝沢は訊いた。

「高沢さん、ちょっと一緒に製糸場へ顔を出しませんか」

「今からですか？　私はかまいませんけど、アポイントメントは」

「取ってませんけど、ぼくからアーキテクツさんを紹介するので、受付に名刺を渡してください。そうすれば、高沢さんも坂崎製糸場にアポイント取りやすくなるでしょう」

「顔つなぎをしておくんですね」

「そうです。それに、一度高沢さんを紹介しておけば、ぼくがいなくても受付を通ってここへ来られます」

「感謝します」

春菜は手櫛《てぐし》で髪を整えて、滝沢と一緒に倉庫を出た。撰繭場兼繭倉庫の脇を通って鉤形に曲がった先の邸宅を通過し、事務所へ向かう。

「鐘鋳建設の専務さん、お亡くなりになったんですってね」

棟梁とも顔見知りだった滝沢が言う。

「はい。突然で、驚いてしまって……」

「ですよね。この前お目にかかったばかりだったので、ぼくもコンサルの増田《ますだ》さんも大ショックです。告別式はすぐにやらないそうですね」

「そのようです」

「そんなときに崇道さんをよこしてくれて感謝します」

春菜は鐘鋳建設の関係者ではないが、滝沢はそう言った。邸宅の前を通るとき、

「こちらの建物ですが、ぼくや教授の都合が付かない場合は受付で鍵を借りてください。その旨お願いしておきますから。独りでは入らないほうがいいと思いますけど」

邸宅の和風庭園では、サンシュユが黄色いボンボンのような花を付けていた。座敷の窓から花を愛《め》でた人も今はなく、ひっそりと静まりかえっている。屋根に設《しつら》えられた蟲峯神の住処《すみか》は見えないが、そこから金屋子神が見下ろしているかもしれないと考えるだけでゾッとした。

そこにいるのが金屋子神なら、この前執務室へ入ったとき、彼女は愛した村下の子孫仙龍に目をつけたのではなかろうか。もしくは同じ子孫の棟梁に。

「大丈夫ですか？」

と、滝沢に訊かれ、春菜は滝沢を追って事務所へ向かった。

其の四　現実の敵

坂崎製糸場の事務所棟は門を入った正面にある。滝沢について中へ入ると、入り口に向き合うようにデスクが並び、ひとつに受付プレートが置かれていた。奥は部署ごとにデスクが分かれて町役場のような雰囲気だ。フロアの奥に扉が二つあり、片方が社長室、もう片方には休憩所のサインが付いていた。

受付にいた年配の女性が滝沢に気付いて作業をやめた。ほかにも女性や男性がパソコンに向かって仕事をしている。着ている制服は時代遅れなデザインながら、建物の雰囲気とマッチして昭和に迷い込んだ錯覚を抱く。

「お仕事中にすみません――」

と、受付の女性に滝沢は言った。微笑むでもなく、かといって怪訝《けげん》そうなふうもなく、女性は滝沢と春菜を見つめた。

「――総子さんが所有している建物の調査ですが、備品などの整理をこちらの会社にお願いしたのでご紹介に上がりました」

そう言って春菜に目配せしたので、春菜は名刺を取り出した。

「初めまして。わたくしは株式会社アーキテクツの文化施設事業部で営業を担当しております高沢と申します」

名刺を出すと、受付の女性は初めて立ち上がってそれを受け取った。春菜と女性の間にはカウンターよろしくデスクがあって、互いに腕を伸ばしている。

「文化財の展示保存を専門にやっておられる会社の方です」

滝沢が言うと、受付の女性は「はあ」と呟いた。要領を得ない態度である。

「それで、建物に入る必要があってぼくが立ち会えないときは、こちらでお屋敷《やしき》の鍵を借りてほしいと高沢さんに頼んだのですが、かまいませんよね」

受付の女性は困ったような顔をした。

「どうぞよろしくお願いします」

春菜が頭を下げると、「それは……まあ……」と、女性は言った。さっきから後ろの島にいる男性がチラチラと様子を窺っていたが、おもむろに席を立って近くまで来た。

「どうも黒沢さん、お世話になります」

と、滝沢が言う。これが銀行の出向役員だと、春菜に教えてくれたのだ。

春菜は再び名刺を準備した。

「調査って、人出も手間もそんなにかかるの?」

と、黒沢が訊く。春菜が名刺を出そうとすると片手をあげて制止し、受付の女性に渡した名刺を奪った。受付の女性は後ろへ下がり、黒沢と位置を替わった。

黒沢という男は五十歳くらいで中肉中背、白髪交じりの髪をオールバックに撫《な》でつけている。眉毛が薄く、眼光鋭く、唇が薄くて横に平たい。事務服よりも紫やピンクの派手なシャツに白パンツ、エナメルの靴が似合いそうな風貌《ふうぼう》だ。この手の男は覚えがある。傲岸不遜だった手島常務に似ていると、春菜は嫌な予感がした。滝沢が何か言う前に、

「アーキテクツさんって……今の社長さんは二代目でしたね」と、春菜に言う。

「はい、そうです」

手島タイプの相手と話すなら、付け入る隙を与えてはならない。

そう考えて春菜は余計なことを言わずにおいた。

「今の社長さん、やり手ですよねえ。その手の会合で何度かお見かけしてますよ」

「恐縮です」

頭を下げて、口はつぐんだ。黒沢は値踏みするように春菜を見ている。

「調査のほうはどうなんです？　家財の整理が終われば移築の準備にかかれそうですか」

どう答えるのが一番いいかと、春菜は頭で考える。余計なことを言って揚げ足を取られたくないし、かといって御用聞きの役立たずと思われるのも癪《しゃく》だ。

「弊社の専門は展示プランや集客など、文化施設のマーケティングで、どちらかといいますと、調査を終えてからが出番なのです」

そう言ってニッコリ微笑むと、

「でも、結局は移築でしょ？」

と、能面のような表情を崩すことなく黒沢が鋭い眼差しを滝沢に向けた。

滝沢は緊張で顔を赤くして、それでも誠実に返事をした。

「調査報告書がまとまらないと社長さんにご報告もできませんので、作業を急ぐためにもアーキテクツさんに手伝っていただくことになりました。高沢さんが鍵を借りに来たときはよろしくお願いします。総子さんには話が通っていますから」

建物の持ち主の名前を出すと、黒沢は春菜の名刺をバンとデスクに載せて、

「きくみさん、聞こえた？　アーキテクツの人が鍵を借りに来たら渡してやって」

と、先ほどの受付事務員に大声で言った。何も悪くないのに彼女は恐縮しながら受付に戻り、申し訳なさそうにこう言った。

「事務所は五時半に閉まりますから、鍵を出せるのは午前八時半から五時までです」

「承知しました。お手数をおかけしますがよろしくお願いします」

きくみと呼ばれた女性は、黒沢がデスクに叩きつけた春菜の名刺を拾い上げ、丁寧に名刺ホルダーにしまってくれた。黒沢に聞こえないよう、春菜は小さな声で彼女に言った。

「何かあれば携帯のほうへ連絡ください。私もお名前を……」

「私は坂崎きくみです。この会社は坂崎姓が多いので」

彼女はそう微笑んだ。たぶん親族なのだろう。

「はい。では、失礼しました」

春菜は事務所全体に声をかけ、深く一礼してから滝沢と一緒に外へ出た。

「ぼくの言ったこと、わかりましたか?」

事務所棟を離れてから、滝沢が訊いた。黒沢のことを言っているのだ。

「よくわかりました。昨年うちにいた常務によく似たタイプです」

滝沢は大きく頷いて、「御社もご苦労されたんですね」と言った。

「ぼくは倉庫に戻りますけど、高沢さんはどうされますか?」

「可能であれば邸宅を調べさせていただきたいです。備品の調査は途中ですよね。ザッと確認して必要な人数を割り出して、うちがリストを作ってもいいので」

本当ですか、と、滝沢は嬉しそうな顔をした。

「こういう仕事は慣れているので、展示できそうなものだけピックアップして、そうでないものと分け、あとは処分するなり、お金に換えるなりすればいいと思います。今から中を見ていいですか?」

「いいですけど」

と、チラリと倉庫に目をやった。

「私ひとりで大丈夫です。持ち出すものはないし、作戦を練るのに全室写真を撮るだけですから。終わったら倉庫に顔を出しますので」

「でも……」

「蟲峯神がいる執務室には近づきません。あそこは前回確認済みなので」

「崇道さんをこっちへ呼びますか？」

「教授のほうが終わってからで大丈夫です。私のほうが先に終わるかも」

滝沢はようやく頷いて、邸宅の鍵を開けてくれた。

「くれぐれも気をつけてくださいね」

「はい。ありがとうございます」

滝沢が心配しないように玄関扉を大きく開き、

「窓も開けておきますから」

と微笑んだ。滝沢が倉庫へ戻ると、邸宅には春菜だけが残された。

大見得を切ったのはいいが、古い家というのは、やはりなんとなく薄気味悪い。誰もいないとわかっているのに、住んでいた人の気配が濃厚に残されているからだ。

スリッパを履いて框《かまち》に上がり、背丈《せたけ》より大きな振り子時計を見上げる。

この時計は展示品になる。そう考えて写真を撮った。

現場仕事は段取り八分だ。資料リストの撮影は岡本写真館に頼むとしても、内部の大まかな様子がわからないと、手配人数も作業日程も割り出せない。そこを取り回すのが営業の仕事だ。「よーし」と春菜は腰に手を置き、自ら闘志をかき立てた。

初めて任される大きな仕事だ。なんとしてもやり遂げたい。

再び玄関まで戻り、壁に備え付けの下駄箱《げたばこ》含め、ホール全体を写真に収めた。廊下を進んで一階の居住スペースへ向かう。廊下は回廊式で玄関ホールから庭に面して続いている。廊下側の障子《しょうじ》を開けると、広い座敷が二間続きになっていた。

室内の様子を写真に収め、隣の部屋へと進んでいく。

優雅に下地窓を残した和室は階段室の空間を造り付け収納にした工夫が秀逸だ。サンルーム風の板敷きの部屋、タイル張りの台所、華美でなく、無駄もなく、それでいてモダンな造りは『茶の湯的』と言えるだろうか。庭、建造物、内装が相まって、日本人の感性を刺激する。一通り回り終えると備品の確認を始めた。蟲峯神の気配はなく、建物は静まりかえっている。お洒落でモダンな洋間へ入っていくと、額装した写真が書棚にあった。

「あれ?」

春菜は障子を開け放って外光を入れた。写真はこの建物を写したもので、大勢の人が邸宅の前に並んでいる。庭木がまだ若いので、築山の奥から撮影しても建物の屋根まで写っているのだ。驚いたことに変形屋根ではない。坂崎製糸場は明治期の創業と聞いている。製糸業は隆盛を極め、三代目坂崎蔵之介の頃に邸宅が建つ。けれど、この建物がいつ建てられたかの調査は始まったばかりだ。そして写真には変形屋根がない。

「うそよ……待って……あの屋根は増築だったの？」

総子も蠱峯神は初め社長室に隠されていたと言っていた。当初の社長室は創業者が建てた住居にあったはずである。当該住居は今も道路脇に建っていて市の指定文化財になっている。屋根裏の箱は結構な大きさだというが、押し入れとかに隠していたのか。

春菜は写真の額を引き寄せた。口ひげを生やしてシャッポを被り、ステッキを持った蔵之介氏が正面にいる。隣が奥さんで、赤ちゃんを抱いている。蔵之介氏には子供が六人いたというから、最初に生まれた子だろうか。先代とその奥方、ほかは蔵之介の兄弟か。紳士と淑女、法被姿の大工の棟梁、ハンチングを被った左官職人など、工事に関わった人たちが写っている。職人の中には子供もいる。こんな小さいうちから小僧をしていたとは驚きだ。最後列には和服姿の妖艶《ようえん》な美女が並んでいるが、たぶん芸者だろうと思う。昭和の中頃まで上田市にも遊郭がふたつあったと言うし、当時の名士は打ち上げに芸者を呼ぶのがトレンドだったとも聞いている。とすると写真は大正末期か、それとも昭和か。

春菜はバッグをまさぐって棟梁の形見の手帳を出した。手帳には鐘鋳曳屋を興した正十郎以下、守屋家の家系図が書かれている。正十郎は大正九年に四十二歳で亡くなった。正十郎の息子は竜生といって、棟梁の父親だ。額を裏返して、丁寧に写真を外した。

【昭和二年七月吉日　幸甚館《こうじんかん》竣工《しゅんこう》祝い】

と書いてある。蔵之介はこの建物を『幸甚館』と命名していたようだ。

「昭和二年だと、正十郎さんはもういない」

このときまだ変形屋根になっていないということは、蠱峯神を封印したのは正十郎ではなく息子の竜生ということか。幸甚館の竣工当時、蠱峯神はまだ怖れるべき存在ではなかったか、もしくは坂崎家へ来ていなかったのか。

待って、それはおかしいわ、と、春菜は自分に言った。坂崎製糸場が栄えたのは蠱峯神のおかげだと総子は言った。それで邸宅が建ったというニュアンスだったし、坂崎家にはハヤリガミがたくさんいたけど、蠱峯神は別格だとも言っていた。

「総子さんに確認する必要がある」

と、春菜は呟く。前に会ったときは『屋根神』について訊ねただけで、建物の経歴そのほか具体的な話はしなかった。時系列を確認し、蠱峯神の経歴をつまびらかにする必要がある。集合写真をもう一度見たが、守屋家の特徴を持つ職人は写っていない。隠温羅流は曳屋だから、蔵之介が蠱峯神の封印を依頼したとき、初めて邸宅と関わったのだろう。

「あっ、そうか」

と、春菜は拳を叩いた。それなら帳簿を見ればいい。坂崎製糸場の帳簿を調べて支払先を確認すれば、変形屋根がいつ造られて、どんな業者が蠱峯神に関わったかわかるはず。その会社が今もあるなら、そこを訪ねて当時の話を聞けばいい。会社法では帳簿書類等の保管期限を十年間としているが、春菜はなぜか自信があった。これまでにも多くの歴史的建造物を手がけてきたが、名家ほど物を大切にして資料を残してあるからだ。そうした資料は法人の事務所ではなく私邸に残されていることが多い。私邸、つまりこの邸宅に。

春菜は写真をスマホで写し、額に入れて元の場所へ戻した。それから急いで戸締まりをして玄関へ向かった。框でスリッパを脱いで箱に入れ、玄関を出ようとしたとき、コーイチが走ってきて「春菜さん」と言った。

「よかった。無事だったんすね」

「無事って？」

「滝沢さんから、春菜さんが独りでいるって聞いたから」

バッグを引き寄せて、春菜は笑った。

「二階へは上がらなかったし、写真を撮っていただけよ。家財道具がどのくらい残っているかわからないと人工《にんく》を計算できないから。風鐸こそ、あっちの調査は終わったの？」

「滝沢さんから話を聞いて、慌ててこっちへ来たんすよ。春菜さんは会社へ戻ったもんだとばっかり……大学生チームはお昼に行くみたいっすけど、そんときになって言うもんだから」

「それで心配して来てくれたのね。ありがとう。でも、蟲もオバケも出なかったわ」

コーイチはホッとしたようだった。けれども目は笑っていない。

「なんか悪いことばっか考えちゃうんす。よかった、無事で」

気持ちはよくわかるから、春菜は静かに頷いた。

「これを解決せずに、どうなるつもりもないわ」

「そっすよね、そっすけど……」

春菜はコーイチを外に出し、邸宅の扉を閉めた。

「風鐸のほうこそどうだったの？　他にも箱は見つかった？」

「前に曳家した四階倉庫の最上階にも、やっぱり箱があったっす」

「ほんと？」

頭に巻いたタオルを外し、おでこを拭きながらコーイチは言う。

「たぶんっすけど、そっちを曳いたの、木賀建設さんじゃないすかね。あそこも隠温羅流の分派みたいなもんすから、怪しい箱があるのを知って、曳家のときに動かないよう縛るとかしたんだと思います」

「その箱はどうした？」

「四階倉庫の箱は古いし、坂崎家の家紋もないんすよ。それに、そっちは会社が管理してるんで、調べさせてもらえるか問い合わせてからってことになったんすよね」

春菜は頷く。

「私のほうも収穫があったの」

車寄せの下で、春菜はスマホに撮った集合写真を呼び出した。コーイチはじっと画面を見つめ、「屋根がないっすね」春菜と同じことを指摘した。

「そう。竣工時は普通の邸宅で、窃盗事件が起きてから蠱峯神を動かしたようなの。この写真は額に入っていたから、ガラスが反射しないように額から出したら、裏に昭和二年七月吉日と書いてあったの」

「蔣介石《しょうかいせき》の頃っすね」

「誰？」

と訊くとコーイチは笑った。春菜は棟梁の手帳を出してコーイチに見せた。

「とにかく、その頃正十郎さんはすでに亡くなっているのよね。だから蠱峯神を封印したのは正十郎さんじゃなく竜生さん、棟梁のお父さんってことになるんじゃないかしら」

「あー……たしかにそうっすね」

「それでね」

春菜は手帳とスマホをしまって言った。

「明日、坂崎総子さんに会ってくる」

コーイチが不思議そうな顔をするので説明した。

「思ったのよ。どこかに帳簿がないかなって。それを調べれば邸宅の改修工事に使った業者がわかるでしょ。その業者がまだ操業していれば、何か資料が残っているかも。だから、帳簿関係がどこかにないか、総子さんに訊いて、調べてみようと」

「なーるほど」

と、コーイチは言う。

「どうする？　風鐸も一緒に来る？」

するとコーイチは残念そうに苦笑した。

「や、一緒に行きたいのはやまやまっすけど、棟梁のお骨が会社へ戻ったんで、俺も戻って仕事をしないと」

「忌中でも仕事をするのね」

「俺たちの仕事って、突然長く休むのが禁忌なんすよ。扱うのが因縁物件で、お施主さんはストレス抱えているわけっすから、予定どおりにやらないとお施主さん自体が『なんだあの曳屋』って悪意をもって、障りと共振するっていうか」

理屈はわかる。隠温羅流は贖罪《しょくざい》の流派かもしれないけれど、清流のような心根を持つ職人たちが実直に因縁の火消しを続けてきたのだ。

春菜はコーイチの腕をグイと引き寄せ、背中を抱いた。

「うえ？　なんすか春菜さん」

すぐに離れて、「棟梁の声がした」と、春菜は微笑む。

「私、昨日からずっとサニワで棟梁を捜していたの。でも、どこにもいなくて、それが不満だったのよ。だけど今、風鐸の中に棟梁がいるとわかった。箱を残した木賀建設さん、鐘鋳建設のみんなや、仙龍や、私の中にも棟梁はいる。それを感じて嬉しかったの」

コーイチはキョトンとしていたが、春菜は棟梁に背中を押された気がして、じっとしてはいられなかった。

「それじゃ私は総子さんのところへ。何かわかったら連絡するわ」

「了解っす」

歩きながら滝沢に電話した。今日の仕事は終えたと告げて、邸宅に施錠してもらうようお願いをする。

そそくさと敷地を出ていく春菜の姿を、コーイチは眩《まぶ》しそうに見送っていた。


翌日のこと。午前中に急ぎの仕事を終わらせて、春菜が会社を出たのは午後だった。

邸宅の持ち主坂崎総子が暮らす介護医療院『かがやきの家』は、坂崎製糸場から車で十分足らずの場所にある。幹線道路を高台へ向かっていくと、森の中に病院と見紛《みまが》う大きな施設が見えてくる。白とピンクを基調とした清潔感のある建物だ。駐車場に車を入れてエントランスへ向かう。ロビーは広く、大きな窓から前庭が見える。受付で面会を申し出ると、総子は二階のラウンジにいるというので、記帳してから階段へ向かった。

この建物は外壁の一部がアール形に突き出す造りで、そこが各階のラウンジになっている。広い窓の向こうに山を望みつつ、居住者同士がお茶やレクリエーションを楽しめる仕様だ。白いテーブル、座面がピンクの白い椅子、長閑な雰囲気のラウンジには、碁を打つ老人たちや編み物をする老婦人がいたが、総子の姿はなかった。

春菜は角部屋の特別室へ向かった。

居住者が部屋を間違えないよう、こうした施設の扉には部屋番号のほかにイラストがついている。総子の部屋は桜だが、前に来たときは気付かなかった。ゆとりがないから気が回らないのだと春菜は自分に言い聞かせ、襟を正してノックした。

「はぁい？」

と、婦人の声がする。春菜は頭をドアに近づけた。

「以前に市役所の滝沢主任とお邪魔しました、アーキテクツの高沢です」

「どうぞ」

と言うのでドアを開けた。虚空蔵山《こくぞうさん》が望める窓を背負って、薄緑色のカーディガンを羽《は》織《お》った白髪の婦人がこちらを見ていた。ベッドに腰掛け、両手を膝に置いている。春菜はお辞儀し、自分のことを覚えてくれていただろうかと心配になった。

「蠱峯神の件でお目にかかった者です」

「ええ、わかります」

婦人は頷いた。

「お名刺を頂戴《ちょうだい》しましたわね。あなたの声は覚えています」

「今日もまたお伺いしたいことがあって来ました」

婦人は入れと手招いた。部屋にはベッドとデスクとテーブルと、二人掛けのソファがある。前に来たとき同様に春菜は二人掛けのソファに座った。

「ほんとうにねえ……今まで面会にも来なかったくせに、甥っ子たちが代わる代わる顔を出したり、電話をかけてきたりするのよ」

開口一番婦人は言った。

「私どもも建物の調査を進めています。倉庫はもう終わるので、明日からでもお屋敷のほうへ入りたいのですが」

「アレはどうです?」

業績報告を促すような調子で訊いた。

「はい。そのことでお話を聞かせていただきたく、参りました」

春菜はバッグをまさぐって、打ち合わせに使う手帳を出した。

「甥たちは建物をどうしても動かしたいの。土地を売りたいからよ。前に道路が通ったときもお金が出て助かったから、簡単にそういうことを考えるんです。私も気持ちはわかるのよ? 維持していくのは大変だし、土地の税金だけでも大きいですもの。でも、昔使っていた家は、史跡にしたら助成金も出ているのだから、あれもそうすればいいでしょう。

ただ、建っている場所がねえ……もっと敷地の端ならよかったけれど」

婦人の愚痴《ぐち》を受け止めてから春菜は訊く。

「今日、お宅へ伺いまして、お屋敷が建った当時の写真を見ました。建物の竣工は昭和二年の七月ですね?」

「そうかしら……私が生まれる前で、わからないわ」

婦人はどこまでも鷹揚《おうよう》だ。

「そのときは普通の屋根でした。職人さんたちも写っています」

春菜はスマホに画像を呼び出して婦人に見せた。

総子は枕の下からメガネを出して、春菜のスマホを手に取った。

「ごめんなさい。小さくてよく見えないわ」

春菜は画面を拡大していく。先ずは屋根を、そして写っている人たちを。

「あらまあ。これは祖父母と両親ね、この赤ちゃんは兄か、姉かしら。書斎にあった写真でしょ。古い写真はなんだか怖くて、よく見たことはなかったけれど……そうね、あの屋根は後から造ったものなのよ。同じ家でも二階と下は別々で、二階は仕事の場所でしたから、私もよくは覚えていないの」

「いつ頃だったかわかりませんか?」

坂崎総子は首を傾げた。

「……でも、アレを運び入れるときのことはぼんやりと覚えています。覚えているわけだから、私が三歳か、四歳くらいの頃かしら」

そのときの話を聞かせてくださいと、春菜は頼んだ。

「目が潰れるから見てはいけないと言われて、見てないの。覚えているのは外の人たちが大勢来ていたことぐらい」

それがたぶん隠温羅流だろう。屋根を造らせ鏡を張って、蠱峯神を封印したのだ。

「その人たちは白い法被を着ていませんでしたか?」

祓いの装束は印象的だ。子供の記憶にも残るはずだと思う。

「どうだったかしら」

婦人の反応は芳しくなく、写真に写るひとりひとりを確かめている。鼻先にふうと煙草が香り、意外に思って室内を見たが、煙草も灰皿もどこにもない。この美しい老婦人と煙草の組み合わせはあり得ないような気がするし、似合うようにも思う。婦人は結局、『外から来た大勢の人』の装束について返答しなかった。

「あら」

と、婦人が手を止めたのは職人の小僧さんのところである。

「この小さい人は吉兄《よしにい》よ。まあ、かわいらしいこと」

「小僧さんですか?」

クリクリ坊主に腹掛けをして、短い着物を着た子供である。なりは小さいが職人らしく脛《すね》に脚絆《きゃはん》を巻いている。

「下働きさんの子よ。祖父の代からうちにいて、草むしりから庭木の剪定《せんてい》から、砂利を敷くのや、電気のことや、なんでもしてくれた人なのよ。お元気かしら」

ハッとした。

「その方は製糸場のことをよくご存じだってことですね」

「私たち家族より知っていたかもしれないわ。わからないことがあれば富《とみ》さんに訊けと、父がよく申してました。富さんは吉兄のお父さんのことですけどね」

遠くを見るような目を一瞬だけして、

「吉兄の本名は富沢吉郎《とみざわよしろう》と言うんです。製糸場の近くにお家《うち》があって、ご家族で通って来ていたわ。製糸場から真っ直ぐ行って、上田駅に曲がる角のあたりにお家がね。勤めていたのは戦争までしたけど……お元気かしら」

そして彼女は小さく笑った。

「私がこの歳ですもの、吉兄が生きていたら、九十五とかになるのかしらね」

生きているかもしれない。そして話ができたなら、蠱峯神が邸宅へ来た頃のことを聞けるのではないか。

「もう一つ伺いたいのは、古い帳簿をどこかに保管していないでしょうか」

「帳簿？　なぜですの」

春菜にスマホを返して訊いた。

「アルバムでもいいですが、できれば帳簿がありがたいです。屋根を増築した会社がどこだったのか、支払い調書を見れば工事関係の支払先がわかると思うんです」

「アルバムの類《たぐ》いはここへ来るとき処分してしまったわ。あなたはなぜ工事業者をお知りになりたいの」

「蠱峯神がどこから来たか知るためです。誰が封印したのかも」

「それは父でしょう？　屋根を造って」

「封印の手順をお父さまに教えた者がいるはずなんです。総子さんは仰いましたよね？　外の人が大勢来たと。それが誰かわかれば、蠱峯神を動かせるかもしれないんです」

それをしたのが隠温羅流なら、蠱峯神はすでに封印されているということになる。問題を起こしているのは隠温羅流の因がない小箱のほうで、屋根裏の大きな箱は、小林教授の発案どおりに鏡で囲えば動かせるはずだ。

「あれはあそこから動かせないわ」

と、彼女は言い張る。

「でも、もとは社長室にあったのを移動してきたわけですよね？　同じ方法を取ればいいのではないですか」

老婦人は小首を傾げ、「そのことですけど」と、言った。

「あれから私も考えてみたの……社長室というのは祖父母の家のことですけれど、もともと事務所がそちらにあって、社長室は応接間みたいな造りの八畳間でした。そこにあんな大きな箱が置いてあったかしらと思ったら、記憶がないの。いえ、神棚はあったのよ？　小さな箱が置かれていたのは覚えているの。いろいろな神様がいましたけれど、その神棚は御神酒《おみき》と水玉と塩だけでお灯明がなかったの。そして煙草が厳禁で、祖父の代からそうでした」

蠱峯神は火を嫌うといい、邸宅の執務室でも煙草を吸わなかったというのである。

「今にして思うと、あれが蠱峯神だったのかしらね……それなら屋根裏の大きな箱は？　屋根ができたときに他から運ばれてきたのだったかしら」

メモを取りながら、春菜はますますわからなくなった。もしかすると蠱峯神は蔵之介氏の頃より前から坂崎家にいたのだろうか。創業者か二代目がすでに持ち込んでいて、だから事業が急成長した……とすれば、隠温羅流が封印した屋根裏の箱はなんだろう。

考えていると婦人は言った。

「帳簿はあると思います。屋敷の二階の執務室に金庫があるので、その中か……」

その金庫は変死した課長が物色して空っぽだ。

「それとも棚だったかしら」

ならば帳簿は積み上げられた書籍や書類の中にあるのだ。

「会社の受付にきくみさんという女性がいるから、訊いてごらんになるとよろしいわ」

と、婦人は言った。その女性とは会ってきたばかりだ。

「きくみさんは甥の奥さまよ。いいえ、社長ではなく、専務のほうね。化学の大学を出ているので、梱包材《こんぽうざい》のお仕事を始めたときに社長が上田へ呼び戻したの。お手伝いさんが辞めた後はきくみさんが家のことをしてくださったから、何がどこにあるのかよくご存じよ。持っていた宝石は全部きくみさんにあげたほど、私たちは仲がいいのよ」

そう言って「おほほ」と笑う。この人を話しているとフランス映画を観ているような気分になる。帳簿を見つけたら中を確認していいかと訊くと、

「どうぞご自由に」と、婦人は答えた。

「今さら帳簿の中身がどうとか、私は気にしないわ。人生は借り物で、懸命に生きたらそれでよし。私の分は使い果たして、残される人に災いが及ばないことが大切なんです」

「ご心配は建物よりもむしろ蠱峯神ですね？　そこはきちんと調べますから」

またご報告に伺いますと春菜は言い、婦人の部屋を後にした。

施設を出て車に戻ると、アーキテクツに電話して受付事務員の柄沢《からさわ》を呼び出した。

「柄沢さん、ちょっとお願いがあるんだけど」

そして会社にある古い住宅地図帳を探してもらった。春菜の業界では、屋外広告物の確

認中請書類や道路占用許可証の発行、案内サインの作成などに住宅地図帳をよく使う。最近はアプリになったが、春菜のスマホには入っていないし、事務員も使わない。

——持ってきたよ——

と、柄沢が言う。

——ウェブ版が出てから、新しいのを買ってないから古いわよ——

「そのほうがありがたいの。悪いけど、大きな地図で上田駅を探してくれない？」

——オッケー、探した——

「その周囲に坂崎製糸場という会社があるはずなんだけど」

——坂崎製糸場ね。はい、ありました。敷地が広いからすぐわかったわ——

「そうしたら、駅と製糸場がわかる詳細地図へ移ってもらえる？」

柄沢は何を探せばいいかと訊いた。

「製糸場から上田駅に向かって幹線道路を辿《たど》っていって、駅へ曲がる角のあたりに富沢という家がないか探してほしいんだけど」

——富沢ね？　あるわよ。富沢吉郎ってなってるわ——

やった。と、春菜は心で思った。

「写真に撮って送ってくれない？　その家へ行かなきゃならないの」

了解。と、柄沢は言って、すぐに写真が送られてきた。総子が言ったとおり、曲がり角から三軒目の家だ。通り沿いだし、すぐわかる。吉郎さんが存命でなくとも、家族が話を聞いているかもしれない。春菜は車のエンジンをかけた。

春の宵が近づいている。介護医療院『かがやきの家』の駐車場には桜がないが、吉郎の家に近い上田城跡公園は千本桜と称《たた》えられる花の名所で、花見シーズンは渋滞する。

カーナビに目的地を入力してから、かがやきの家を後にした。

目的地はすぐなのに、予想どおりの渋滞で車が前に進まない。

『目的地周辺です』とカーナビが言ったとき、春菜は道沿いの鬼気迫るあばら屋を目視した。家と家とに挟まれているから辛《かろ》うじて壁が崩れずにいるという感じだ。家は敷地境界線からセットバックしていて、ひしゃげた屋根が前庭へせり出している。瓦《かわら》の一部が地面に落ちて、庭に古タイヤや脚立が置かれ、剝《む》き出《だ》しの襖や障子が外壁と支え合っている。

まさかこの家だろうか。前庭に車を入れようかとも思ったが、草で地面が見えないので、迂闊《うかつ》に入ればパンクするかもしれない。仕方なく通り過ぎ、コインパーキングを探して車を停めた。運転席で柄沢が送ってくれた地図を確認すると、やはりあれが吉郎の家らしい。

「わー……そうかー……」

誰にともなく呟いた。とてもじゃないが人の住める様子はなかった。一家はすでに転居したか、吉郎が亡くなって放置されているのかもしれない。どうしよう。と、春菜はオオヤビコの痣に手を置いた。鬼の助けでもいいから欲しいと思った。もう棟梁はいないのだ。

考えていると、『行ってみろ』と、言われたような気がした。

行けば何か少しでも手がかりを見つけられるかもしれない。車をパーキングへ入れてしまったし、すぐに出庫しても料金は取られる。

そんな理由で車を降りると、歩道の上に吊《つ》られた花見提灯に明かりが灯った。

薄いピンクと水色が縦縞《たてじま》になった提灯は、桜の頃に上田城跡の周辺を彩《いろど》るものだ。日本の城のほとんどが管理費を捻出できずに壊れていったと小林教授は話していたが、上田城もそのむかし二束三文《つの》で売りに出されて、櫓《やぐら》などは移築されて遊郭に使われていた。後に保存会が寄付金を募って買い戻し、上田城跡公園は観光名所になっている。隠温羅流の仕事も同じ。価値を知る者が努力して残さなければ、建造物は歴史を抱いたまま消えていく。吉郎の家へ向かう間も、夜桜を見に行く人たちとひっきりなしにすれ違う。桜の宵はどうしてこうも妖しいのだろう。通りから城跡公園を遠望すると、再興された櫓が桃色の雲に浮かび上がって、別世界のようだった。

吉郎の家には門も塀もなく、歩道と敷地が地続きになっている。敷かれた砂利に草が茂って地面は見えず、車道を行く車のライトに草が光って影の部分が黒々としていた。間近に見ると家の朽ち方はさらに凄くて、壊れた障子や襖の骨がオバケ屋敷のようである。玄関のガラリ戸は閉まったままで、富沢という表札と錆の浮いた赤い郵便受けが見える。転居先の手がかりがあるかもしれないと、春菜は草の間を慎重に進んだ。

と、玄関の磨《す》りガラス越しに明かりが動いた。反射かと思って目を凝《こ》らすと、やはり橙色《だいだいいろ》の明かりが見える。光源が安定していないのは蠟燭の火だからか。もしや誰かいるのだろうかと、窺っているうちに影も動いた。誰かいる、この家に？　と、見上げてみれば、軒が腐って骨が見え、頭上に降ってくるかもしれない瓦はすでに地面で割れていた。

「ごめんください」

思い切って声をかけると、家の中で音がして、

「はい？」

と、男性の声がした。自分で声をかけたのに、喜ぶ前に驚いた。

「あのぅ……こちらは富沢吉郎さんのお宅でしょうか」

足音がして、ガタ、ピシッと三十センチほどガラリ戸が開く。

隙間から顔を覗かせたのはメガネで猫背の老人だった。

「富沢吉郎は儂だがなにか？　あんたさんはどちらさん？」

春菜は一瞬言葉に詰まったが、すぐに使命を思い起こした。

「私は高沢春菜といって、広告代理店に勤務しています。以前富沢さんがお勤めになっていらした坂崎総子さんの……」そこまで言うと、

「おお、フサちゃんなあ。知ってるよ」

ガラリ戸はさらに開いた。玄関を上がったところに炬燵《こたつ》があって、奥に蠟燭が灯っている。室内は片付いていて、壁が崩れたり天井が落ちた様子はない。

「なんだい、フサちゃんがどうかしたんか」

「お元気でいらっしゃいます。ただ、総子さんが住んでいらしたお家のことで富沢さんに教えてほしいことがありまして」

吉郎は腕を振って入ってこいという。春菜は名刺を抜き出した。

「あの、私はアーキテクツという会社で……」

「んなもなぁいらねぇ。小せえ字なんか、もう読めやしねえんだよ」

上《あ》がり框《がまち》のようなものはなく、沓脱《くつぬ》ぎからすぐ畳敷きになっていた。

吉郎は勝手に室内へ戻ると、蠟燭を背にして炬燵に入った。

「お邪魔します」

春菜は沓脱ぎに腰を掛け、吉郎のほうへ体をひねった。

「ここには独りでお住まいですか？」

「お住まいもなにも、独り身だからここに暮らしているんじゃねえか」

「坂崎製糸場にいらした頃は、ご家族でお仕事をしておられたんですよね」

家の電気は止まっているのか、蠟燭だけがゆらゆらと朱く灯っている。開けっぱなしの玄関から往来に連なる車が見えて、そのライトや街灯のほうがずっと明るい。目を転じれば、蠟燭を背負った老人と家具が影のようである。桜の頃の寒の戻りを花冷えと呼ぶが、雪は降らないまでも結構な寒さだ。

「あぁ。一家でお世話になってたよ。おっかあが女工をやってた縁で、おとうが庭師というか、まあ、今でいうところの『よろず屋』だな。手先が器用で『まて』だったから、重宝に使ってもらっていたんだよ」

『まて』は長野の方言で、けちくさいほどまめまめしく丁寧な仕事をするという意味だ。

「総子さんは富沢さんのことを『吉兄』と呼んでいらっしゃいました。お屋敷では、わからないことはなんでも『富さん』に訊けと言われたものだと」

老人は首をすくめて「ひ、ひ」と笑った。

「フサちゃんはおてんばで、お姫様みたいな服着て荷受けの庭に馬を見に来て、危ないから儂が子守をしてたんだ。戦争までは働いていたが、戦後はあそこへ戻れなかった。お蚕さんの時代も終わったからなあ……それで？　フサちゃんがどうしたって？」

春菜はさらに体をひねって吉郎を見た。

「実は、総子さんはいま施設に入居されていて、お住まいになっていたお屋敷を上田市に寄贈したいと仰っています。私は仕事でお屋敷の調査をしているんですが……幸甚館という建物です。坂崎製糸場の中にある」

「ああ。知ってる」

「富沢さんのことは幸甚館の竣工写真を見て知ったんです」

「あんときゃ、きれいなべべ着た人が大勢来てさ、もの珍しくてウロウロしてたら、『お館《やかた》さん』が一緒に写っていいって言ってな。後で親たちにこっぴどく叱られたけどさ」

「当時のことを伺いたいのです。幸甚館の屋根にはもう一つ屋根が載ってますよね？　いつごろ工事をしたか覚えていらっしゃいますか」

老人の影が動いたので天井を眺めているのだと知れた。外の光で炬燵が見えたり見えなかったりするし、時々メガネのレンズが反射する。どこかでクラクションの音がした。

「そうさなあ。お屋敷が建って、わりとすぐだったよな……すぐと言っても、五、六年くらいしてからかなあ。神さんが来るってんで、お祀りする場所を造ったんだよ」

「え？」

と、春菜は思わず言った。

「お祀りする場所ではなく、封印するために増築したんじゃないんですか？」

「封印？　そうじゃねえ。お館さんは最初、製糸工場にお祀りする気だったんだ。けど、やり方があるってんで、やっぱりお屋敷となったんだ。それで屋根を壊してさ」

「その神様は、蔵之介氏のご両親がお住まいになっていた家から来たんですよね？　会社の事務所が最初にあった、道路沿いの住居から」

「違う違う」

　と、老人の影は手を振った。

「ご隠居さんの家じゃなく、他から連れてきたんだよ」

　そんなはずはない。

「それは蠱峯神のことですか？」

　と、訊いてみた。

「そうそう蠱峯神。難しい字で、読めないし、書けねえよなあ。あれはほら、車に乗っけて連れてきたんだよ。運ぶとき儂も手伝ったんだから間違いはねえ。棺車《かんしゃ》みたいな車で持ってきたんだ。大きな箱と小さな箱と……見ると目が潰れるってんで、白い布をかけてあったな。知らない人が大勢一緒に来ていたよ」

「職人風の人ですか？」

「いいや。神主みたいな格好だったよ」

「白くて長い法被姿ではなかったですか」

「違うな。神主みたいなやつだった」

　ますますわけがわからない。

「運ぶときに吉郎さんは何を見ましたか？　屋根裏に入ってみましたか」

「畏れ多い……そんなことしないよ」

「じゃ、そのとき屋根裏に鏡が張ってあったかどうかはご存じないんですね」

「鏡は張ってあったよ」

「誰が張ったんですか」

隠温羅流は蠱峯神の封印に関わっていない？　春菜は心臓がバクバクしてきた。

「そりゃガラス屋だ。気味の悪いことをするんだねえって、職人がぼやいていたっけ」

「吉郎さん。変なことを訊きますけれど、総子さんは、蠱峯神が入っている箱に奇妙なマークの焼き印が押してあったと仰っていました。吉郎さんはそれを」

「あったよ。爪を三本描いたみたいな印がさ。大きい箱についてたよ」

「……鷹《たか》の爪《つめ》のようなマークでしょうか？　真ん中に梵字《ぼんじ》がある」

「蠱峯神さんの印だろ？　付いてたよ」

それは蠱峯神の印ではなく隠温羅流の因だ。けれども箱が館に来たとき、すでに因が刻まれていたというのか。鳥肌が立って、腕を擦った。

「そのガラス屋さんの名前はわかりますか？」

「真田屋《さなだや》さん。親父《おやじ》さんが死んで、とっくに店は閉めちゃったよ」

渋滞していた車の数もいつしか減って、ライトは時折しか光らなくなった。外光がないと室内は暗く、蠟燭を背負った老人も炬燵の影と一緒くたに見える。

これ以上何を訊けばいいかわからない。黙っていると老人が訊いた。

「フサちゃんは結婚したんだろ？」

「独身でいらっしゃいます。その神様をお祀りするのがご自分の使命と思われたそうで、ずっと幸甚館にお住まいでした。今は幸甚館から少し先へ行ったところにある『かがやきの家』におられます。お元気ですよ。吉郎さんのことを懐かしいと」

「……そうかい」

ふと、子供の頃の吉郎と総子は惹《ひ》かれ合っていたのではないかと思った。だからどうということもないのだけれど。

春菜は静かに立ち上がり、「ありがとうございました」と、頭を下げた。

「お話を聞けて参考になりました。総子さんになにかお伝えしますか？」

「いや、いいよ……フサちゃんが元気ならそれでいい」

そう言う吉郎は闇に溶け、古家の一部のようにも見える。玄関を出るとき、春菜はガラリ戸を閉めようとしたが、建て付けが悪くて動かなかった。

「そのままでいいよ。古い家ってのは頑固でコツがいるからさ」

闇の中で吉郎は笑い、「儂が閉めるよ」と言ってくれた。

手土産のひとつも持ってくるべきだったと考えながら、春菜は外へ出ていった。ここへは改めてお礼に来よう。車は前庭に停められそうだから。

風は思ったほど冷たくなくて、酔客の奇声が聞こえ、おでんに焼き鳥、日本酒などの匂いがした。上田城跡公園は道路より高い位置にあり、ライトアップが艶《あで》やかだった。

満開になった千本桜の桃色は、色っぽい遊郭の雲を思わせた。

其の五

赤い部屋

春菜がアーキテクツへ戻ったのは夜九時頃のことだった。終業時刻を過ぎた営業フロアには、数人の社員が残っている。家に帰ってやんちゃ盛りの子供にまつわりつかれるよりも、積算やプランのまとめをしているほうが楽なのか、大抵同じメンバーだ。そして井之上はほとんどいない。

「お疲れ様です」

と言いながら自分のデスクに戻ると、パソコンにメモが貼り付けてあった。

『鐘鋳建設の守屋様より電話　十九時四十五分』と、書かれている。

上田で吉郎の家を訪ねていた頃だ。なぜ携帯に連絡してこなかったのだろうと思いながら、仙龍に電話した。

――無事か――

開口一番彼が訊く。

「無事よ、どうして？」

――携帯に電話したのにつながらなかった。心配したぞ――

スマホを確認すると確かに着信履歴があるし、メールも来ていた。

「本当だ……ごめんなさい。どうして気付かなかったのかしら。総子さんと会った後、幸甚館のことを知っている人を訪ねていたのよ」

——幸甚館？——

春菜は仙龍に竣工写真の話をした。あの建物が幸甚館と名付けられていたことも。

「興味深い話を聞けたけど、謎はさらに深まった。そっちはどうして電話をくれたの？」

仙龍はフッと笑った。

考えてみれば互いの気持ちを確かめ合った二人が『どうして電話』もないものだ。恋人同士なら声を聞きたくて電話したっていいのだ。そうならいい。

——明日、坂崎製糸場で会えないか？　小林教授が電話をくれて、建物の鉤の手部分に奇妙な部屋を見つけたと——

「奇妙な部屋？　そういえば鉤の手部分ってどうなっていたかしら」

——屋敷側、倉庫側、どちらも壁になっている——

「壁なのに部屋があるってなぜわかったの？」

——教授だからだよ——

説明はそれで十分だった。

——亀裂《きれつ》を見つけたのでファイバースコープを使ったらしい。内部に真っ赤な部屋があると言うんだ——

「やめてよ……」

またもゾワゾワと鳥肌が立った。蠱峯神を封印したのは隠温羅流ではなく、神主のような一団だったと吉郎から聞いたばかりだというのに。

——教授はいつにも増して燃えていて、もはや制御不能だ——

と、仙龍が言う。

でも因縁切りはゲームじゃない。迂闊な推測で先走り、死を呼び込むことだってある。

「仙龍。私も話があるからちょうどよかった。明日、製糸場で会いましょう」

時間を打ち合わせして電話を切った。甘い言葉も『おやすみ』もなく。

向かいのデスクでキーを叩いていた同僚が、盗み見していた視線をモニターに移す。春菜もパソコンを立ち上げて、井之上に提出する報告書を書いた。

翌朝八時。通勤ラッシュを避けるため、春菜は約束の時間より三十分早く坂崎製糸場に着いた。社員の邪魔にならぬよう、来るたび空いていたスペースへ車を入れる。

八時を回ると次々に社員がやってきて、塀際から順にスペースが埋まっていく。運転席から眺めていると、一台の車の助手席に坂崎きくみの姿が見えた。運転しているのが専務だろうか、結構歳がいっている。きくみは車の春菜に気が付き、目が合って、会釈を交わした。始業時刻は八時半。仙龍たちが来る頃は駐車場に社員はいない。

春菜は棟梁の手帳を出して守屋家の系図を眺めた。幸甚館に変形屋根が造られた頃の導師は棟梁の父竜生こと白龍《はくりゅう》だが、蠱峯神を変形屋根に封印したのが隠温羅流でなかったとすれば、箱に封印したのが正十郎こと鉦龍だった可能性も否めない。箱に隠温羅流の因が刻まれているわけだから、箱そのものが蠱峯神を封印しているのかもしれない。では、どうしてさらに鏡を張ったのか。鏡の理由はなんだろう。

「……蠱峯神を分けるためかしら？　教授が言っていたように、鏡の中なら箱を開けることができるとか」

考えていると窓がコツコツ鳴ってぎょっとした。

仙龍かと思ったら、そこにいたのはきくみであった。外へ出ようとするときくみが後部座席を指してくる。ロックを解除すると、彼女は後ろへ乗り込んできた。

「突然ごめんなさい」と言う。

「仕事前で時間がないけど、あちらでは話せないことなので」

春菜が後部座席に体を向けると、

「総子さんに頼まれて、アレの調査にいらしてるんですよね？」

「そうです。蠱峯神のことをご存じなんですね」

深刻な表情で頷いた。

「私と夫は歳が離れていますけど、知り合ったのは東京で、共に研究職に就いていました。夫は昔からその神様を怖がっていて、こちらと離れていたかったんです」

きくみの夫の父親は総子の兄弟で、お祖父《じい》さんが蔵之介である。

「じゃあ、ご主人も蠱峯神を知っていたんですか」

「社長も専務もみんな、本当は怖がっているけれど、公にできない事情があるんです」

きくみはやや口ごもり、「資産価値が下がってしまうから」と、囁いた。

「建て前はともかく、本音は土地を売らないと会社が立ちゆかない状況なんです。でも、本当はお屋敷を動かしたくはない、怖いから……それを総子さんには言えないんです。言ってどうなることでもないし、妥協案が移築なんです」

「蠱峯神のことで何か知っているのなら、なんでもいいので教えてください」

きくみは時計を見て言った。

「小さな頃、夫は神様に悪戯をして、お祖父様からもの凄く叱られたそうです。そして話を聞かされた。神様の名前と、力についてです。坂崎製糸場が栄えたのはその神様のおかげだけれど、とても怖い神様だから心根を正しく持っていないと蟲を放って食い殺されると言われたそうです。お金を儲《もう》けても決して独り占めしてはいけない。もしもそんなことがあれば一族が滅ぼされてしまうだろうと。私が総子さんのお世話をするようになったときにも、夫は、執務室の隠し扉だけは絶対に開けるなと言いました。でもそのときは、私もあまり本気で聞いていなかったんです。それが、役所の方が亡くなって……あれで一気に空気が変わってしまいました」

春菜もチラリと時計を見た。この話はどうしても最後まで聞かせてほしい。

「ご主人は神様にどんな悪戯をしたんですか？」

「神棚に祀ってあった箱を開けたんです」

「神棚の箱？」

屋根裏の箱は大きくて神棚には載らないはずだ。きくみは記憶を辿るように言う。

「最初は高祖父の頃だったそうです。取引先の社長さんから御利益のある神様を分けてもらうと、トントン拍子に事業が拡大していったそうです」

「最初？　最初ってどういうことですか」

「坂崎製糸場では、その神様を二度お迎えしているんです」

ゾクリとした。

「総子さんも最初の神様は居宅にあったと言ってましたけど、じゃあ、最初の神様は神棚に載るほど小さかったってことですか？」

「古いほうの家の神棚に小箱に入れて置かれていたそうです。夫は理系の人ですから、箱の中身が気になって、子供の頃にこっそり開けて、お祖父様に叱られたんです。それ以来、箱は子供の手が届かないところ……今も四階倉庫の梁の上に置かれています」

そうだったのか。春菜は訊ねた。

「ご主人には何事もなかったですか」

「ええ。中にはお札と、煮干しの欠片《かけら》のようなものが入っていたそうです」

春菜は背もたれを抱くようにして身を乗り出した。

「二度目の神様のことは？　何か言っておられましたか」

「お祖父様の代に、神様の『本物』が来たということだけ。そちらはさすがに薄気味悪くて近づくこともできないと言っていました。夫が怖れているのは本物のほうです」

きくみはドアに手をかけた。

「私たちは建て前しか言えないんです。でも本気でアレを怖れています。総子さんから強引に権利の移転をしないのも、そういう事情があるからです」

逃げるように車を降りていく専務の妻に春菜は訊く。

「きくみさん。蔵之介氏の時代の帳簿を、どこかで見かけていませんか」

「古い時代の取引関係は、すべて執務室の書棚にあります」

それだけ言うと、行ってしまった。

時刻は八時二十分過ぎで、入れ替わるように鐘鋳建設の車が入ってきた。コーイチが運転し、助手駅に小林教授が、後ろに仙龍が乗っている。春菜は素早く車を降りた。

「ども。お疲れ様っす」窓を開けてコーイチが言う。仙龍たちが降りるのを待って、春菜も、「おはようございます」と頭を下げた。

「教授。秘密の部屋を見つけたんですって？」

役所から滝沢も来るのだろうと思って訊くと、教授はポケットから鍵を出した。

「そうなのですよ。尋常ではない雰囲気になってきまして、今日は学生たちを休ませました。先ずは仙龍さんに現場を見てもらおうと思いましてね」

「いったいどういう部屋なんですか？」

教授の背後から仙龍が代わりに答える。

「これであの建物が鉤形に曲がっている理由がわかった。おそらく邸宅と無理にくっつけたんだろう」

「なんのために？」

変形屋根の増築と同時に工事をしたのかもしれない。

つまりは神様の『本物』を迎えるために。

「おそらくは、呪《しゅ》だ」

答えると、仙龍は後部座席からボストンバッグぐらいの工具箱を取り出した。

「現場用のファイバースコープを持ってきた。教授のものより高性能で鮮明だ」

「曳屋は基礎にこだわるっすからね」

言いながらコーイチが工具箱を受け取る。二人とも黒のTシャツに作業ズボンで、頭には黒いタオルを巻いている。学術調査に来るような出で立ちではないが、逞しく見えて安心できて、春菜は誰にともなく頷いた。

「昨日は電話に出られなくてごめんなさい。邸宅内を撮影していたらあの家が建った頃の写真を見つけて、そこに写っていた小僧さんに話を聞きに言ってたの」

「コーイチくんから聞きました。邸宅が建ったのは昭和二年だったそうですね？　蟲峯神を封印したのも正十郎さんではないそうで」

「それなんだけど、ちょっと複雑な話になってきたのよ。私たちは坂崎家に入った泥棒が蟲峯神に食い殺されたから、蔵之介氏が怖れて変形屋根を増築し、隠温羅流に神を封印させたと思ってきましたよね。でも、どうもそうではないようです」

仙龍はただ眉間に縦皺を刻み、教授が春菜に訊いてきた。

「どういうことです？」

「変形屋根が造られたのは竣工の五、六年後ではないかということでした。さっき専務の奥さんと話したんですけど、蟲峯神は創業者の時代にすでに坂崎家へ持ち込まれていて、社長室の神棚に祀られていたそうです。それが四階倉庫にある箱でした。専務が子供の頃に箱を開けたら、お札と、欠片みたいな干物が入っていたって」

「え？　足の指じゃなかったんっすか？」

と、びっくりしてコーイチが訊く。

「そうなのよ。それって丑梁のほぞ穴で見つかるタイプと同じなんじゃないかしら。四階倉庫の箱は古くて、坂崎家の家紋もなかったんでしょ? 話の辻褄《つじつま》は合うわよね」

男たちは顔を見合わせた。

「あと、もうひとつ。吉郎さんが子供の頃に『お館さん』、蔵之介氏のことだと思うんですけど、お館さんは神さんが来るからと屋根を増築させて、外から来た大勢の人が、大きい箱と小さい箱を運んできたと。そのときすでに、大きい箱には隠温羅流の因があったと言うんです。鏡を張ったのは真田屋さんで、もう会社はないそうですが」

「吉郎さんっていくつなんすか?」

と、コーイチが訊く。

「総子さんより年上だから、九十五とか……もう少し上かもしれないわ」

「その男性も施設にいるのか?」

「この先の通り沿いの家に独りで住んでる。しっかりしていてお元気だったわ。昨日電話に出られなかったのは彼と話していたからよ。そのとき手ぶらだったから、このあとお礼に行かないと……吉郎さんのご両親もここで働いていたそうで、特にお父さんは坂崎家のことに詳しかったみたい」

「ふむ」と、仙龍は指先で顎《あご》をつまんだ。

「吉郎さんやきくみさんの話を総合すると、邸宅の屋根裏に来た蠱峯神が『本物』で、そのときすでに隠温羅流が箱に封印していたということにならないかしら」

「本物、ですか……なるほど、なるほどですねえ。変形屋根を造らせたのも、隠温羅流ではなかったわけですね」

「なんすか『本物』って──……」

コーイチは恐怖で泣きそうになっている。

「それにつけても坂崎製糸場の古い帳簿を調べてみたいの。私はてっきり支払先に鐘鋳曳屋の名前があるはずだと思っていたけれど、もしもそうでないのなら」

仙龍を見上げて春菜は、「どう解釈したらいいのかしら」と訊いた。

「隠温羅流が封印したあとで、因の意味を知らない者が箱を動かしたということか」

「その場合はどうなるの?」

仙龍は答えずに、「秘密の部屋を見るのが先だ」と、歩き出した。

「棟梁が死んだとたん次々に情報が入ってくる。因縁浄化に流れがつくのはいいとして、急流ならば気をつけろというのが先達の教えだ。目くらましされている可能性もある」

「目くらましって?」

仙龍は振り向いて春菜を見た。

「見えるものだけでなく、見えないものをこそ見よ。邸宅の屋根を壊してまで祀られた『本物』の神だ。蔵之介氏ほどの人物や一族が徒に金をかけたとも思えない。隠し部屋や屋根裏部屋、鉤の手に曲がった建物にも、必ず意味があるはずだ」

　敷地を囲む塀の上から大ケヤキの枝が見下ろしている。

「そういえば、教授。村上ガラスさんに鏡の話をしておきましたけど」

　思い出して言うと小林教授が、

「そうでした、春菜ちゃんにはお礼を言いませんと。春菜ちゃんから連絡が行ってすぐ、先方から電話を下さったのですよ。それで仙龍さんとも打ち合わせをしまして、きちんとした箱を造らなくとも村上ガラスさんの倉庫に鏡の部屋をこしらえて、そこで箱を開けることになりました」

「割れないアクリルミラーで空間を作ってもらったんすよ」

「え？　じゃあ、もう箱を開けちゃったの？」

「いいえ、まだです」

　と、教授が言った。通用口のドアを開け、工具箱を抱えたコーイチを先に行かせる。

「島崎くんが箱を持って村上ガラスさんへ行っているのです。島崎くんならそのまま医学部へ持ち込んでＤＮＡを検出してくれますからして」

「それですけど、本当に鏡の部屋なら箱を開けても大丈夫なんですか？」

「おそらくは大丈夫でしょう」と、教授は頷く。

「今ほどの話では、専務さんが子供の頃に箱を開けたときは何事もなかったということですね？　そうなりますと鏡は必要ないのかもしれませんけれど、一方で鏡と鏡を合わせて出来る仮想空間は別の世界へつながっているという考え方もあります。安全のためにも鏡の迷宮を作るのは理にかなっていると思うのですねぇ」

「でも、専務が開けた箱は干物で、新しい箱は指ですよ？」

「だからこそＤＮＡが採れるかもしれないわけで」

もはや苦笑するしかない。教授と話していると価値観のズレを感じることがままあるからだ。それにしても好奇心の塊《かたまり》のような小林教授が立ち会わずにいられるなんて。

「教授は中を見なくてよかったんですか」

コーイチと教授を追って通用口から敷地に入ると、後ろから仙龍が言った。

「教授の性格を知ってるだろう？　本当はよくないが、それより一刻も早く謎を解こうとしてくれているんだ」

「そういうことなのですねぇ。鏡の部屋で箱を開け、足の指を確認する喜びよりも、蠱峯神の正体を暴くほうを優先したというわけです。あちらの謎はほぼＤＮＡだけになっておりますし、四階倉庫の箱の中身も、あれだけが古かった理由も、春菜ちゃんが解いてくれましたから。つまり、廃倉庫と撰繭場兼繭倉庫にあった小箱は蔵之介氏が作ったものということですね。蠱峯神の『本物』が邸宅の屋根裏に運ばれたのち、蔵之介氏は箱を開けてご神体から指を盗んだ。もしかしますと、鏡張りの部屋は蠱峯神を封印するためではなくて、足の指を盗むために造られたのかもしれません。私たちが村上ガラスさんの倉庫で小箱を開けようとしているように」

先にいたコーイチが足を止めて振り返り、ヒソヒソ声で訊いてきた。

「え、んじゃ、なんすか？　隠温羅流の封印はそのときに破られたってことっすか」

「まだ仮説ですけれどもね」

「それじゃ、古い蠱峯神が箱やほぞ穴に入れてあったのも箱から出すと祟るから？　祟るというより邪な者の悪意を吸い取るのよね。でも、箱に入れれば大丈夫？　それもちょっと違うわね、役所の課長が死んでいるわけだから」

「そうだな……」

と、仙龍が言った。

「屋根裏に入る必要がある。本当に隠温羅流の因なのか、似て非なる別の印か、実際に見て確かめないと」

「そっすよね。先ずは確認しないとっすね」

仙龍やコーイチをむざむざ危ない目に遭わせるようで、春菜は焦った。

「待ってよ。まだ何もわかっていないのに」

「先に開かずの間を見てから、執務室で帳簿を探そう。それから吉郎という人物のところへ一緒に行く。もしかすると開かずの間のことも知っているかもしれないからな。和尚を呼んで作戦を練り、屋根裏へ入るのはその後だ」

それならいいか？　と、仙龍が訊いたので、春菜は自分の覚悟と責任を問われたと思った。どこであれ決着は付けるのだ。腰が引けている場合ではない。

「まだもうひとつ、聞いてほしいことがあるの」

空き地を通るとき春菜は言った。

「坂崎製糸場と総子さんの間に意見の相違がある件だけど、原因は会社の財政事情で、蟲峯神については双方とも動かしたくないとわかったわ。さっき専務の奥さんがこっそり教えてくれたのよ」

「やはりそうでしたか。そんなことだと思っていました」

と、教授は言った。

「銀行の資本が入っておりますと、なかなか経営者の思いどおりにはいかないのです」

「逆にチャンスじゃないっすか？　互いの気持ちがこじれてたわけじゃなく、お金の問題だけなんだから」

「そうだけど、お金は大問題よ」

「そこでおまえの出番じゃないのか？」

仙龍は涼しげな目で春菜を見る。

「どうしてよ」

「歴史的建造物を観光資源に変える仕事をしている。補助金もらって終わりではなく、継続するための活用法を提案するのは得意分野じゃないか」

「私にどうしろって言うの？」

「『倉庫のワンフロア一物件展』っすよ。文化財登録して補助金もらって修復したら、集客しながら回転していくプランを作って銀行を説得したらどうっすか」

「銀行を説得って、簡単に言うけど大変なことよ？　文化財は維持するだけでも大変なのに、負債をまかなえるほど集客し続けるとなると……」

——ただ、建っている場所がねえ……もっと敷地の端のほうならよかったけれど——

総子婦人の言葉が脳裏を過ぎり、春菜は足を止めて考えた。

それをするなら改修工事だけでは駄目だ。建物を残して見学者を募るとして、ここは上田城跡公園にも近いから、周辺の美術館や博物館と抱き合わせでPRするのはどうか。観光バスを呼ぶようにして……そうなると大型駐車場が必要だ。春菜は空き地を見回した。いや、この空き地は残したい。それなら廃倉庫の跡地に撰繭場兼繭倉庫と邸宅をセットバックさせたらどうだろう。そして表側の駐車場を広くする。荷下ろしの空き地と石垣は残してイベント広場に活用する。見学客は正門から入れ、裏の駐車場は社員用及び業者の搬入口として残しておく。これなら余計な費用はかからない。解体移築費用が浮くのでそれを曳家の予算に充てて、余剰金も出るはずだ。試算は……その手の計算は長坂パグ男《お》の得意分野だけど、どうしよう。でも、難問に挑戦せずして巨大プロジェクトの成功はない。

「どうした」

と、仙龍が訊く。三人でスロープの下に立ち止まっている。春菜は慌てて追いついた。

「なんでもない。ちょっと考えていただけよ」

撰繭場兼繭倉庫に着くと、教授が錆びた扉の鍵を外した。今日、滝沢は現場に来ない。開かずの間が怖いからだと、春菜は意地悪なことを考えていた。

乾燥機の導入以降に建った撰繭場兼繭倉庫は五階建てだが、階段室にしか窓がない。ガラガラと扉を開けながら、教授が言った。

「こちらは大正時代の建物ですから、幸甚館を建てたあと、ここと邸宅を強引につないだわけですねえ。つなぎ部分が鉤の手で、見るからに付け足した感じが妙でしたけど、まさか隠し部屋があるとは思いませんでした」

内部へは鉄の敷居《しきい》を跨《また》いで入る。中は暗くて空気が冷たく、春菜の痣がツキンと痛んだ。用心しろとオオヤビコが言う。試しに息を吐くと、暗がりに白く凍《こお》って見えた。

「寒いわ……」

「そうだな」

と、仙龍は春菜を庇《かば》って前に出た。元気がいいのは教授だけで、

「こっちですよ」

と言いながら暗がりの中を先へ行く。

「あー、もう小林センセったら……転ばないでくださいよーっ」

ファイバースコープの箱を抱えてコーイチが追いかける。

「私は毎日ここへ来ているわけですからして、今や自分の家のようなものですよ」

教授の声が向こうへ行くと、仙龍は春菜の手を取ってズボンのベルトを摑ませた。

仙龍と会ったばかりの頃のギクシャクした関係を思い出す。あのときもきっと仙龍は優しかったのだ。私が目先のことばかり気にしてそれに気付けなかっただけで。

歩くうちに教授が現場用の照明を点《つ》けて明るくなった。それでも息はまだ白い。三和土《たたき》の床に漆喰塗りの壁、ガランとして何もない空間に光が灯ると、蜘蛛《くも》の巣や三和土や漆喰の微妙な凹凸に影ができ、そのほかの場所が暗さを増した。

行き止まりから先が鉤の手部分だが、見る限りは何の変哲もない。

よくも奥を覗いてみる気になったなと、春菜は教授に感心した。

「ここですよ、ここ。ここにヒビが入っていまして、隙間から奥が見えるようでしたので、確かめてみましたら……」

教授は三和土に四つん這《ば》いになり、ひび割れの箇所を指している。

「こんなとこ、覗いてみようと思うんっすねえ。さすがというか、教授というか……」

コーイチはケースを三和土に置いて蓋を開いた。ファイバースコープカメラをパソコンにつなぎ、モニターで画像が観られるようにする。教授が指した隙間は三和土に近い下方の亀裂で三角形に割れている。コーイチがスコープの準備をしている間に、仙龍も腹ばいになって中を覗いた。ペンを抜き、隙間の土を少し削ってこう言った。

「後から塞《ふさ》いでいるようだ。ここだけ土が新しい」

春菜も屈んで見てみたが、土の違いもわからなければ、中は暗くて何も見えない。

「微かに風《かが》が来ますので、どこかへつながっているのだろうと思ったのですよ。ただの好奇心と言いますか、けれどもビックリしましたねえ」

おやつを待ちきれない子供のように、教授は両手を擦り合わせる。

「蠱峯神と何らかの関係があるはずですが、調査隊のスコープカメラはあまり精度がよくないのです。展示物の内側を確認する程度のものですから」

「中土《なかつち》だな」

仙龍は隙間に指を突っ込んでいたが、起き上がりながらそう言った。

「なに？　ナカツチって」

「漆喰の下が土壁ってことさ。扱うのが繭だから湿気《しっけ》にも火にも強い仕様にしてあるんだろう。もともとここが外壁だったんだ。そこを壊して鉤の手部分を造り、なぜか後からまた塞いだらしい」

手の埃を払ってコーイチに訊く。

「準備できたか？」

三和土に置いたケースをテーブル代わりにパソコンを開くと、「いっすよ」と言ってコーイチは仙龍にファイバースコープカメラを渡した。モニターに仙龍の顔が映り込み、天井や壁や三和土など、カメラの向いた方向が次々に現れる。

「……いよいよですねえ」

教授は合掌してモニターの前に陣取った。仙龍はまたも腹ばいになり、スコープを隙間に挿していく。蟻《あり》が亀裂に入っていくかのような映像がモニターに浮かんだ。スコープの先端にはライトがあって、丸い光に内部の様子が映し出される。拡大された畳と縁だ。

仙龍が握るグリップにコントローラがついている。彼は肩越しに振り返ってモニターを確認しながらスコープの先端を上向けた。思ったよりも内部は広い。そして教授が言うとおり、壁が一面緋色《ひいろ》であった。柱の間隔を一間（約一・八二メートル）として、二間四方の部屋である。格天井には金襴《きんらん》の飾り絵が張られている。翁《おきな》と嫗《おうな》、鶴に亀《かめ》、日の出、松、梅、宝船。

「どれも高砂の絵柄《えがら》ですねえ」

モニターを眺めて教授が唸った。

「壁は紅殻塗《べんがらぬ》りでしょうか、なんと鮮やかな……この部屋は……」

「調度品もあるようだ」

仙龍はカメラの向きを変えていく。パソコンに張り付いているコーイチが、

「ひっ」と引きつった声を出す。

モニターに映し出されたものの異様さに、春菜は言葉が出なかった。

室内には行灯《あんどん》がひとつあり、金屏風《きんびょうぶ》を立てて朱塗りの祝い膳《ぜん》を置き、三三九度の盃《さかずき》が載せてある。金糸で亀を縫い取りした婚礼布団が延べられて、枕が二つ並んでいるのだ。これとよく似た部屋を見たことがある。糀坂町《こうじさかまち》の商家にあった、封印された座敷牢だ。

「……婚姻の部屋」

おそらく全員が思ったことを、声に出して春菜が言う。

その座敷牢には娘の死霊が憑いていた。酷い目に遭って心が壊れ、男狂いの末に死んだ娘だ。荒ぶる魂を慰めるために、座敷牢には似たような意匠が施されていたが、ヒトガタの男に飽き足らず、死霊は男を求めて彷徨《さまよ》っていた。あの部屋を思い出すだけで、未《いま》だに身震いしそうになる。そこにあるのは隠微を超えた淫《みだ》らさと、生々しい女の臭いだ。

吐く息がさらに白くなり、そして蟲の臭いがした。誰も言葉を発しないのに、ピシ！　パシ！　と建物が軋《きし》む。キシキシッ！　音は春菜たちの背後でも聞こえた。

「風鐸、すぐ片付けろ」

隙間からスコープを引き出しながら仙龍が言う。そのときすでにコーイチは電源を引く

ドラムコードのそばにいた。春菜もパソコンからジャックを抜いて、教授がそれをケースに入れて、ものの一分も経たないうちにすべての機器が撤収された。ピシ！　パシ！

「出るぞ」

仙龍はケースを抱え、教授と春菜を先に行かせた。照明を切り、大急ぎで建物を出る。刹那《せつな》、バン！　と、音がして建物が揺れ、天井からパラパラと埃が落ちた。

「こっちっす！　センセ急いで、こっちっすよ」

スライド扉を体で押さえ、コーイチが教授を手招いた。剝き出しの敷居が足下にあるので、気をつけないと転んでしまう。勝手に扉が閉じないように、コーイチは懸命に押さえている。教授が行き、春菜が出て、仙龍とコーイチは同時に抜けた。

グラグラグラッと地面が揺れた。

「やだ、地震？」

「そうじゃない」

仙龍とコーイチが力任せに扉を閉めたとき、なにかエネルギーの塊のようなものが、建物内を駆け抜けていく気配がした。

「いやはや……参りましたねぇ」

手ぬぐいで頰を拭きながら、小林教授が呑気に言った。

「覗いてはいけなかったのでしょうかねえ。まあ、夫婦のプライベートな部屋ですし」

物言いは呑気だが、眼《め》が笑っていない。仙龍が訊く。

「あの部屋と蟲峯神には関係があると思うんですね？」

「おそらくは」

と、教授は答えた。もちろん春菜もそう考える。

けれどもここでは話せない。奥出雲のたたら山内では、どこにいようと金屋子の眼が光っていたように、坂崎製糸場の敷地内ではどこに蟲峯神がいるかわからないのだ。

「仙龍さん。邸宅へ行って、あの部屋がどことつながっているのか見てみませんか」

教授が言うと、仙龍はケースをコーイチに渡し、「車に置いてきてくれ」と頼んだ。

「何かあってデータが飛んでは困る。バックアップを取ってくれ」

「承知したっす」

コーイチはケースを抱えると、脱兎《だっと》のごとく走っていった。


教授は幸甚館の鍵も預かっていた。玄関ドアを開けて中へ入ると、内部は春菜が去ったときのままになっていた。古い建物の匂いはするが、不穏な気配は特にない。

春菜は箱からスリッパを出し、あとから来るコーイチの分も上がり框に揃えて置いた。昨日も写真を撮るために入ったが、一階に妖しい場所はなかったように思う。鉤の手部分がくっついているのは最奥だが、そこは幸甚館の竣工写真が飾られていた洋間のはずだ。

回廊式の廊下を仙龍が先に行く。

築山のサンシュユは満開で、その奥ではモクレンが赤紫の花を開こうとしている。手入れを欠いた枝が伸び、花は小振りになっている。仙龍が廊下の先へ行ったとき、回廊のガラス引き戸を通して鉤の手部分が見えてきた。手前はやはり板敷きの洋間で、回廊との境は雪見障子だ。仙龍はそろりと障子を開けた。

なんのことはない。昨日と同じ室内だ。

それでも仙龍はすぐに入らず、春菜たちに待てと合図した。しばらくすると玄関ドアの開く音がして、コーイチがスリッパを鳴らしてやってきた。

「ちょっと来てくれ」

と、仙龍がコーイチを呼ぶ。春菜たちに会釈して、コーイチが先に洋間へ入った。

春菜と教授は回廊から室内を見守っている。さほど大きな部屋ではない。庭を眺めるかたちに籐椅子《とういす》がひとつ置いてあり、脇には小振りのローテーブル。あとはガランと空いていて、造り付けのマントルピースに幸甚館の竣工写真が飾られている。

「この写真っすね、春菜さんが昨日見つけたやつは」

コーイチがそう言ったとたん、教授は待てずに部屋へ入った。写真を下ろして明るい廊下へ持って出る。仙龍はマントルピースに手を置いていた。

「中を見てくれ。おかしくないか？」

御影石《みかげいし》張りのマントルピースは飾り棚の上に坂崎家の家紋がレリーフにしてはめ込んである。コーイチは四つん這いになって焚《た》き口《ぐち》に頭を突っ込むと、上を見てから、

「そっすね」と言った。

「なんだかなあ……もしかしてこの暖炉《だんろ》はフェイクっすかねえ？」

小柄なので焚き口の中に立ち上がり、そしてフッと見えなくなった。

「えっ、うそ」

春菜も部屋へ入っていき、四つん這いになって焚き口を見上げた。すると、

「危ないっすよ」

と、声が上から降ってきた。

コーイチは両手両足を突っ張って、煙突の中を登っている。

脇の下に腕を入れられて仙龍に引き出されたとき、コーイチがストンと落ちてきた。両手についた埃を払って言う。

「ダンパーもないし、煤《すす》もついていないから、やっぱ煙突じゃないっすね。天井あたりで塞がってます。これの上って、どうなってるんでしたっけ」

「執務室の隠し階段じゃないか？」

と、仙龍が言う。

「げげ……お札《ふだ》の中っすか」

「なるほど……だいたいのことはわかった」

仙龍が天井を見上げて言ったとき、彼のスマホが鳴り出した。

「和尚だ」

と言って電話を取るので、春菜はコーイチに訊く。

「どういう意味？　だいたいわかったって」

コーイチは首をすくめただけだった。

「春菜ちゃん春菜ちゃん」

廊下にいた教授が写真を抱えて戻ってくると、蔵之介氏と一緒に写った紳士を指して、

「この人の顔に見覚えがありませんかねえ」と訊く。

昭和二年に生きた人物を春菜が知るはずもなく、

「知りません。誰なんですか？」

と訊ねると、教授はメガネを押し上げて、もう一度写真を見つめた。

「ですよねえ……いえ、春菜ちゃんが知っているはずもないですが、それではどこで見かけたのでしょう？　坂崎総子さんはこの人について、なにか話していませんでしたか」

「話してくれたのは小僧さんのことだけです。ここが建ったとき、総子さんはまだ生まれていなかったので。蔵之介氏の奥さんが抱いているのがお兄さんかお姉さんだって」

「……妙ですねえ」

教授はそう言いながら写真を元の場所に戻した。仙龍が電話を切って言う。

「和尚たちが鏡の部屋で、無事に小箱を開けたそうですよ」

それで春菜は、蟲峯神の箱を開ける作業に和尚も立ち会っていたと知った。おそらく仙龍が手配したのだ。それなら百人力だったろう。いや……十人力くらいだろうか。

「それで？　和尚さんはなんと言っていましたか」

「たまげたわい、だそうですよ。ＤＮＡも採れそうだと。と、いうのも……」

仙龍は春菜とコーイチを順繰りに見て、先を続けた。

「指は亡くなったばかりのように瑞々《みずみず》しかったと」

春菜たちは互いに顔を見合わせた。それはどういうことだろう。創業者が持ち帰った蟲峯神の箱に入っていたのは干物の欠片のようで、丑梁のほぞ穴から出た古いお札に入っていたのも骨や粉だった。それではここの蟲峯神は、なにか別のものなのだろうか。

「変ですね……いえ、でも……一つ考えられるのは」

いつもなら好奇心剝き出しになる小林教授が眉根を寄せて考え込んで、

「いえ。後にしましょう」

と、あたりを見た。怪異が起きる場所で怪異について語るのは禁忌だからだ。

「鉤の手とつながっているのはこの部屋だが、使えないマントルピース以外に怪しいものはない。となると執務室を見るしかないが……いいですか？」

仙龍が教授に訊ね、春菜も言う。

「私も帳簿を探したいから、ちょうどよかったわ」

教授はコクコクと頷いた。

「そうですね。そうしましょう」

やはりコーイチが障子を押さえ、教授は名残惜《なごりお》しそうに写真を振り返りながら部屋を出た。人前で歯を見せるのがはしたないことだと言われた時代の人々は、褪《あ》せた白黒写真の中から一様にすましてこちらを見ていた。


二階へ上がる階段の下は奥から冷たい空気が流れてきて、春菜は棟梁と一緒にこの家の台所にいたときのことを思い出した。不安定な春菜のサニワを棟梁はいつも応援してくれた。多くは語らない人だったけど、可能性を示唆《しさ》してくれて、必要なときに助けてくれた。手ぬぐいを姉さん被りにして、それが妙に似合っていた。

薄暗い廊下の奥に目をやってから、春菜はみんなを追って階段を上がった。上から風が吹いてくる。コーイチが廊下の窓を開けたのだ。

蔵之介氏が変形屋根の屋根裏に蠱峯神を祀った執務室は一階の洋間と同じく幸甚館の最奥にある。初めは長坂がここへ来て執務室に隠し部屋があるのを見破ったという。

廊下に立つと仙龍たちが執務室の前で待っていた。春菜も急いでそばへ行く。執務室の

く見えない。扉は重厚で、気安く開けられない雰囲気がある。扉には飾り窓もなく内部の様子はまった

「どうだ。何か感じるか？」

と、仙龍が訊く。

「なにも」

と、春菜が答えると、仙龍は静かにドアを開いた。最初のときは蟲で真っ黒だった執務室は、時が止まったように静まっている。コーイチが先に入って跳ね上げ式のフランス窓を開け、外側の日除《ひよ》けルーバーも押し上げた。室内に光が入って、真っ赤な絨毯《じゅうたん》に貼られたテープが見える。蟲峯神に喰われて死んだ課長の跡だ。死体は疾《と》うにないのだが、影絵のように張り付いた人のかたちは生々しい。開きっぱなしで空っぽの金庫、窓辺のチェストに置かれた額やガラクタ、ソファやテーブルには書籍や書類が山になり、課長が盗み出そうとした三方金の本や小箱が風呂敷《ふろしき》に載せたままになっている。こんなもののために命を落としたのだと春菜は思い、それとも蟲峯神は『出来心』ではなく『悪意の本質』を喰うのだろうかと考えた。答えはまだわからない。

社長のデスクは背後が書棚になっている。書棚は神棚を兼ねており、そこに三方が置かれている。書棚をずらすと扉があって、屋根裏に上がれる仕組みだ。

小林教授は室内のものを手に取って、興味深そうに調べている。仙龍とコーイチは書棚

の周囲を確認している。やがてコーイチは窓から身を乗り出すと、一階の庇へストンと下りた。すぐに戻って、「やっぱ間違いないっすね」と言う。

「どういうこと？」

コーイチに手を貸している仙龍に訊くと、

「マントルピースの煙突部分と隠し扉の奥は、位置的につながってるってことさ」

と、だけ答えた。ただ、隠し扉を開けて確認するのはまだ早いということだろう。

「春菜は帳簿を探してくれ」

仙龍に名前で呼ばれると未だにドキリとするのだが、そんな場合ではないので、

「わかった」と答えた。

坂崎きくみの話によれば、帳簿関係はこの部屋の書棚にあるということだ。ところが死んだ課長が物色したせいで今や書棚は空っぽで、書類は乱雑に床に積み上げられている。その惨状にため息を吐きつつ、春菜は山の前に陣取った。

「私もお手伝いしますよ」

山の反対側に教授が座る。そそくさとメガネを拭いて顔にかけ、

「探すのは、昭和二年以降の帳簿でしたね」と訊く。

「はい。お願いします」

そして山を分け始めた。伝票関係は年ごとに紐で括《くく》って厚紙の表紙が付けてある。書

簡、契約書、覚え書き、保険証に仕入れ帳に支払い帳、銀行通帳は複数あって、しかも冊数が膨大だ。黙々と作業を続けていると、仙龍とコーイチも加わってきた。

「思ったよりも少ないっすね」と、コーイチが言う。

「え、これで少ないの？」

「普通は一年で段ボール箱一つくらいにはなる。帳簿だけ残して伝票関係のほとんどは処分したんだろう。手分けをしよう。春菜は通帳を。コーイチは伝票と帳面を、教授は書籍を抜き出してください」

それぞれの前に書類を集め、年代順に並べ始めた。通帳は開いてみないといつのものかわからない。春菜はひとまず通帳をかき集め、銀行ごとの山にした。離れた場所まで持っていき、床に座ってそれぞれの年代を調べていると、奇妙なことに気がついた。

——02-01-10　振込100　コウジンコウ——

というように、坂崎製糸場が定期的に同じ相手に金を振り込んでいた記録があるのだ。概《おおむ》ね半年ごとに百円。今の金額に換算すると……春菜はコーイチを見て訊いた。

「ねえ？　昭和二年の百円って、今のお金でどれくらい？」

答えたのは教授であった。

「昭和の初め頃は先生の初任給が五十円程度だったそうですよ。百円ですと、二十万円ちょっとくらいでしょうかねえ」

「昭和初期のお金の価値は大正時代とあまり変わらなかったらしいっす。同じ昭和でも三十年代を過ぎると初任給が二万円くらいになっていたって聞いたことあるっす」

「そうでしたそうでした。懐かしいですねぇ」

教授が嬉しそうに話している横から仙龍が訊いた。

「どうかしたのか」

春菜は別の通帳も開いてみたが、やはり定期的に金を振り込んでいる。

「半年に一度程度、コウジンコウという名目に出金があるの。同じ金額だから取引じゃないと思うんだけど……何かしら」

同じ銀行の通帳だけを引き寄せて確認する。

「コウジンコウですか……」

と教授が呟き、唐突に「ああっ」と、声を上げた。

「なんすか、ビックリするじゃないっすか」

と、コーイチが言う。宙を見上げて教授が叫ぶ。

「春菜ちゃん、そうです。そうですよ！」

教授は四つん這いで春菜の前まで来ると、手を取らんばかりに興奮し、

「思い出しましたよ、あの紳士のことを」と、言う。

「集合写真のことですか？」

春菜の手を取る代わりに手近な本を胸に抱き、教授は指先でメガネを直した。

「あれは開発千景《かいはつちかげ》です」

「誰っすか？」

と、コーイチが訊く。教授はコーイチを振り向いた。

「幸甚講の人ですよ。間違いない。年を取ると頭の働きが鈍《にぶ》くなってイヤですねえ」

ちょうどそのとき、春菜も通帳に五万円もの大金が振り込まれた記録があるのを見つけた。昭和八年十月の日付になっている。

「コウジンコウとはなんですか？」

と、仙龍も訊く。小林教授は考えを整理するかのように目だけを動かし、そして、

「そろそろお茶にしませんか？」

と、頓珍漢《とんちんかん》な返答をした。

「島崎くんに電話してその後の話も聞きたいですし、小僧さんの家にもお礼に行かねばならないですよね？　たまには私が奢《おご》りますから、自販機でお茶を買いましょう」

教授の言動に眉をひそめた仙龍は、すぐに訳知り顔で頷くと、サッと春菜に視線を送った。春菜は手にした通帳類を自分のバッグに押し込んだ。

「あ、お茶っすか、いいっすねー。そうしましょ、そうしましょ」

わざとらしく立ち上がり、コーイチはルーバーを下げて窓を閉めた。

（外へ出ろ）と仙龍が顎をしゃくったので、春菜は教授を連れて執務室を出た。続いてコーイチが、最後に仙龍が部屋を出て、（早く行け）と廊下の先へ視線を向ける。長い廊下の脇にあるのは、宴会や会議に使われていた二つの広間で、襖が開け放たれている。家具は部屋の隅に寄せられて、白い布がかけてある。薄暗い室内は天井の隅に暗さがあって、古い時代の匂いが漂う。春菜たちは無言で廊下を進み、階段を下りるとき仙龍が執務室のドアを閉める音を聞いた。階段室の窓に樹木の影が映っていて、葉のない枝が骨張った魔物の指のようだった。教授が転ばないよう先に立ち、春菜は玄関ホールへ降りた。

外へ出る扉が開かなくなっていたらどうしよう。教授を待って玄関に下りて、それぞれの靴を揃えて仙龍を待つ。一段飛ばしで階段を下りてきたコーイチが靴を履き、素早く扉を開けたので、春菜はようやく安心した。

教授を出して春菜が続き、仙龍が出てコーイチが扉を閉めたとき、小林教授は鍵を出し、素早く屋敷をロックした。振り返って仙龍と視線を交わし、後は無言で歩き出す。誰一人口をきかない。鉤の手部分をやり過ごし、撰繭場兼繭倉庫と廃倉庫を通り過ぎ、スロープを下って空き地に下りて、ケヤキの裏から通用口へと抜け出した。

駐車場の車の脇まで行ったとき、呼吸を止めていた人のように、教授は唐突に喋り始めた。

「開発千景でしたよ、あの人は。あの人というのは竣工写真に坂崎蔵之介氏と並んで写っていた紳士のことです。どこかで見たことがあると思ったのは」

教授は大きく息を吸い、

「恩師が研究テーマにしていたからです。ほら、因幡国の大庄屋宅にあった蟲峯神のお札について書き記していた先生ですよ。見てください」

そう言って突き出した両腕は、小刻みに震えている。体調が悪くなったかと心配したが、教授はむしろ興奮して、自分自身を抱きしめた。

「ああ……なんということでしょう。亡くなった恩師が私に真相の解明を託したのですね。幸甚講と蟲峯神に、まさか関わりがあったとは！」

そして教授は今来たほうを指して仙龍に言った。

「あの邸宅は幸甚館。蔵之介氏がそう命名したわけは、幸甚講と蔵之介氏に深い関わりがあったからです」

「通帳の振り込みは、奉賛金とか上納金とかの類いってこと？」

小林教授は頷いた。

「それってなんかの宗教っすか？」

「いいですか」

と、教授はコーイチの両腕を摑んだ。

「幸甚講は奥出雲発祥の神道系秘密結社です。闇雲に布教をしませんし、望めば信者になれるというわけでもない。神殿や本部も持たない。なにを崇拝していたかもわからない。お祈りの作法があるわけでも、宗教行事があるわけでもない。けれど、名だたる名士や各界の重鎮が信仰したと言われておりまして、志があって裕福な人たちが多く信者になっていました。来歴も教義も不明なこの教団の、わかっている限り最後の責任者が開発千景で、この人と各界の重鎮が並んで写った写真は夥しく残されているのです。先生の論文で写真を目にしていたからこそ、記憶に残っていたのですよ」

「そんな力を込めて握らなくても、センセの話はちゃんと聞いてますって」

「あ、すみません。つい」

と、教授はコーイチを放し、次に仙龍を見て言った。

「秘密結社的信仰は地域に根ざして発祥の場を出ないことが多いですけれど、幸甚講は違うのですよ。そこで、そこでですよ？　幸甚講が信州に来たのは、江戸末期と言われていますのです、どうですか仙龍さん」

「まさか」

と、仙龍が眉をひそめる。春菜はバッグから通帳を出すと、その一通を開いて見せた。

「それだけじゃないの、これを見て。昭和八年の十月に、坂崎製糸場は五万円もの大金を幸甚講に支払っている。当時の五万円って、今の一億円以上よね？」

そして、「なんだと思う？　このお金」と訊いた。

蠱峯神は大勢の人によって運ばれてきた。職人ではなく、神主のような人たちだった。

「……そういうことか」

誰にともなく仙龍が言う。

「この団体は明治期に急激に衰退し、昭和の頃には消滅したと思われていました。以降の記録がないからですねぇ。けれど昭和二年の幸甚館竣工写真に開発千景がおりました」

「幸甚館が講の本部になったんすかね？」

「そうじゃないと思う」と、春菜は言う。

「ここが本部になったなら、幸甚講は続いていたはず。でも、そうじゃない。教団はご神体を手放したのよ。衰退を止められず、信徒だった坂崎家に神様を売った」

「俺もそう思う」と、仙龍も言った。

「開かずの間も教義のひとつかもしれない。幸甚講の神が蠱峯神として……」

びゅうっと強い風が吹き、ケヤキの枝が揺れるのが見えた。

誰からともなく春菜たちは、互いの間隔を狭めていった。

「蠱峯神のご神体は金屋子かもしれないのよね？　金屋子は女神で、金や鉄を産む神だった。かつては村下との婚姻で玉鋼《たまはがね》を産んでいたわけだから、あの部屋は擬似的な婚姻の部屋なんじゃない？」

「誰と婚姻するんすか？」

と、コーイチが訊き、答えもないのにゾッとした。

「先ほどは言いませんでしたけれども、小箱の中身……つまり蠱峯神の足の指は瑞々しいままだったそうですね？　それには意味があると思いますよ。実例を知っていますが――」

互いが近くなったので、小林教授は声をひそめた。

「――この世に強い未練や思い残しがありますと、亡骸《なきがら》が腐らずに残ることがあるそうです。東北地方へ講演に行きましたとき、土地の先生がこんな話をしてくれました。あちらには拝み屋さんと言いますか、民間霊媒師のような人たちが結構いまして、地域に根ざしているのです。その一軒に、怪我人《けがにん》や病人ばかり出る家の人が拝んでもらいましたところ、杉の木の下に忘れられたお墓があって、お墓の主が祟っていると言われたそうです。そこで先生がそのお宅に行きますと、家の裏手に杉の木が生えている。普段は誰も近寄らない場所だったそうですが、下草を刈ると室町頃の年号が刻まれた丸い石を見つけたそうです。この家には家墓があるのですが、敷地の裏の寂しい場所に他のお墓があるなんて、家人は誰一人知らなかったし、言い伝えもなかったのですねえ。そのような場所に葬られたのには理由があったのかもしれませんが、今となってはわかりません。そこで遺骨を家墓のほうへ移してあげようと業者を頼んで掘り返しましたら、古い装束を身につけた男性のご遺体が、当時のままにおわしたというのです」

「でも教授、京都や因幡国で見つかった蠱峯神は、お札と一緒に入っていたのが骨や粉だったんでしょう？　坂崎製糸場の居宅の箱にあったのも干物の欠片みたいだったと言うし、指とは別の何かだったってことはないかしら」

「本体から切り離されると劣化が進むということか？」

と、仙龍が言った。

「あー……塊からそぎ落としたハムはすぐ食べろ、みたいなことっすか」

「やめてよ、ハム大好きなのに」

春菜が眉をひそめる横で、仙龍はまだ考えていた。

「それか……ご神体そのものに別の力が作用しているということもある……たとえば髪の毛、爪や皮膚……幸甚講はご神体から細部を切り離して売っていたんだな。それが死体の部位ならば、丑梁のほぞ穴や箱に隠して信仰していた理由も頷ける……幸甚館の屋根裏に鏡が張られていたわけは、蠱峯神を封印するためではなくて、箱を開けて部位を切り、蠱峯神を分けるためだった」

「ええ、ええ。それは納得できますねえ。鏡で迷宮を作ることで、祟りを分散させたとも考えられます。怒れる神が迷宮に迷っているうちに切ったのでしょう。そうです、おそらくそうなのですよ」

と、手を振り上げて教授は言った。

「……でも、それだとわからないことがあるわ。箱に隠温羅流の因があるのなら、幸甚講の蠱峯神はいつ封印されたのかしら」

「封印などされていないんだ。最初から」

と、仙龍は言った。

「どうしてよ」

「婚姻の部屋だ。風鐸が言ったな？　誰と婚姻したのかと」

仙龍は普段からあまり表情を変えないが、このときばかりは眼差しに痛ましさがにじみ出ているように、春菜は思った。

「因があるのは箱が隠温羅流のものだから。中身は金屋子姫ではなくて、飛龍《ひりゅう》の遺体だったんだ」

春菜は手にした通帳で口を覆った。すべてが胸に落ちた瞬間だった。

「そう考えれば隠温羅流が信州へ来たことにも説明がつく。善光寺《ぜんこうじ》があったからじゃない。幸甚講と隠温羅流は一心同体……隠温羅流は幸甚講に託した飛龍の遺体を守っていたんだ。どういう理由か知らないが、幸甚講が出雲を出たから隠温羅流も信州へ来た。金屋子神が飛び去ったのも同じ理由だろう。鬼を隠して神になる。ここから先は俺の勝手な主観だが、遠い昔に飛龍自身が、自分の遺体を幸甚講に預けたのではないかと思う。だが、遺体に金屋子神が憑いてくるのは止められなかった」

「なるほど、たしかに」と、教授も言った。

「それで謎が解けました。十七世紀後半に金屋子神が能義《のぎ》郡《ごおり》黒田の桂《かつら》の森を飛び去ったのは、飛龍さんの遺体を追ってのことだったのですね。幸甚講が信州へ来た理由はわかりませんが、商業が栄えた江戸時代には、福の神を売買するのにちょうどよい土地だったのかもしれません。富を求める者には遺体の一部を削り取って高額で売る。飛龍さんの遺体に金屋子さんが憑いているなら、金屋子神はもともと金を掘っていた神ですからして、御利益は絶大です。京都で見つかった蠱峯神などはさしずめ初期のものでしょう。本体から切り離されたので劣化した。つまりはそういうことですね」

「『本物』って、そういう意味だったのね」

「んじゃ、あの部屋は」

「金屋子のために造らされたんだ」

と、仙龍は繰り返す。

「マントルピースはフェイクで、煙突が執務室の屋根裏と婚姻の部屋をつなげている。金屋子が出入りする道だ。蠱峯神に関する秘技のひとつがそれだったんだろう」

「そういえば吉郎さんも言ってたわ。お館さんは工場に神を迎える予定だったけど、そこではダメで邸宅にしたと。工場は独立する建物だから秘密の部屋は造れない。でも、幸甚館なら撰繭場兼繭倉庫との間に部屋を造れる」

春菜はおぞましさに身震いした。飛龍に愛する女がいたことも、その女がどうなったかも知っているから余計に、重い因縁を負わせた男と金屋子の婚姻に怖気立《おぞけだ》つ。

「春菜さん、服が」

コーイチに言われるまでもなく、痣が血を吹き出したのはわかっていたが、それでオオヤビコの気が済むのなら、全身の血が流れ出てもいいと思った。

おぞましい妄執に何百年も取り憑かれるのは死ぬことよりも辛かろう。飛龍があまりにかわいそうだ。血はブラウスを染めて、お腹のあたりまで濡れていく。泣いていいのよ、泣けばいい。心でそう言ったとき、血液はサラサラとした水に変わった。襟元を引いて痣を確認してみたが、今度は血ではなく涙を流しているようだった。仙龍たちと出会ってからのあれこれが走馬灯のように脳裏を過ぎる。

「……鬼を隠して神になる……」

呟くと、仙龍が訝《いぶか》しげに春菜を見た。

「ここを出ましょう。吉郎さんに会って幸甚講の話を聞かなくちゃ」

わかった、と仙龍は言い、車に乗っていくかと聞いた。

「いいえ、私はお菓子を買っていく。彼の家はこの道を……」

と、駐車場の前の道路を指さした。

「真っ直ぐ行って上田駅へ曲がる信号の手前にあるの。進行方向側の、信号から戻る感じに三軒目、歩道からセットバックしていて、今にも崩れそうな屋根瓦の家よ。草だらけだけど車は入るし、二台は余裕で停められる。すぐに行くから待っていて」

その場で別れて自分の車に乗り込むと、春菜が先に駐車場を出て、製糸場からすぐの和菓子屋へ寄り、仙龍たちは先に行った。

吉郎の年齢を考慮して、お礼の品には桜餅《さくらもち》とウグイス餅を詰め合わせてもらう。領収書を頼んで車に戻り、吉郎の家へ向かった。

昼間の道は昨夜と違って空いていた。ものの数分で現場に着くと、吉郎の手前の家越しに、前庭に停まる仙龍たちの車が見えた。自分もハンドルを切ったとき、春菜は狐《きつね》につままれたような気がした。そこは空き地で、家がないのだ。

仙龍たちが車を降りてきて、春菜が何か言うのを待っている。菓子の包みを助手席に置いたまま、春菜は運転席を出た。

「ここっすか？」

と、コーイチが訊く。その場所には何もなく、ひょろひょろした桐の木が一本生えているだけだった。両隣の家々に支えられるようにして建つ瓦屋根のひしゃげた家はない。

「間違いないのか」

と、仙龍も訊く。

「そうよ。昨日はそこに」春菜は家があった場所を指す。

「家があったの……そのあたりに瓦が落ちていて、襖と障子が……嘘でしょう？」

隣の家の玄関に人影が差して、六十がらみの男性が外へ出てきた。車が二台も入ってきたから、不埒《ふらち》な花見客が駐車場代わりに使うとでも思ったのだろう。鼻息荒く近づいてきて言う。

「ここは駐車場じゃないよっ」

事態が把握できない春菜に代わって、小林教授が頭を下げた。

「お騒がせしてすみませんねえ……ここにお住まいだった方を訪ねて来たのですけれど」

「あ？　富沢さんかい？」

「そうです、そうです。吉郎さんという方で」

男性がさらに訝しそうな顔をするので、春菜が訊ねた。

「むかし坂崎製糸場で働いていらした方です。その方にお目にかかりたくて」

「吉郎さんなら亡くなってもうずいぶん経つよ。十年は経つんじゃないのかな」

「そんなはず……そこにお家がありましたよね？　平屋で、瓦葺《かわらぶ》きで、土壁の家です。軒下に襖や障子が置かれていて、赤い郵便受けが」

「あー……家はそんな感じだったなあ。でも、吉郎さんが亡くなったのだって九十近いか、もっとかな。独り身だったたし、ここを売ったお金で施設へ入る話もあったんだけどさ、誰かの世話になるのはイヤだって、最後まで独りでいたんだよ。近所も気にして見てたんだけどさ、冬に炬燵で死んでたってさ。老衰って話だけど、電気も止まっていたのか、蠟燭使っていたって聞いてゾッとしたんだ。ほら、隣だし、火事にならなくてよかったなって。燃えやすい襖や障子を溜めていたのは、手先が器用で建具屋をやってたからだよ」

「じゃあ、ここは十年も前から空き地だったんですか?」

「空き地になったのはもっと後だな。行政がさ、いちおう血縁者を探すじゃないの。それで跡を継ぐ人がいないって聞いて、頼んで壊してもらったんだよ。変なのが入り込んだりさ、火事を出したら困るだろ。ようやく更地になったのが二年くらい前かな」

そんなはずはない、と春菜は思ったが、仙龍が出てきて言った。

「そうでしたか。いや、お騒がせして申《もう》し訳《わけ》ありませんでした」

「いいんだよ。俺はまた花見の連中が勝手に車を停めたと思ったからさ」

そう言うと、男性は家に入っていった。

「昨日来たのよ。玄関に座って吉郎さんと話したの」

仙龍は頷いた。

「サニワのせいだ、わかっている。だから電話が通じなかった。二人でどこか別の空間にいたんだろう」

「でも……あんなにはっきり……」

「んでもよかったじゃないっすか。そのおかげで大きな謎が解けそうなんすから」

コーイチは眉尻を下げて微笑んでいる。

蠟燭の明かりを背負い、炬燵と一体の影になっていた吉郎を思い出してみる。だから電話が通じなかったたって……じゃあ、私たちはどこの空間にいたっていうの?

春菜は吉郎のために買ってきた菓子を車から降ろすと、昨夜吉郎が座っていたあたりの地面に置いた。しゃがんで静かに手を合わせ、心の中でお礼を言うと、微かに煙草の香りがした。日射《ひざ》しは明るく、そここにタンポポの花が咲いていた。

其の六

蠱峯神の箱

午後三時過ぎ。蟲峯神と対峙《たいじ》する方法は翌日に話し合おうと決めて、春菜は会社に戻ってきた。坂崎製糸場が抱える複雑な事情を井之上に報告して作戦を練るためだ。

春菜は井之上と轟とともに、営業フロアの打ち合わせテーブルに着いていた。

「そうか……坂崎製糸場には経済的な事情があったのか」

銀行から出向している役員の存在について説明すると、井之上はすぐに納得したようだった。テーブルに肘《ひじ》を伸ばして轟が訊く。

「で？　仙龍さんはなんて言ってるわけ？」

「まだなんとも……因縁のことは鐘鋳建設に任せるとして、建物を敷地内に残すプランを思いついたので聞いてほしいんだけど」

「いいアイデアがありそうか」

春菜は坂崎製糸場の敷地図面をテーブルに広げた。

「ちょっと見てほしいんです。邸宅及び撰繭場兼繭倉庫がこれで、こっちの倉庫は老朽化が進んで解体予定だそうです。その倉庫の前が荷下ろし用の空き地で、社員用の駐車場とは塀で隔てられているだけです。出向役員の黒沢さんの考えでは、邸宅と撰繭場兼繭倉庫と廃倉庫を敷地内から撤去できれば、この――」

と、春菜は黒沢が更地にしたい土地をぐるりと囲んだ。

「――広大な土地がひとつながりになって、売却すれば負債どころか売却益が出る」

「なるほど、たしかに。かなりの土地が空くってことか……すごいな」

「あー……それってたぶんあれじゃない？　もう売り手の目星が付いてるんだよ」

春菜は驚いて轟を見た。

「売り手の目星って、まだ調査中なのにそんな乱暴な話がある？」

「そりゃ普通にあるでしょ。土地を買収したい輩《やから》と黒沢って出向役員がつながっているとかさ、裏に回ればそんなのが多いよ、普通だよ」

轟の言うとおりかもしれない。そして轟の言うとおりなら、黒沢の無礼な態度も頷ける。坂崎製糸場の敷地内にあってこその邸宅と施設の価値が、行政に認められては困るのだ。

「あれ、戦意喪失しちゃった？」

と、轟が訊く。春菜はきゅっと唇を噛んだ。

「逆よ、ますます燃えてきた。やっぱりあそこは残すべきだわ。専務の奥さんと話して、製糸場側の問題は主に借金だとわかったの。つまり返済の目処《めど》が立つプランを銀行側に提示できれば、双方丸く収まるはずよ。黒沢さんは別にして」

そしてもう一度、敷地図面を指さした。

「坂崎製糸場の敷地内には国や市の文化財に指定された建物がすでにある。さらに邸宅と撰繭場兼繭倉庫が加われば、坂崎製糸場という会社自体を生きた文化財として紹介できる。周辺の史跡や美術館、資料館と抱き合わせでPRを打ってもいい。そこで問題になってくるのが駐車場。現在の駐車場は二ヵ所。事務所棟の前に来客用駐車場が数台だけ、あとは裏側の社員用駐車場だけど、操業しながら展示もするなら、社員用の駐車場は確保しておかなきゃならない」

「うん。それで?」

と、井之上が訊く。春菜は取り壊し予定の廃倉庫を指した。

「こちらの倉庫は取り壊し予定です。問題の建物はその前にあり、邸宅周辺には庭がある。そこで撰繭場兼繭倉庫を邸宅ごと倉庫の跡地へ曳家すると……」

「そうか。正門を入ったところに駐車場を確保できるってわけか。どれどれ、なるほど」

設計士の血が騒いだのか、轟は立ち上がって図面に覆い被さった。

胸ポケットからペンを出し、ペン先で架空の線を引く。

「県道を行くとあの会社の前に出て、会社自体が目立つよね? この道をこう来るとカーブの先に製糸工場の煙突が見えて、少し進めば古民家の壁……で、正門から奥の建物が見える。こっち側は工場で、こっち側が邸宅か……建物全体をこう回すと、正門から変形屋根とルーバーが見え……うん。いいね。いけるんじゃないかな」

「ですよね？」

嬉しくなって春菜は言う。井之上も身を乗り出してきた。

「移築解体より曳家のほうが安いから、浮いた予算を設備に回せば、この道を通る車にアピールできる。道路脇すぐに施設があるが、奥行きを感じさせるほうが人は入ってきやすくなる。そういう意味でも好条件だ……ここはどうする？　こっちの空き地は」

荷下ろし用の空き地を指して訊く。

「そこは敷地が下がっているので残したいんです。かつて馬車が荷を下ろし、繭の乾燥に自然の風を使ったことが想像しやすくなると思って。スペースがあればイベント広場に活用できるし、災害時の避難場所にすれば市の助成金も引っ張れます」

「やるねえ」

轟がニヤリと笑った。

「私的には施設を公開した場合の集客と、経済効果の積算をして利益を示せないかと考えます。先ずは移築展示から曳家への変更、補助金、助成金。ほかにも製糸場のオリジナルブランドを立ち上げて撰繭場兼繭倉庫の内部をギャラリーとして貸し出すほか、かつて蔵之介氏がやっていたように、邸宅を結婚式場やパーティー会場として活用するのもいいと思う」

「邸宅の離れでレストランやカフェもいいかもね。もともと外に炊事棟があったわけでしょ？　こっちの庭は残すとして、うまくスペースを確保して厨房《ちゅうぼう》を増設すれば……」

「轟さん、プランを出してもらえます？」

轟は首を掻きながら図面を見下ろしていたが、やがて、「いいよ」と頷いた。

「補助金や助成金関係は提出書類含めて長坂先生の得意分野だな……じゃ、そっちは俺が話してみるよ。あの先生も蟲峯神が怖いから手を出さないだけで、こういう仕事は好きなんだ。それに、先生にはずいぶん貸しがあるからな」

「どうぞよろしくお願いします」

春菜は二人に頭を下げた。雲を摑むような状態から、少しだけ前進できる気がした。

「そういえば、棟梁の初七日が明後日《あさって》だったな？」

唐突に井之上が訊く。

「うちは俺が代表でいくが、高沢も来るな？」

「もちろんです」と、春菜は言う。

「それまでになるべく話を進めておこう。先ず建物の調査過程を書籍にする話だが、営業課長が竜胆書房に話してくれた。データ作成、写真の取り込み、校閲やレイアウトまで任せてもらってかまわないと言ってるらしい。予算はいま弾《はじ》いている」

「ああ、よかった……ありがとうございます」

「備品の調査とかはどうする？　告別式が終わってからか」

「現場の写真を撮ってきたのでこれから資料を作りますけど、雑多な荷物があるのは邸宅だけなので、数人いれば一日で運び出せると思います」

「じゃあさ、市役所の講堂を借りるとかして整理したほうが早いんじゃない？」

「たしかにそうですね。滝沢主任と打ち合わせしてみます」

「そうしてくれ」

と、井之上も言って、春菜たちはそれぞれに仕事を始めた。

曳家でも、解体移築の場合でも、建物内部はきれいにしなければならない。段取りと手配を進めておけば、どちらに決まってもすぐに動ける。問題は、

「屋根裏の箱をどうするか……よね」

自分のデスクでパソコンを開いて、春菜はポツリと呟いた。

鏡張りの屋根裏だけは、まだ確認できていない。入っていいかどうかもわからない。

それにあの赤い部屋。

もしも解体する場合、封印されたあの部屋はどうしたらいいのだろう。スコープで覗いただけで瘴気《しょうき》が噴《ふ》き出《だ》してきたというのに、壁を壊そうものなら邪な者でなくても穴だらけにされるのではなかろうか。

隠微な気配と生臭さを思い出して、春菜は厭な気分になった。

おぞましい。人の女を愛したばかりに屍《しかばね》と化してなお土に還《かえ》ることも許されず、輪廻《りんね》からはじき出されてしまった導師飛龍。彼は蠱峯神として未来永劫《えいごう》金屋子の祟りに晒《さら》されるのか。もしくは蠱峯神にならねば耐えられないほど凄惨《せいさん》な呪いに耐えているのか。

モニターを見つめながら、

「そんなの変よ」

と春菜は呟く。

人が人を愛してなにが悪いの？　悪いのは愛したことじゃなく、神を裏切ったことだとしても、では飛龍は愛した女を灰にして、そこで鉄を吹けただろうか。

それができたら人間じゃない。

そのとき胸に何かが閃《ひらめ》いた。人間じゃない……では何なのか？

飛龍が、愛する女の家の屋根に刺さった白羽の矢を抜いたとき、金屋子は言った。

——おのれは屋根で罪を犯した。ならば屋根の神になれ。そして生涯、おのれ自身で生け贄を選び続けるがいい——

ならば屋根の神になれ。飛龍は荒魂と和魂に引き裂かれ、オオヤビコが生まれた。本当の神ではなく、屋根の神大屋毘古《おおやびこ》の名前を冠した偽りの神だ。

「オオヤビコは鬼よ。飛龍の遺体を離れた魂、苦しみのあまり鬼になりかけていた魂だわ……なにかおかしい……何かが変よ」

春菜はこめかみに指を当て、固く目を閉じてこめかみを揉んだ。

おかしい、そうよ、なにかおかしい。そして一瞬だけ胸に閃いた疑問を探った。

金屋子はたたら製鉄の村下だった飛龍を愛し、飛龍が愛した女を生け贄に差し出させようとした。飛龍はそれをしなかったけど、もしも女を死なせていたら、人のままではいられなかった。

金屋子は呪いをかけた。屋根の神になって生け贄を選び続けろと。飛龍は導師となって屋根に乗り、曳家のときに生け贄を選んだ。無辜《むこ》の魂を生け贄にすることはできず、罪人を選んでいた。蟲峯神が邪な者を殺すのはその名残だ。

これらは一見辻褄が合っているようだけど、でも、

「そうよ」

と春菜は顔を上げ、吉備津神社を思い起こした。鉄の民だった温羅一族の怨念《おんねん》を鎮めるあの神社。鬼の汚名を着せられ討伐された一族を祀り、神とする。

鬼を隠して神とする。それが飛龍の願いだと、疑うことなく信じてきたけど……。

春菜はオオヤビコが残した痣に手を置くと、力を込めて握った。

華奢《きゃしゃ》な鎖骨のその奥に幽閉された鬼を感じる。絶望とともに永遠の閨《ねや》に閉じ込められた仙龍の祖先はいま、春菜にはおぞましい蟲峯神ではなく、ただの人間に思われた。永劫の責め苦に人が耐えられるわけもなく、屍に残った荒魂が蟲峯神になり、金屋子から逃れた

和魂がオオヤビコとなったのだと、ずっとそう考えてきた。
「でもおかしい」
声に出して呟いたとき、ようやくすべてが氷解した。
私たちは間違っていた。真実が見えていなかったんだ。
パソコンに向いたまま、春菜は静かに頭を垂れた。
終わらせるわ。と、春菜は誓った。
顔さえ知らぬ隠温羅流の先達に、今こそ春菜は心の中でそう告げた。

翌朝。春菜は小林教授を自宅で拾い、坂崎製糸場ではなく鐘鋳建設へ向かった。製糸場には蠱峯神がいるので、蠱峯神退治の打ち合わせをすることができない。おはようございますと挨拶したあと、小林教授は寡黙であった。春菜も頭が一杯で、二人は通勤渋滞の道を静かに進んだ。鐘鋳建設が見えてくると、裏の駐車場へ車を回した。
棟梁の告別式は明日。突然の訃報を知ってから、もう初七日が来るとは思えなかった。和尚のボロトラックも停まっているから、メンバーが総動員されたというわけだ。でも、そこに棟梁はいないのだ。鐘鋳建設の敷地では職人たちが働いていた。告別式の準備をしているわけではなくて、いつもどおりの作業風景だ。

工場のシャッターは開けられて、線香の香りが漂っていた。

関係者たちが贈った盛り塩が壁際にずらりと並び、正面に簡素な祭壇があり、そこに骨箱が載せられていた。純白に龍を織り込んだ広金覆を目にしたとたん、現実を突きつけられて胸が痛んだ。祭壇の前に仙龍が、和尚や四天王と一緒に立っていて、春菜たちが入っていくと一斉にこちらを向いた。背の高い仙龍と青鯉と、今は専務になった軔、茶玉に転、作業着で変装した和尚が並んで立つ様に胸が詰まった。

「ああ……やっぱり塩は溶けるのですねえ」

工場に入るなり教授が言った。

白布の上にずらりと並んだ盛り塩は、工場の外側から祭壇に向かって、すでに半分以上が溶けていた。すべてが溶けてしまわぬうちに、魂は三途の川を渡るのだろうか。

春菜は真っ直ぐ祭壇に行くと、合掌して棟梁に挨拶をした。

「打ち合わせはここでする」

と、仙龍が言う。

「今回は青鯉たちも参加する。俺たちの因縁だからな」

春菜たちは遺骨の前で車座になり、直接工場の床に座った。遺骨の棟梁が中心にいる。

「ここまでの話をまとめておく。いいな?」

仙龍が訊くと全員が頷いた。

「坂崎製糸場は創業当初から蠱峯神を祀っていた。創業者に蠱峯神を分けたのは幸甚講で、この宗派は奥出雲から流れてきた。蠱峯神は富を欲する者がそれを持つ者から分けてもらう神だ。受けた者は家のどこかに神を隠して、家族にさえ神の名前を明かさない。ご神体は人の遺骸で、信用のおける信者が大金を積んだとき、ご神体の一部が削《そ》がれてお札と一緒に渡される。御利益は神を受けた者一代限りで、その者が死ねば永遠に葬り去られてきた。けれど坂崎家は初代から息子へ、息子からその息子へと、経営者が替わるたび蠱峯神と新たな縁を結んできたと思われる。そして三代目坂崎蔵之介の頃、幸甚講はご神体を売り渡す。邸宅の屋根裏にあるのがそれだ」

四天王は黙っている。雷助和尚は胡座をかいて腕を組み、固く両目を閉じている。

「蔵之介氏がほかの誰かに蠱峯神を分けたかはわからない。けれど彼は屋根裏に鏡を張って遺骸を損壊、それを箱に入れて会社の各所に置いていた。我々は当初、蠱峯神の遺骸が十七世紀後半に金屋子神社から持ち出された金屋子姫の遺体ではないかと疑っていたが、秘密の部屋が出てきたことで考えを改めた」

仙龍は言葉を切ると、チラリと棟梁の遺骨に目を向けた。

「蠱峯神の箱には隠温羅流の因が刻まれている。それがずっと謎だった。だが、間違いないと思う。ご神体はオオヤビコこと啓明《けんめい》、導師飛龍を名乗る隠温羅流の創始者だ。隠温羅流の因が刻まれているのは、蠱峯神が隠温羅流のものだったからだ」

青鯉も転も軔も茶玉も、グッと奥歯を嚙みしめている。横から教授がこう言った。

「幸甚講が昔から幸甚講だったのか、もしくは別の宗教だったのかは、今となってはわかりませんが、想像しますに、隠温羅流は飛龍さんの亡骸を金屋子さんから守ろうとして幸甚講に託したのかもしれません。けれども、そう簡単にはいかなかったのです。蠱峯神の小箱から見つかった指は数日前に亡くなったかのように生々しいのですよ。因縁を背負ったご遺体は腐らずに残ると言いますし、間違いなく飛龍さんは今も苦しんでおいででしょう。ところが時が経ちますうちに講のメンバーも代わっていきます。即身仏などもそうですが、朽ち果てぬ人の遺体はミイラであっても尊いもので、腐らぬ遺体は信仰を集めます。ご遺体には金屋子さんがくっついているわけでして、富をもたらす特色が信者の間でもてはやされるようになっていったと思われます」

「守屋家の男が死ぬと火を吹くってのも、そのせいだったんだってなあ」

転が言い、

「どこまで執念深いんだ」

青鯉は端整な顔を曇らせた。

「なんの、金屋子の女神も哀《あわ》れなものよ。富をもたらす力があるのに、自らを卑しんで誠の愛を探せない。中身がないから外見で飾る。而《しか》して外見に執着しすぎると、中身は余計スッカラカンになるものぞ。儂を見ろ。こんなご面相でも女に不自由したことはない」

「それは和尚がスケベなだけだろ」

靭が言い、「スケベは男の勲章ぞ」と、雷助和尚は宣った。

「そうは言うても金屋子の女神の執着や恐るべし……が、しかし、いかな神でも信仰を集める殿を離れて存続し続けるのは難しかろう。懊悩《おうのう》も時の流れには逆《さか》らえず、鉄の民が消え、時代も変わった今ではのう、霊力も衰退するばかりであろう……おお、そうか」

和尚は閉じていた目をギロリと見開き、腕組みをしたまま春菜を見た。

「わかったぞ。アレが邪な者から瘴気を吸うのは、自らの力にするためじゃ。そうやって英気を養っているのだ。人を喰うのは蠱峯神にあらず。蠱峯神にくっついた金屋子じゃ。いや、待てよ。ともすれば双方すでに睦《むつ》み合《あ》い、蠱峯神という新たな何かになっているやもしれぬ」

「オシラ様のように、ですか？　なるほどなるほど、神の中には二体でひとつの神というのが存在します。蠱峯神も、飛龍さんの遺体と金屋子さんがセットで蠱峯神なのかもしれません。そう考えますと腑《ふ》に落ちますね」

「これは為《し》たり」

と、雷助和尚は頷いた。

「オシラ様は人馬二体の神である。馬と夫婦になった娘が父親に馬を殺されて、共に天に昇ったという。さしずめ金屋子の女神と飛龍もそのような神にならんと言うか」

「それは違う」

と、春菜は思わず声を上げた。

「違うのよ、和尚、仙龍も。教授も四天王にも、風鐸にも聞いてほしいの。私たち、金屋子に騙《だま》されて、とんでもない間違いをするところだったのよ」

春菜はオオヤビコの痣に手を置いた。

こうしていれば声が聞こえる。自分がこれから言うことが間違っているかどうかがわかる。仙龍の後ろに棟梁がいる。その遺骨を見ながら春菜は言う。

「最初から私たちは導かれていた。どこに導かれていたかというと、導師飛龍を屋根の神として祀ること。思い出してほしいの」

それから一人一人を見回した。

「因縁の始まりは、飛龍が金屋子に愛されたこと。でも、彼は神を裏切って因縁を負う。そのとき金屋子はこう言った。『おのれは屋根で罪を犯した。ならば屋根の神になれ』。因縁物に関わるたびに飛龍は生け贄を選んで捧《ささ》げた。人の命をどうこうするのは、神以外には罪人しかしないこと。飛龍は苦しみ、命を絶とうとしても許されず、死んでも腐ることすらできない。幸甚講は飛龍をご神体として蠱峯神信仰を密《ひそ》かに広めた。それを買った蔵之介氏に秘密の部屋まで造らせた。たぶん、ずっとそうだったのよ。飛龍の遺体は婚姻の部屋とセットだったの。それでわかった……金屋子の魂胆が」

みんなが自分を見る目には、畏怖《いふ》と驚愕《きょうがく》が入り交じる。

でもかまわない。私はサニワだ。春菜は続ける。

「オオヤビコが私たちを吉備津神社へ招いたとき、私たちは鬼と揶揄《やゆ》されながらも神社に祀られ鎮まっている温羅を見て、同じようにあの邸宅に飛龍を祀り、来館者に伝承を広めることで蠱峯神の存在を公にしようと考えたわよね。そうすれば、来る人たちのエネルギーに浄化され、やがては魂の平安を得るだろうって。でもそれは金屋子が切望し、飛龍が厭《いと》うことだった。それをしちゃいけなかったのよ」

痣の上に置いた手を、春菜はギュッと拳に握った。

「鬼を隠して神になる、それは金屋子の望みなの。人は神とは違うから、生きてもせいぜい百年前後、屍を愛しても虚しいばかり。しかも金屋子自身は出雲を去ってご神体も入れ替わり、力の元の崇拝は安部氏の遺体に注がれて、金屋子は弱っている。だから飛龍を神にするのよ。一対の蠱峯神となり、永遠に添い遂げることが望みなの。たぶん私はそのために選ばれたサニワだったのよ。頭でっかちで、頑《かたく》なで、強引で、人の話を聞かない女。私が隠温羅流と出会わされたのも、金屋子の陰謀だったのよ。間違った情報を伝えて飛龍を神にするために」

けれど私は変わった。この人たちが変えてくれたのだ。

「うわ……鳥肌が……」

と、コーイチが言って、自分の二の腕を激しくさすった。

「ならばどうする」

と、仙龍が訊く。春菜は仙龍を見て言った。

「飛龍を救う。死んでも土に還れないなんてかわいそうだわ。彼の遺体を燃やすのよ。製糸場に空き地があるから、箱ごと運び出して空き地で燃やせば」

「そんなこと、できんのかい？」

誰にともなく茶玉が訊いた。

「焼くこと自体は可能だと思う。あらかじめ市の消防に話して許可をもらえば……」

「学術調査のためならば、許可も下りるんじゃねえですか」

青鯉が言うと、
転が教授にそう訊いた。

「わかりました。そこは私がなんとでもいたしましょう。ただ、坂崎製糸場の許可は必要でしょうねえ」

「役員とは私が話します。総子さんの甥御さんたちも、本当は蟲峯神を怖れているのに、銀行に頭が上がらないだけなのよ。だからお金の問題さえクリアできれば、話は進むはずなんです。私は邸宅を残したいけど、移築になった場合でも蟲峯神がいなければ危険はないし、何より飛龍とオオヤビコを救えます」

「遺体を燃やすか……よい案じゃ」

と、和尚が言った。

「だが屋根裏から出せるのか？　誰も屋根裏を見とらんのじゃろう」

「そうだな。今から俺が様子を見てくる」仙龍が言い、

「私も行くわ」と、春菜も言った。

「チーム仙龍で行きましょう。棟梁ならばそう言うでしょうから」

小林教授も和尚もコーイチも、端《はな》からその気のようだった。

「その前に、もうひとつ考えていることがあるんだけど聞いてもらえるかしら。つまり邸宅を残すメリットを推せれば、銀行に融資を続けてもらえるかもしれないのよね」

春菜はバッグから敷地図面を取り出した。井之上や轟に話したように、倉庫を壊した跡地に建物を曳家するプランが書いてある。車座の中央に図面を広げて皆に言う。

「製糸場全体を文化遺産としてPRするプランよ。立地は最高で問題もない。ただ、集客に必要な駐車場を整備しないとお客を呼べない」

「建物を倉庫跡地に曳家するんだな」

「そうよ。婚姻の部屋も民俗学的に重要だから、できれば残して展示をしたいの。すべてが上手《うま》くいったらね」

仙龍は顔を上げ、敷地図面を鞄に渡した。

「積算してほしい」

「ならば俺たちも現場へ行くか」と、靭は言った。

「ざっと弾いて連絡するよ、お嬢さん」

棟梁から『姉さん』と呼ばれていたことを思い出し、春菜は少しだけ嬉しくなった。

四天王を含めたチーム仙龍は、その足で坂崎製糸場へ向かった。

職人たちが空き地を調べ、箱を燃やすには最適だと判断をした。櫓を組んで箱を置き、一気に焼却してしまう。危険度の少ない燃焼剤を使えばいいと靭が言った。

今日は撰繭場兼繭倉庫に滝沢がいて、小林教授が大勢を率いてくるのを見ると驚いて駆け寄ってきた。

「おはようございます。どうしたんですか？　あれ、今日は何かやる予定でしたっけ」

「いえいえ、そうではないのです。春菜ちゃんにアイデアが出たそうで、実現可能かどうか下見に来たというわけでしてね」

そこで春菜は滝沢に、邸宅と建物を敷地内に残すプランを話した。

「曳家ですか」

と、滝沢は言う。坂崎製糸場は曳家を経験しているし、役所としても文化財をこの場に残したい意向である。邸宅内の家具や備品を一時的に市役所へ運ぶことは可能だし、そのほうが助かりますと彼は言う。

「運び出しは俺たちも手伝いますんで、一日あれば十分っすよ」

コーイチが太鼓判を押すと、滝沢はホッとしたようだった。

「島崎准教授も調査はほぼ済んだので、報告書の作成にかかると仰っていました」

「手分けしてやっておりましたからですねえ。グズグズしてはいられませんから」

仙龍が一歩前に出て、このあとの段取りを滝沢に話した。

「職人を連れてきたのは曳家の積算のためです。今から建物の大きさと、敷地や建物の状態を見させてください」

「はい。それはもう」

「あと、昨日も建物に入ったのですが、つなぎ目に一部ひび割れがあって、そこからよくないものが吹き出しています。塞ぐのにお札を貼らせてもらっていいですか」

滝沢はコクコクと頷いた。

「やっぱり。箱を出したのに、まだなんか、時々生臭いので……あれですか？　鉤の手部分の土壁あたりのことですよね？　あそこは特に寒いから」

仙龍は詳しく答えず、作業着姿で顔を伏せている雷助和尚と、隣に立つ青鯉に言った。

「二人で隙間を塞いでくれ。俺と風鐸は彼女を連れて屋根を見に行く」

「仙龍よ」

と、和尚がヒソヒソ声で、

「ここは『壁に耳あり』じゃから、一つ秘技を伝授しておくわい」

それからスケベったらしい顔をして、

「女神を祀る場所ではのう、猥談《わいだん》にかこつけて喋るのじゃ。覚えておくがよい」

と言った。どう思ったか仙龍は、ウンともスンとも返事をしない。

「俺たちは測りに行くぞ」軔が転と茶玉に言って、

「それとも屋根のほうを手伝うか?」と訊いてくれたが、

「いや。人数が多ければいいってわけでもないからな、積算を進めてくれ」

仙龍はクールにそう答え、職人たちは持ち場についた。

邸宅へ向かう春菜たちには、小林教授がついてきた。島崎准教授が撰繭場兼繭倉庫にいるというのにそちらへは行かず、ちゃっかりカメラまで提げている。

「屋根裏を撮るんすか?」

呆れ顔でコーイチが訊くと、

「もちろんですとも」

と教授は答えた。二人が並んで先へ行くので、春菜と仙龍も並んで後ろをついていく。

「怖くないんすか? 何が出てくるかわからないのに」

「この歳になりますと、あまり怖いものはなくなるのですねえ。たとえば明日、食べ物やお金がなくなっても、土手に座って空を見て、静かに死ぬのもいいなあと、そんな気持ちになるものでして……いえ、私はまだ死んではいられませんけど」

「論文書くまで死ぬ気はないと、雷助和尚に言ったんすもんね？」

「おやおや。和尚さんはお喋《しゃべ》りですねぇ」

これから隠温羅流最大の敵に挑もうというのに、教授は遠足に行く子供のように弾んでいる。和尚に教授にコーイチに仙龍、亡き棟梁。金屋子は野望を実現させるためにこのメンバーを集めたはずだ。ありがとう、でも、私たちは飛龍を救ってオオヤビコを解放するわ。春菜は無言で拳を握った。

鉤の手部分を通ると邸宅が見える。歩調をゆるめて仙龍が言った。

「運び入れるときは大勢が来ていたそうだ。（隠し扉を）開けてみないとわからないが、（箱は）出せない構造になっているかもしれない」

核心に触れる部分は端折《はしょ》って喋る。それでも春菜たちには理解ができた。

「吊り上げてから（階段を）造ったかもしれないっすね？　んでも、そのへんは見ればわかりますよね」

「もしもダメならどうするの？」

仙龍は少し考えて、「抱いて下ろすさ」と言って笑った。

「寝床の準備を整えて、裸にしてから抱いていく」

それは遺骸を箱から出して担ぎ下ろすということだ。

空き地に櫓を組んでおき、そこへ遺骸を運んで燃やす。

「色っぽいですねえ」

と、教授が言って、ぎこちない猥談は止まってしまった。

仙龍以外の三人がそれぞれ照れていたからだ。


邸宅の一階はいつもどおりの様子だった。止まった時間の匂いの中で、春菜たちは役所が用意しているスリッパを履いた。目的がはっきりしているので迷うことなく階段を上がる。廊下の窓を開けもせず、真っ直ぐに執務室へ向かう。職人が確認に来ただけだという体《てい》で仙龍がドアを引くと、真っ赤な絨毯と、死体の形状を示すテープが目に飛び込んでくる。仙龍が入り、春菜と教授がそれに続くと、コーイチはドアの隙間に作業用のタオルを詰め込んでストッパーとした。

春菜は心臓がドキドキしてきた。金屋子を謀《たばか》るためにも普通の会話を続けたほうがいいと思う気持ちと、無理に話すことで不自然さがにじみ出る危うさを天秤《てんびん》にかけ、結局、無言のままでいた。

先ずコーイチが書棚に取り付き、仙龍と視線を交わすや書棚を一気に動かした。執務室の壁は豪奢《ごうしゃ》な絹織物《きぬおりもの》が貼られていて、経年劣化で色褪《いろあ》せているが、書棚をどかすと往時の色が表れた。壁と隠し扉はフラットで切り込みがあるだけだが、その切り込みを隠すかのように無数のお札が貼られている。家を去るとき総子が貼ったものである。

「いっすか？」

小さな声でコーイチが訊き、仙龍が頷くと、カッターナイフでお札を切った。ぐるりと壁の切り込みを一周回してから、コーイチはカッターナイフをポケットにしまった。

蠱峯神は邪な者から邪気を吸い取る。吸われた者は全身に穴が空き、変わり果てた姿になって死ぬ。その肌は金屋子が産む鉧にそっくりだ。

小林教授がシャッターを切る。仙龍が壁に張り付いて壁の開け方を模索している。天井近くに目をやってから、足下の壁をつま先で蹴《け》ると、ぎ、ぎぎぎ……と音を立て、扉部分が奥に下がって、やがて横へとスライドしていく。引き込み式のからくり扉だ。

目の前には、狭い階段室が現れた。

畳二畳程度の空間には、蹴込《けこ》み部分が素通しで側桁《がわげた》に踏み板を通しただけの階段がある。鐘楼や山城などで見る造りだ。急勾配《きゅうこうばい》なので搬入時は箱に縄をかけて引き上げたと思われる。だが隠温羅流の職人ならば箱を担いで下ろせるかもしれない。

どうだ？　と、仙龍が目で訊いた。異変を感じるかと問うたのだ。

大丈夫よ、と春菜は頷き、けれど仙龍が階段室へ入ろうとするのは引き留めた。

私が行くわ。と、仙龍を見る。教授はカメラを構えたままで、コーイチは心配そうな顔をしている。春菜は手振りで仲間に告げる。

私はサニワよ、私が見るわ。大丈夫、任せて。

階段下から天井を見上げた。窓のない屋根裏は真っ暗なはずなのに、小屋裏に貼られた鏡が明かりを拾って、見上げる自分の姿が斜めに歪《ゆが》んで映っている。春菜は手すり代わりの側桁を摑んだ。蟲が襲ってくる気配はない。

息を吸い、一歩踏み出す。ギシッと階段が小さく鳴いた。段数は十五段。後ろから仙龍も上がってくる。狭いうえに急なので、くるぶしあたりに仙龍の息を感じる。一段、もう一段と上がるうち、不快に歪んだ小屋裏の鏡で酔いそうになる。総子が感じた恐怖はこれか。屋根そのものが変形なので、内側に張られた鏡が思いがけない方向を映してクラクラしてくる。

屋根裏は階段部分を除いた床がコの字形になっていた。そこに二本の柱を立てて注連縄を張り、下に箱が置かれている。鏡が映し出す無数の箱は、真っ赤な組紐《くみひも》で閉じられている。箱の四面と蓋に因がある。紛《まが》うことなき隠温羅流の因だ。

残すは数段。頭が床板の上に出た。頭上を取り巻いていた鏡の世界が、壁になり、床になっていく。埃を被った鏡はぼやけているが、不気味なことは変わらない。

春菜はついに肉眼で、二本の柱と注連縄と、隠温羅流の因を持つ箱を見た。

「あっ！」

叫ぶつもりはなかったが、恐怖のあまりのけぞった瞬間、バランスを崩して仙龍のほうへ倒れ込む。無様に転げ落ちなかったのは仙龍が支えてくれたからだった。そのまま春菜は上体を伏せ、床板の下に身を隠すと、仙龍を振り向いて人差し指を唇に当てた。

小屋裏を見上げても、鏡にはそれが映っていない。けれど床すれすれから覗き込んでみれば、箱に覆い被さる奇怪なモノがはっきり見えた。燃えて脈打つ鉧である。たたら製鉄で玉鋼を生む鉧は、赤く、黒く、ブツブツと沸き立って小さな穴が無数に空き、灼熱《しゃくねつ》に溶け出して空気を焼き切る金屋子神の真の姿だ。それが箱に覆い被さって、飛龍の骸《むくろ》を抱いている。その姿を鏡に映し、魔境で悦に入っているのだ。

春菜は仙龍に後ろへ下がれと合図した。仙龍はそろそろと階段を下りて床に立ち、春菜を抱き下ろしてから隠し部屋を出て壁を閉じ、本棚を元の位置へ戻した。

教授とコーイチも真っ青になった春菜を見て、尋常ならざる事態に気付いたようだった。出るぞ、と仙龍が顎をしゃくると、一同はすみやかに執務室を出た。階段を駆け下りて玄関から庭へ飛び出したところで、春菜は腰が抜けてしまった。目の前にまだ金屋子神がいるようだ。鉧はぶくぶくと燃えていて、今にも溶鉄を噴き上げそうな勢いだった。

金屋子は機嫌を損ねれば溶けた鉄を爆発させて何人もの命を奪ったという。屋根裏に炉はないけれど、迂闊に近《そこ》づけば邪でなくとも焼き殺されてしまうかもしれない。そう考えたとき、蟲峯神は火を嫌うと教えてくれた総子が知らなかった事実に思い当たった。

「そうだったのね」と、春菜は呟く。

「蠱峯神がいる場所で火を扱ってはいけないわけは……」

心配して目の前にしゃがみ込んできた仙龍を見た。

「……火を使うと、金屋子が力を増すからだったのよ」

それ以上何も言うなと仙龍は頷き、春菜の口を閉じさせた。

「立てるか？　それとも負ぶっていくか？」

「いいえ、立てるわ」

春菜は仙龍の腕を借りて立ち上がった。両手は氷のように冷え、足はガクガクと震えている。恐怖というのは理屈じゃないのだ。特に、この世ならざるモノの瘴気を間近に見てしまった場合は、離れても恐怖が心を侵す。四人で撰繭場兼繭倉庫のほうへ歩いていくと、お札を貼り終えた和尚と青鯉がやってきた。春菜を見るなり和尚は、

「何事か」と仙龍に訊いた。

「屋根裏で何か見たらしい」

「然《しか》らば急いでここを出よ。ちと瘴気が強くなってきたゆえ」

「駐車場まで行きますか？　俺、どっかで飲み物買ってくるっすよ」

「私なら大丈夫よ、もう大丈夫」

「とてもそうは思えませんねえ。春菜ちゃんの顔を見ただけで、私も恐怖に打たれました

からして。お大事になさってくださいよ」

そう言いながらも小林教授は、

「さて。私は島崎くんに合流します。状況は刻一刻と変わってきているようですし、調査報告書を急ぎませんと……棟梁の告別式で会いましょう」

と、カメラを抱えて背を向けた。いつもの猫背を真っ直ぐに伸ばした後ろ姿は凜々《りり》しいけれど、あれを目にしてしまった今は、教授まで奪われるのではないかと叫びたくなる。

自分の考えは甘かった。戦う相手は神なのだ。

「大丈夫かしら」

「軔さんたちが残っているから大丈夫ですよ」

と、青鯉が言う。這うようにして歩きながら、春菜は恐怖に打ちひしがれた。炉から湧き出すズクのごとくに箱を覆った金屋子の裳裾《もすそ》、箱に食い込む黒い腕、血を流すほど頰ずりしていたおぞましい顔、そして燃える眼……。

あの箱は持ち出せない。

隠温羅流の男たちが何人がかりで立ち向かおうと、箱に手を掛けることさえきっとできない。金屋子は嫉妬《しっと》深《ぶか》い神。絶大な富を約束する神。用意周到で頭がよく、執念深い神なのだ。人の心は変わりやすいが、神は心を変えたりしない。歪んだ愛も、妄念も、金屋子自身なのだから。

駐車場でコーイチが買ってきてくれたお茶を飲み、春菜は少しだけ落ち着いた。そして屋根裏部屋で見たもののことを、和尚や仙龍たちに話した。

「なるほど、それで謎が解けたわい」

コーイチに奢らせた缶コーヒーを飲みながら、和尚は数珠を取り出し、握る。

「やはり蟲峯神というものは、屍と金屋子が一対で成り立つ二体一神だったのであるな。而して屍を持つ者が神の力を利用できたと……金を生むなら儂も欲しいが、その発現が穢れと知れれば、代償は人の血じゃ」

「あー……たしかに。鉧が生む玉鋼は日本刀の原料っすからね。刀が人を斬らなくなって、神様の力も衰退したってことなんっすね」

「だからチャンスが巡ってきたとも言える」

仙龍が静かに言った。

「春菜が言うように、すべてが『彼女』の計画だったとすれば、彼女は建物をここに残したいはずだ。どんな手を使うつもりか知らないが、流れはそう動くだろう」

「そうかもしれぬが、あれを残して蟲峯神を祀れば、飛龍を救うことはできぬ。人は富に敏感じゃから、富を求める輩が大挙して、そうなれば、アレは再び力を持とう。人を斬る刀の代わりに富を賜り、その代償は死と血であろう。くわばらくわばら……」

和尚は数珠を回している。さすがに春菜も肩を落とした。

「箱を燃やせば解決すると思ったのに、近づくことさえ危険だなんて」

そばで話を聞いていた青鯉が言う。

「でも、蔵之介氏は箱を開けて足の指を切ったんですよね？　幸甚講も遺体の一部を切り取っている。近づくことはできるんじゃないですか」

「ふむ、確かにのう」と、和尚も言った。

「俺もそれを考えていた。骸がそれほど大事なら、なぜ指や、どこかを切らせる？」

確かにそうだと春菜も思った。指一本触れることすらできないはずが、実際に蠱峯神は分けられている。

「ってことは、その秘技を持っていたから幸甚講は繁栄できたってことっすかね」

「なるほどそれはそうかもしれぬ」

と和尚が言ったとき、ふっと煙草の煙が香り、仙龍と春菜は互いに顔を見合わせた。

「そうよ、もしかして」「あの部屋か」

鉤の手部分の真っ赤な部屋だ。春菜は言う。

「蔵之介氏は蠱峯神の箱を置くために邸宅の天井をぶち抜いて、変形屋根を増築させた。内部の鏡は封印目的じゃなく、無数に増えていく自分たちの姿を見て金屋子が満足するためよ。そうよ、今わかったわ。子供よ」

と、春菜は青鯉の顔を仰いだ。

「金屋子は村下との婚姻で鉧を産む。でも、たたら製鉄は廃《すた》り、もう鉧を産むことはない。屋根裏の鏡は擬似的な産床《さんどこ》だったのよ。一対の姿を無数に映して悦に入るための部屋」そして唐突に思い出す。「吉郎さんが言ってたわ。蟲峯神が運び込まれるときは、大きな箱と小さな箱が白布に覆われてやってきたって」

「大きな箱は蟲峯神の箱っすよね?」

「たぶんそう。大きさはこれぐらい」

春菜は両腕をひろげてみせた。幅一メートル二十センチ程度、奥行きは九十センチというところだろう。大の男の遺体でも、膝を抱えた姿勢なら入るはずだ。

「でも、屋根裏に小さな箱はなかった」

「そっちの箱はなんですか?」

と、青鯉が訊く。

「おそらくは女神じゃな。小さい理由は本体でなく依《よ》り代《しろ》だからであろう」

和尚が言った。

「そっちがいるのがあの部屋か」

仙龍は言い、考えてから、こう続けた。

「なるほど……幸甚講の秘技とはそれか。飛龍の遺体に触れる場合は金屋子神を別《わ》けたんだ。赤い部屋は婚姻の間で、屋根裏が産床。筋は通る」

「じゃ、やっぱ方法があるんすよ。んじゃなきゃ指は切れないす」

春菜はコーイチを見て訊いた。

「ファイバースコープで赤い部屋を撮ったわよね？　あれの画像ってどうなってるの」

ニヘラッと笑ってコーイチが言う。

「データが飛ぶとマズいんでいろんなところにコピーして、なんなら俺のスマホで見れますよ？　クラウドにもアップしておいたんで」

「見せて。確認したいことがあるわ」

コーイチはスマホを出してスワイプしながら件の画像を呼び出した。駐車場の片隅の、車の隙間にコーイチはしゃがみ、スマホ画面を覗き込む。

和尚と青鯉は赤い部屋を初めて見るが、春菜たちはモニターで確認済みだ。そのときも薄気味悪い部屋だと思ったが、小さな画面に次々浮かぶ婚礼布団や行灯は、遠目に見てもおぞましい。

「なんと淫乱《いんらん》な部屋である」と、和尚が唸り、

「噂に聞く遊郭みたいですね」と青鯉も言った。

コーイチは一コマずつ室内の様子を確認し、金屛風を立てて朱塗りの祝い膳を置き、三三九度の盃の盃が載っているところまでくると、

「ちょっと待て」と、仙龍が言った。

「盃に何かの跡がある」

コーイチはそのシーンまで戻り、画像を拡大した。

「ホントっすね。盃自体が朱塗りなんで、ちょっと見はわかりにくいっすけど……酒じゃ、たぶん……ないっすね」

画面を向けてみんなに見せた。盃の内側には、瘡蓋《かさぶた》のように剝げかかった内容物がある。「これって」と、春菜が顔をしかめた。「左様」と、和尚は刮目《かつもく》し、

「血か」

仙龍が言って、青鯉はため息を吐いた。

「三三九度の盃で血の契約を結んだってことでしょうか……蔵之介氏の血ですかね」

「そうとは限らん。血と死の穢れを好む女神ゆえ、好みの男の血であるか、それともやはり蔵之介氏のものか……婚姻の間に血の盃とはのう」

「ちょっと待って」と、春菜は言う。

「もしかして、それが方法だったんじゃない？　壁の亀裂を見たとき仙龍が言ってたわよね？　あとから塞いだもので、そこだけ土が新しいって。屋根裏の箱を開けるときには婚礼の部屋に女神を呼んで、その隙に死骸を削ったとか」

「人の生き血でおびき寄せて、っすか？　や－……」

あり得るっすね。と、コーイチは言った。

「もとより穢れを好む神。男の生き血は好物じゃろう……おそらくそれが正解じゃ」

和尚の言葉に春菜は無言で拳を握った。

其の七　もう一人の仲間

棟梁と過ごした最後の夜は満月だったというけれど、どこを探しても月はない。

棟梁が月を連れていってしまったのだと春菜は思って悲しくなった。未だに信じられずにいるのだ。昨日坂崎製糸場へ行ったときも、今日、電話で仙龍と告別式について話したときも、彼の斜め後ろにいる棟梁を捜してしまう。昨日そこにいたのが青鯉や軔だったのを見ても、頭が全然追いつかない。

井之上が運転する車で鐘鋳建設の社員用駐車場に入り、エンジンを切って外に出たとき、日が暮れて鈍色《にびいろ》に霞んだ空には、雪のように桜の花びらが舞っていた。

「どうした高沢？」

と、振り向いて井之上が訊く。鐘鋳建設の敷地には提灯が並び、厳かな光が来る者を工場へ誘っている。正面側の道路にタクシーが止まって、喪服の参列者が降りてくる。春菜はまだ棟梁に別れの言葉を用意していなかったと考えた。

「先に行ってください。すぐ行きます」

「わかった」

井之上が先へ行き、春菜が足下に向けて深いため息を吐いたとき。黒いパンプスの先に曳家職人が履く地下足袋が見えた。コーイチだろうと顔を上げると、そこに棟梁が立っていた。隠温羅流の法被を纏って鳶《とび》ズボンに地下足袋を履き、けれど額に因がある。

「……棟梁……」

死んだなんて夢だったと思うほど、紛れもない棟梁の姿であった。

「姉さん」

と、棟梁は、いつもどおりの粋な笑みを見せて言う。

「四十九までにはお願《ねげ》えしやすよ」

そして春菜に頭を下げた。

想いが溢《あふ》れて言葉にならず、手を伸ばして触れようとしたとき、姿は消えた。うそ、なんで、え、どうして？　春菜は棟梁を捜したが、彼がいた場所を車が通って、幻だったことを知る。その先に井之上が立っていて、春菜が追いつくのを待っている。

四十九までにはお願えしやすよ。それは何のことだろう。どうして今まで棟梁は、サインを送ってこなかったのだろう。いや、違う。ようやく春菜は気がついた。総子に竣工式の写真を見せたとき、そのあとも、何度か煙草の匂いを嗅《か》いでいる。吉郎さんに会えたのも、棟梁が彼岸から彼を呼んでくれたからなんだ。

——うちの人は頑固で強い人ですから、因や縁に負けてあっちへ行ったわけじゃない。そんな弱い人じゃない。なにか理由があるんです——

奥さんの言葉が今さらながらに思い出された。もしかしたらそのために、棟梁は向こうへ行ったのか。隠温羅流の因縁を解く、そのために。

春菜は走って井之上の許へ行き、告別式の会場へ向かった。

隠温羅流は告別式も異質であった。

通夜のときとまったく同じ設えの工場内は、棺が置かれていた場所に白布を敷いた祭壇があり、ずらり並んだ盛り塩の前に和蠟燭が燃えていて、墨染めの衣を纏った和尚が厳かに読経していた。棟梁のお骨は仙龍に抱かれて、社員用駐車場、重機置き場、枕木の塔、事務所に資料室、備品庫、シャワー室、更衣室、トイレに至るまで会社を隅々《すみずみ》まで一巡してから、また祭壇に帰ってきた。

通夜のときと違うのは、そこに隠温羅流と縁《ゆかり》の業者たちが集結していることだった。春菜も顔だけ知っている大手建設グループの社長から個人業者まで、参列者は広い工場内を埋め尽くし、駐車場にまではみ出している。純白の法被を纏った隠温羅流の職人たちが参列者を取り囲んで立ち、棟梁の家族は祭壇の脇に、参列者と向き合うように並んでいた。今宵は珠青も力良ちゃんを抱いてそこにいる。供花もなく、遺影もなく、音楽もない。来訪者が焼香をする台もない。しめやかな告別式を彩るものは職人たちの白い法被と、斎場に灯る蠟燭の炎だけである。

読経の声が止《や》んだとき、遺骨の脇に仙龍が立った。白い法被を纏っているが、曳家で導師を務めるときの幣《ぬさ》は被っていない。髪をきっちり整えて、髭《ひげ》もきれいに当たっている。何か覚悟を決めたかのように、きゅっと唇を引き結んでいた。

「本日はお忙しいなか、故守屋治三郎の葬儀にご参列頂きまして、故人ならびに親族、社員を代表し、深く御礼申し上げます」

頭を下げてから正面を向いて仙龍は言った。朗々と澄んで響く声で。

「治三郎、いえ棟梁は、鐘鋳建設の要でした。技術のみならず心意気を伝え、人として、職人としての生き様を背中で示してくれた恩人でした。その一方で、祖父、父、兄、甥と、歴代の隠温羅流導師を厄年に送り、導師が早死にする理由を探し続けた人でした。もしも棟梁がいなかったなら、隠温羅流は親父の代で終わっていたと思います。けれど」

と、仙龍は一瞬だけ息を呑み、参列者に視線を戻してこう言った。

「棟梁が奮戦し続けてくれたおかげで、我々はようやくその根元に辿り着けました」

おお……と、誰かが詠嘆し、あとは静まりかえった。白い法被に蠟燭の炎が映り込み、職人たちが燃えている。会場の空気も張り詰めた。

「それが流れなら、我々は乗る。皆様にはどうか見届けていただきたい。棟梁同様に今後も我々とお付き合いくださいますように」

一礼して仙龍が下がると、人々は前列から順に遺骨の前へと進み始めた。遺骨の脇には奥さんが、子供らが、孫たちが、仙龍や四天王が並んでいる。参列者たちは遺骨に合掌し、生きている人のように言葉をかけた。

「棟梁は因縁祓いを見ないのかい？　それでいいのか？　残念だなあ」

そして奥さんの前まで来ると、棟梁にどれほど世話になったかを伝えた。

「うちの会社も協力しますよ。なに、ここには足を向けて寝られないんでね」

「棟梁、やったな、あんたが命まで懸けたってんなら、俺も協力するしかねえよ」

誰もが家族の悲しみをいたわって、仙龍には協力を申し出た。

委細を知る井之上と春菜は棟梁の遺骨に手を合わせ、必ずやりますとだけ告げた。奥さんの前まで来ると、しっかりした目で見つめられた。言葉は交わさなかったけれど、奥さんは春菜の手にすがり、春菜も強く握り返した。

別れの儀式が終わっても、参列者の多くは帰らなかった。人々は自然に道を空け、隠温羅流の職人たちが前に進み出てきて二列に並んだ。読経が始まり、遺骨は奥さんの胸に抱かれて長年勤めた会社の敷地を去っていく。

見送る人々の間を通って敷地外れに着いたとき、奥さんはじめ親族が深く一礼して、待機していた車へ乗り込んだ。棟梁と共に親族が去ると、参列者の列はようやく乱れた。

並んだ塩は数個を残して溶けていて、その片隅に純白の法被を纏ったコーイチと喪服の教授の姿があった。同じ場所にいたはずなのに、隠温羅流の一団と喪服の一団に紛れてしまってわからなかった。仙龍はまだ同業者たちと話している。

棟梁に会ったことを伝えなければと、春菜も井之上と残っていた。すると、

「はーなーちゃん」

耳に張り付いて忘れることができないけれど、できれば忘れたい声がした。眉をひそめて中空を睨み、自分を律してから、覚悟して春菜は振り向いた。そこにはブランド物のブラックフォーマルに身を包んだパグ男こと長坂建築設計事務所の長坂所長が立っていた。

「長坂所長もいらしてたんですね」

春菜が言い、井之上は頭を下げた。

「当たり前じゃないか。お世話になった鐘鋳建設の、専務さんのお葬式だからね」

悪びれるふうもない。

アーキテクツと長坂の付き合いは長いが、春菜はこの男から正当な扱いを受けたことが一度もなかった。坂崎製糸場の蟲峯神も、元はといえば長坂が受けた物件だ。それをこの男は、事前に調査して蟲峯神の存在を知ったとたんアーキテクツに仕事を任せてトンズラを決めこんだのだ。邪な者が穴だらけになる物件とあっては仕方ないかもしれないが。

「それでさ、ちょっといい？」

と、長坂は訊く。春菜は井之上の顔色を窺ったが、紳士的が身上の井之上は、

「もちろんですよ」と、長坂に答えた。

コーイチと教授がこちらを見ていることはわかっていたが、春菜は井之上と長坂の三人で、積み上げられた枕木の下まで移動した。

「坂崎製糸場のことなんだけどさ、いろいろと揉めてるんだって？」

大きな目をギョロリとさせて訊く。

「別に揉めているわけではありませんけど」

春菜が話を逸らそうとすると、「チチ」と長坂は人差し指を左右に振った。

「いいって、ぼくに見栄張《みえは》らなくても。こっちも調べがついてるんだから。あそこの会社の内情も、黒沢って喰えない男が出向してることも知ってるよ」

そりゃそうでしょう、と春菜は心で悪態をついた。おいしい話ならうちに振ってくるわけがないもの。嫌味を言いたくて呼んだのだろうかと考えていると、

「いやあ、さすがは長坂先生、ご明察です。うちとしては蔵之介氏の邸宅をあの場所に残すのがベストと考えているのですが」

と、井之上が話に割って入ってきた。

「だよね。鐘鋳建設さんで曳家するのがいいと、ぼくも思うよ。それで春菜ちゃん」

背の低い長坂は、春菜を見上げてニッと笑った。

「春菜ちゃんのことだから曳家で作戦考えてるよね？　あれかな、建物を現地に保存展示

した場合、坂崎製糸場に落ちる収益とか営業効果を具体的な数字や図面で提示したいんだよね？　現行の配置では集客を見込めないから、建物を移動して駐車場を確保する。そんな感じで考えているわけだね」

そのとおりなので、春菜は素直に「はい」と答えた。長坂はニタリと笑った。

「ぼくは建物に近づかないけど、市や銀行との交渉含め、プレゼンはぼくに任せてみない？　こう言っちゃなんだけど、あそこが使っている銀行には顔がきくし、うちとアーキテクツさんでバックアップすると提案すれば、銀行も好条件と取るんじゃないかな」

「つまりどういうことですか」

春菜は小首を傾げて訊いた。眉間に縦皺が寄ってしまうのは仕方ないことだった。

「プランをもらえば細部を計算してプレゼンしてあげるって申し出だよ。コソコソとセコい真似をせず、製糸場の役員と銀行と市の担当者、関係者全員を一堂に集めて説明するんだ。全員が揃っているところで話をすれば、黒沢氏も姑息な手段を使えないだろ？」

さすがというか、なんというか、長坂がいつもやっていることの逆を提案してくる。

「経営状態の改善が見込めそうだと銀行が認めたら土地を担保に追加融資を申し出て、展示に予算を回してグレードを上げるんだ。こういう事業は最初にしっかり金かけないと、ジリ貧になりやすいからね」

「一度は手を引かれた物件に協力してくださるってことですか？　どうして」

裏があるのだろうと思って訊いた。長坂は少し照れくさそうに首をすくめて、

「専務の遺骨に協力すると言っちゃったから」

などと答えてから、視線を宙に泳がせて、首の後ろをガリガリ掻いた。

「参ったな……いや、自分でも驚くんだけど、ほんとはさ」

おもむろに苦笑しながら、

「視《み》えるんだよ……事務所を新しくしてからさ、視えるようになっちゃったの」

と、春菜の後ろの枕木に会釈した。

「視えるって、何がです?」

春菜はますます眉をひそめた。

「あれなんだよな。春菜ちゃんたちが、うちの事務所の悪魔祓いをやってくれたじゃないか。そのおかげか、あそこに移ってから業績がバカよくってさ。いろいろいいことずくめではあるんだけどね、ただ……なんていうか……」

パパーッ! と軽いクラクションの音がして、会社の前に軽自動車が一台停まった。長坂はそちらに手を上げて、「迎えが来た」と、呟いた。それからまた春菜を見て、

「覚えてるかな? 事務所開きのとき手伝いに来てくれていた紀子《のりこ》ちゃん。六月にぼくと結婚することになって」

「えっ! ……それは……おめでとうございます」

えっ、が大きすぎて気まずい感じになったが、春菜はとりあえず祝福を伝えた。

「うん。まあ……。ノリちゃーん、ちょっと待ってて」

車の彼女にそう言ってから、長坂は目をシバシバさせた。

「うちの事務所の教会にはさ、牧師の一家が棲んでるんだよ。生きてはいない、幽霊なんだ。こういう話をすると頭おかしいとか言われちゃうんで、人には黙っていたんだけどね……でもまあ、その人たちが、いろいろ教えてくれるわけ」

「教えてくれるって、何を？」

「受けるべき仕事と、そうでない仕事……あと、因果はどう巡るとか」

春菜はこっそり自分の背後を振り向いた。

「ちょうど専務が亡くなった頃かな、その人たちが夢に出てきて、春菜ちゃんを助けてやってほしいと言うんだ。助ければ末永く守るけど、助けなければ……」

背後には枕木があるだけだったが、長坂には何か視えているのかもしれない。

長坂はこれでいいかと訊くように、春菜ではなく枕木を見ている。

「あー……だから協力させてくれないかな。ぼくはともかく、生まれてくる子にさ、なんかあったらイヤじゃない」

春菜はアングリ口を開け、パッと閉じてからこう言った。

「もちろんです、嬉しいです、ありがとうございます。プランは今夜中にメールします」

長坂は降参するように手を上げて、

「そうね、それがいい。うん、よかった」

と言った。それから『ノリちゃん』が待つ車のほうへ、そそくさと去っていった。

「部局長、聞きました？　今の」

春菜が問うと、

「まさか狐に化かされているんじゃないよな？」

井之上は長坂を見送りながら、独り言のように呟いた。


明けて翌朝。

アーキテクツに出勤した春菜は、長坂建築設計事務所からデータ拝受のメールが来ているのを知って驚いた。昨夜も話はしたけれど、信じ切れずにいたからだ。メールの着信時間は早朝六時。春菜が夜中までかかってまとめたプランに詳細な質問事項がついていて、相手が徹夜してくれたことがわかった。

内容を確認して春菜は唸った。姑息な性格は別にして長坂の設計士としての腕前には一目置いてきたのだが、下請けとして使ってみれば、やはり一流だと認めざるを得なかった。長坂は春菜が引いた図面に太陽光の入り方や風の抜け方などを追加して、建物を曳く方向をわずかにずらすプランを戻してきた。あの敷地はもともと繭を乾燥させるために風が入りやすくなっているから、それを利用して空調費用を浮かせる作戦だ。撰繭場兼繭倉庫には窓がほとんどないが、通風と気流特性を加味して風のルートを作ってやれば、電気代だけでも年間百万円以上の費用対効果が出ると試算してきた。

春菜は長坂にお礼のメールを送り、データを鐘鋳建設に送信した。

昨夜は結局、仙龍たちと細かい話をする時間が持てなかったので、メールの末尾に棟梁に会った話を書き加えようと考えて、突然、言われたことの意味を理解した。

――四十九までにはお願えしやすよ――

それは棟梁の四十九日までに、建物をなんとかしろという意味だ。

棟梁は理由を言わずに消えたが、此方《こちら》で手を尽くしているように、棟梁も彼岸で駆け回っているとして、魂が二つの世界を行き来できるのは四十九日までだということか。

「……大変だわ」

春菜は井之上と轟とともに設計室へ移動した。

当日午後。小林教授から電話がきたとき、春菜と井之上と轟は、長坂と行うプレゼンテーションのプランをまとめていた。軔が曳家の見積《みつもり》を急いでくれたので施設を敷地内に残す場合の予算も弾け、市に具体的な数字を出すことが可能になった。そこで春菜たちは邸宅のみ移築するプランに加え、敷地内に建物を残して公開展示する場合のプランを三種類用意した。現状のまま残す場合、内装を整えて展示スペースに貸し出す場合、一部を資料館にリニューアルして歴史と文化の学び舎《まなや》として運用していく場合である。

――春菜ちゃん、蟲峯神の指からDNAが検出できたのですよ――

開口一番教授は言った。

――島崎くんも驚いていましたが、異様に状態がよかったそうで、六十歳以上の男性の指とわかったそうです。血液型はA型で、日本人でした――

まさか本当にDNAが検出できるとは思わなかった。しかも遺体は男性だった。想像していたとはいえさまざまなことが頭に浮かんで、春菜が言葉を失っていると、

――そちらの首尾は如何でしょう？　こちらは文化庁へ申請する書類の作成を急いでいましたて、体裁をまとめていただけるということでしたが、添付写真はどうします？　カメラマンさんがいるのですよね――

春菜は岡本写真館のことを思い出した。

「はい。新しく添付する写真については専門家が撮りますが」

――では、明日は島崎くんが現場にいるので、写真を撮りに来てもらえませんか？　そのデータを加えて申請書類を作ります――

「わかりました。すぐ連絡してみます。あの、教授」

春菜は教授に打ち明けた。

「昨夜は不思議なことがふたつありました。私、告別式の前に棟梁と会ったんです」

――なんと――と、教授が息を呑む。

「そして、『四十九までにはお願えしやす』と言われたんです」

言葉の意味を訊きもせず、「そうですか」と、教授は言った。

「それと長坂所長が協力してくれることになりました。牧師一家の幽霊に脅されて」

小林教授は『ほほほ』と笑った。

――長坂先生はともかく棟梁のそれは警告ですね。金屋子さんの望みどおりに蠱峯神を祀る準備は進むとしても、そこから先は騙し合いですから、私も老骨にむち打って流れに乗ります。棟梁の言葉どおりに行かない場合、我らに勝ち目はないのでしょうから――

春菜は教授からも釘《くぎ》を刺されたと思った。

「はい。負けません」

そう告げて電話を切ると、春菜は轟と井之上にこう言った。

「坂崎製糸場に電話して社長にアポイントメントを取ってみます。先に下話ができればいいんですけど、黒沢さんの前で話すと逆効果かもしれないし」

「わかった。なら俺が電話する。高沢はすでに黒沢氏と面識があるから、直接社長に電話をすれば黒沢氏を無視した感じになりかねない」

「いいんですか？」

井之上はニヒルに笑った。

「上司の仕事は可否の判断と、部下が失敗したときの謝罪だよ。坂崎製糸場の社長には俺が話を通すから、高沢はプランを進めろ」

「ありがとうございます！」

思いっきり頭を下げて、春菜は岡本写真館に電話をかけた。次には比嘉に連絡をして、長坂がプレゼンテーションで使うパネルを作成してほしいと頼んだ。

午後になってから坂崎製糸場へ行ってみると、滝沢立ち会いのもと、コーイチと若手職人が邸宅から荷物を運び出す準備をしていた。仙龍の姿はなかった。

「社長はお寺に行ってるっす」

と、コーイチは言う。棟梁の遺骨は四十九日まで菩提寺に安置されるので、その関係なのだろう。春菜は棟梁のメッセージを彼に伝えた。

「四十九までに、かぁ……やっぱ棟梁も気になってんすね。そりゃそうっすよね」

コーイチは大きく頷いて、「やるっきゃないすね」と、笑った。

「御社にもプレゼン用のデータを送ったけれど、近いうちに銀行も交えて会議を持つわ。昨日の敵は今日のなんとかって言うけれど、パグ男、もとい長坂所長のプレゼン力は凄いのよ。今まで散々泣かされたけど、味方になったら心強いわ」

　邸宅では大量に持ち込まれた段ボール箱に備品の仕分けが始まっている。それらは市役所に運ばれて、岡本と比嘉がリストを作るのだ。一切が運び出されてしまったら、建物に残るのは蠱峯神の箱だけだ。

「そういえば、今朝がた裏の駐車場で知り合いの解体屋と会ったんっすよ。来週から廃倉庫の解体が始まるそうで、そうなると埃は飛ぶし、水も使うんで、こっちの荷物は明日にでも運び出しちゃいたいんっすよね」

「それはいいけど……ああ、どうしよう」

　春菜は両手で髪を摑んで言った。

「まだ発注にもなってないのに、経費がどんどんかさんでく。これで曳家がダメになったら御社への支払いどうすればいいの」

「卵が先か鶏《にわとり》が先かっすね。春菜さん、それは後からみんなで考えましょうよ。捨てる神あれば拾う神もあるはずなんで」

　コーイチに邪気のない感じで言われると、そのとおりだと思えてくるから不思議だ。今はただ、それぞれが自分にできることを全力でやっていくしかない。

　春菜はその場を離れて総子の許へ走った。坂崎製糸場や上田市に建物を現場に残す提案をしたいので、プレゼン会議に出てほしいとお願いをするためだった。

学術調査チームに市役所の職員、広告代理店に曳家業者に解体工事業者、何棟もの建物が並ぶ坂崎製糸場の敷地を、多くの部外者が出入りする。出向役員の黒沢は、その様子を四階建て倉庫の最上階から窺っていた。

製糸場の事務棟は簡素な平屋建てなので、社長室の音が筒抜けになる。社長は大抵部屋の扉を開け放っているが、今日、どこからか電話が掛かってきたときは、なぜか扉を閉めて応対した。受付に訊ねたら電話の相手はアーキテクツの役員ということだった。

黒沢はそれが気に入らない。金で動くと噂の設計士をわざわざ選んで紹介したのに、そいつが降りてしまってからは雲行きが怪しくなってきたように思う。

邸宅の庭では職人たちが建物の基礎を調査している。解体するなら不要な作業だ。

鼻息荒く睨んでいるとスマホが震え、黒沢は強《こわ》ばった面持ちで受信した。

「はい。黒沢です」

——首尾はどうだ？——

と、名乗りもせずに相手は訊いた。話を進めていいのかと。

「それが……もう少しだけお待ちいただけませんか。学術調査が終わらないので」

——終わらない？　終わらなきゃ、なんだ？　話は進めていいんだよな？——

威嚇するような物言いである。黒沢は顔を逸らして舌打ちをした。クソ野郎。

「来週から倉庫の解体工事も始まりますし、ご心配には及びません」

――ならいいが、早くするんだ。そうでなければ……わかってるよな？――

「それは重々……はい。はい。それでは失礼いたします」

スマホと耳の間に厭な汗を掻いた。

チョロい話のはずだったのに、持ち主のババアが思ったより長生きしていやがるのと、役所のコンサルが学術調査をゴリ押ししてきやがったせいでこうなった。譲渡移転の話は進まず、解体移築も調査の結果待ち。運良く変死事件が起きたから、建物は解体されるかと思いきや、妙な女と職人たちまで現れやがった。古い建物に価値なんかないし、あんなのはただの廃墟《はいきょ》じゃないか。いっそ地震か何かが起きて崩れてしまえばいいものを。

「ん」と黒沢は眉を上げ、「そうか」と自分に頷いた。

解体話が進まないなら、解体せずにはいられない状態にしてしまえばいいんだ。この会社は稼働している建物と正門周りにしかセキュリティシステムを置いてない。裏の通用口は簡易錠だし、社員が帰れば無人になって、出入りする者もないから人目につかない。

黒沢は窓に近づいて寿命を迎える建物を見た。役員だからカメラの位置もアングルも知っている。事務所棟に近い邸宅側にはカメラがあるが、撰繭場兼繭倉庫はノーマークだ。業者が出入りしているから鍵の管理もおろそかだし、あれは会社の建物ですらない。ババアが火災保険にでも入っていれば、葬式代が浮く程度のものだ。

ふふふ……と黒沢は低く笑った。これでもう、あいつらに脅されることはない。土地を渡して報酬を受け取ったら銀行を辞めて、ブローカーでも起業するか。

四階倉庫の小屋裏で、そのときジミジミと音がした。

けれども建て付けの悪い部分が軋むのだろうと、黒沢は気にも留めなかった。

翌早朝。春菜は岡本写真館とデザイナーの比嘉を連れて坂崎製糸場へやってきた。今日はコーイチたちが邸宅内の荷物を運び出す予定になっているのだ。島崎准教授の到着を待って岡本たちを紹介し、仕事を任せてから鐘鋳建設へ移動して、軔と曳家の相談をする。

小林教授は調査報告書をまとめているので現場に来ない。人が多いので和尚も来ない。

いつものように裏の駐車場へ車を入れると、通用口の脇に滝沢がいた。染井吉野《そめいよしの》はあっという間に散ってしまって、今は山桜や八重桜が咲いている。

「おはようございます」

手持《ても》ち無沙汰《ぶさた》に立っている滝沢に声をかけると、明るい顔で振り向いた。

「あ、高沢さん。どうもおはようございます」

「建物の写真撮影に来ました。こちらがカメラマンの岡本さんで、そちらがデザイナーの比嘉さんです」

二人とも会釈だけして名刺は出さない。共にアーキテクツの協力業者だからだ。

「どうぞよろしくお願いします」と、滝沢も言っただけだった。

「今朝は私たちが一番乗りですか？」

「そうですね。大学の人たちはまだですし、ぼくも独りでは入らないので」

行きましょうかと滝沢は言って、通用口のドアを開けた。

入ってすぐにあるケヤキの巨木を、岡本は早速撮影する。梢に漏れる朝の光や、それが影を落とす古い空き地や、来週には解体されてしまう漆喰塗りの廃倉庫などを。

「どう？　岡本さん」

春菜が訊くと、ご満悦で「いいねぇ」と答えた。

「すごく絵になる場所ですね。岡本さん、あのアングルも一枚欲しいな」

比嘉も岡本もクリエイターなので、子供のようにはしゃいでいる。

「邸宅は段ボール箱だらけなので、搬出が終わってから入ったほうがいいと思います」

と、滝沢が言う。

「はい。でも経営者の私宅については外観が添付できればいいそうです。ただ、どうにかして変形屋根は撮影しないと。民俗学的にはあの屋根が重要なので」

「それなら撰繭場兼繭倉庫の五階から撮るといいですよ。階段室に窓があるので」

滝沢の勧めでそちらへ向かう。木々の梢でヒヨドリが、甲高《かんだか》い奇声を上げていた。

鋼鉄のスライド扉を開けるあいだも岡本はシャッターを切り続けている。小林教授も写真が好きだが、あちらが趣味に邁進《まいしん》するのと違って、岡本は構成を考えた写真を撮ってくれるのでたいへん助かる。教授の写真は自分の好きなところだけを接写するので、調査報告に必要な位置関係がわからないのだ。

滝沢が鉄扉を開けると、焼け焦《こ》げて生臭いにおいがした。蟲の臭いとも違う気がする。

「昨日、ここで何かやったんですか？」

春菜が訊くと、「さあ」と、滝沢も首を傾げた。窓がない倉庫内は階段室にだけスポットライトのような光が漏れる。神秘的ではあるけれど、周囲の暗さが余計に際立つ。

「うわー……」と、比嘉が嘆息した。

「なんか、凄いんですねえ」

「古いので気をつけて階段を上がってください。上はここより明るいですけれど」

滝沢を先頭に岡本が続き、比嘉の後ろから春菜が上る。蟲峯神の小箱はもうないし、鉤の手部分にある赤い部屋は和尚と青鯉が封印したので、建物の調査は順調に進んでいるということだ。それでも春菜はなんとなく身構えてしまう。

何事もなく最上階に行き着くと、窓から望める景色は最高だった。総子が入所している施設の丘も、上田平《うえだだいら》も一望できる。そして滝沢の言葉どおりに、邸宅の変形屋根が見下ろせた。改めて屋根の全容を見ると、とってつけた感じが否めない。変形屋根を載せるために既存の屋根部分を大きく剝いであるのがわかる。

蠱峯神はそれほどまでして祀らなければならない神だったのだ。

岡本が写真を撮り終えるのを待って、春菜たちはまた階段を下った。

どの階も造りが同じで、素通しの庫内に太い間柱がスタイリッシュに並んでいる。壁を塗り替えて小洒落た照明を設置すれば立派なギャラリーになるだろう。そんなことを考えながら下まで降りると、

「なんで焦げ臭《くせ》えんだろうなあ？　ここはただの倉庫なんだろ」

鼻をクンクンさせて岡本が訊いた。

「ですよねえ。ぼくもさっきからそう思っていたんですけど、なんか妙な臭いですよね」

比嘉も言うので滝沢が、

「もしかして、どっかショートしているのかな」

と、調査チームが持ち込んだ照明機器を確認に行った。

細長い建物は中央に階段があるので、照明機器は左右に一台ずつ置かれている。滝沢は行き止まり方面の機器を見てから、戻って鉤の手方向へ進んだ。春菜たちもついていく。

窓がない建物は先へ行くほど暗くなり、鉤の手部分は真っ黒だ。滝沢や春菜たちが影を作って、脚立に括りつけられた工事用ライトの先端だけがぼんやり浮かぶ。

「焦げた臭いもですけど、灯油臭くないですか？」

比嘉が訊き、そのとおりだと春菜も思った。それだけじゃない。人糞《じんぷん》のような臭いまでする。半歩前にいた滝沢が足を止め、岡本も比嘉も立ち止まった。

「……滝沢さん？」

春菜が訊くと、滝沢がおもむろに踵を返して戻ってきた。

「無理です。ぼくは見に行けない」

暗がりでもわかるほど蒼白《そうはく》になっている。

「これ……課長のときとおんなじ臭い……」

そう言うと、滝沢は春菜の後ろに隠れた。比嘉と岡本は戸惑っている。この場の責任者は私だ、と春菜は思った。アーキテクツは元請けで、二人は協力業者だから。

目を凝らしたが何も見えない。そして確かに灯油の臭いが強くする。発電機も使っていないのに、どうして灯油の臭いがするのか。春菜はポケットからスマホを出すと、岡本と比嘉をかき分けて先頭に立った。先にあるのは赤い部屋だ。でも、和尚がお札を貼ったはず。後ろ手に比嘉たちを遠ざけて、春菜は独りで数歩進んだ。

臭いはますます強くなる。油と煤と血と人糞の臭いである。手元でスマホのライトを点けて、それを暗闇に向けたとき、赤い部屋を塞いだ白漆喰に真っ黒な煤の跡が映し出された。床に灯油缶があり、そばに男が座っている。黒い上着に白いシャツ、壊れた操り人形のように両足を投げ出し、カッと両目を見開いて、口や鼻から血を流している。顔や首にはかきむしった跡があり、見える部分すべての肌に無数の穴が空いていた。

「……黒沢さん」

映画やドラマなら発見者が叫ぶシーンだと思う。けれども春菜はそうできず、ペタリと三和土に尻餅をついた。岡本は、「う、え、あ」と、声にならない声で唸り、比嘉は半歩だけ後ずさり、滝沢は両手で顔を覆って引きつったみたいに震えていた。

スマホを持つ春菜の手は硬直し、黒沢の下半身をライトが照らす。灯油缶、燃焼剤、着火剤、軍手、ナップザック。そして新聞紙の燃えかすが、三和土の上に散らばっていた。

其の八　巨大建物を曳く

四月下旬。会社の庭で揺れる桂の新緑を眺めながら、春菜は電話を待っていた。

黒沢が無残《むざん》な姿で発見されると、坂崎製糸場に再び警察が入って騒然となった。パトカーが何台もやってきて建物にブルーシートが張られ、捜査員が到着して、春菜たちは警察の聴取を受けた。もちろん春菜たちも動揺していたが、二度目の発見者になってしまった滝沢の怯《おび》えようは凄まじく、死体を見た恐怖より、容疑者として疑われることのほうを怖れていた。

しばらくしてからわかったことだが、黒沢の死亡推定時刻は前夜の十一時前後で、本人は退社してからタクシーを使って再び現場へ来たという。乗車したのは黒沢独りでナップザックを抱え、製糸場から少し離れた上田駅でタクシーを降りた。その後、製糸場へ向かう同様の人物が防犯カメラに映っていた。対して製糸場の防犯カメラには怪しい人物が映っておらず、これは黒沢がカメラの位置を知っていたためだと警察は判断したようだ。建物に放火の形跡があり、黒沢の手や服にも灯油がついていたという。

滝沢の心配は杞憂《きゆう》に終わり、警察は、黒沢が放火しようとして火が回ったショックで心臓が止まったか、手の込んだ自殺であると判断した。彼は反社会的勢力とつながりがあり、ギャンブル等で多額の借金を負わされたうえに、しつこく返済を迫られていたからだ。

放火死亡事件でプロジェクトの推進スケジュールは数日押したが、その後は廃倉庫の解体作業も順調に進んで、小林教授のチームは文化庁へ申請する書類を提出し終えた。

春菜は今、その結果報告を待っている。

晩春の信州は新緑の季節で、北アルプスの雪も消え、山々が鮮やかな緑に覆われていた。街路樹がもりもりと新芽を伸ばして、空はどんどん狭くなる。その昔、金屋子が白鷺《しらさぎ》に乗って舞い降りたという桂の新芽を眺めていると、デスクでスマホが震え始めた。

試験の合格通知を待つような気分で電話を取った。

「はい。高沢です」

──春菜ちゃんですか、小林です。今ほど文化庁の担当さんから連絡がありまして、無事に承認されました。施設全体として国の重要文化財、ほかに経済産業省認定近代化産業遺産として選出が決まりました──

やった……春菜は天井を仰いで目を瞑《つぶ》り、息を吸い込んで、吐き出した。

──春菜ちゃん、春菜ちゃん？　聞いていますか──

「聞いています。教授、ありがとう……本当にありがとうございました」

スマホを握って頭を下げると、教授は言った。

――みんなが頑張ったからですねえ。でも、これからですよ――

教授の言うとおり、金屋子を謀って飛龍を救うなら、ここからが本当の勝負である。

「私たち、大昔に飛龍がしたのと同じことを、またするんですね」

小林教授は『ほ、ほ』と笑った。

――そこも含めて考え方次第ではありませんかねえ？　飛龍さんはもちろんですが、情念に囚われ続けた金屋子さんも、相当に哀れではないですか。物事を上手に収めるコツは、よいものを分け合うことです――

よいものを分け合う？　因縁を浄化すれば隠温羅流や飛龍にはメリットがある。オオヤビコも鬼にならずに救われる。でも、金屋子は怨むだろう。分け合えるものなどあるはずもない。

気がつくと、教授との通話は切れていた。

ともあれ文化財の認定を受けたことで作業は一気に進み、数日後、春菜たちは市役所の一室に関係者一同を集めて会議を開き、企画書を提示できる運びとなった。

集められたのは坂崎製糸場の社長と専務、総子と、銀行からは支店長と担当者が二名、アーキテクツから井之上と春菜、そして長坂建築設計事務所の長坂所長と、市の担当者らだ。会議場には推進するプランがパネルで示され、参加者の手元には資料が配られた。

敷地内で二度目の変死事件が起きたことで役員らは蠱峯神をますます怖れていたし、その犠牲者が黒沢だったこと、黒沢の魂胆が見えたことは、建物を残したい春菜たちにとってプラスになった。

長坂のプレゼンテーションは素晴らしかったし、参加者の反応も上々だった。説明が終わると社長と専務はプレゼン用の書類に見入り、銀行関係者は収益見込みの具体的な数字を眺めて頷いた。

「わかりました」

と、支店長が坂崎製糸場の社長に言った。

「いやあ……貴重な建造物を保存しながら活用するというのは、難しいながらよいアイデアだと思います。そのプランを出したのが史跡名勝の活用に実績を持つアーキテクツさんで、積算をされたのが長坂建築設計事務所さんであることも、たいへんよろしいと思います。この場で回答はいたしかねますが、一度プランを持ち帰り、前向きに検討させていただくということで如何でしょうか」

坂崎製糸場の社長と専務は立ち上がり、「ありがとうございます」と頭を下げた。

「そうですよね。なんといっても、うちがバックアップするわけですから」

長坂はふんぞり返って鼻の穴を膨《ふく》らませている。

「この、建物を敷地の隅へ曳家するプランもいいですね。古い遺産を大切にする精神がにじみ出ています」

支店長にそう言われ、春菜は前のめりになって言う。

「曳家工事の写真をポスターなどに使っていただくのはどうでしょう？　市の観光ポスターはもちろんですが、地元を応援する企業の、たとえば銀行のポスターなどにも」

「いいですね。もちろん提供させていただきます」

と、坂崎製糸場の社長は頷き、

「それはいい」

支店長も満足そうに相好を崩した。井之上が会をまとめる。

「では、建造物は敷地内に残す方向で決定したいと思います。つきまして坂崎総子氏は邸宅とそれに付随する建物を上田市に寄贈することといたします。上田市は地代を払って建物下の敷地を坂崎製糸場から借り受けて管理するほか、観光資源として役立てるということでよろしいですね」

「地代家賃については別途お打ち合わせいたしましょう」と、社長が言って、

「よろしくお願いします」と、滝沢が応えた。井之上が続ける。

「それに伴い見学者用の駐車場を整備する必要がありますね。邸宅は修繕して全館を開放。撰繭場兼繭倉庫も改修して展示室を作るほかギャラリーとしても活用し、収益を上げ

る方法を模索していきます。こちらに関しては弊社もお手伝いさせていただきますので」

「ぜひ、そうしてください」と、専務が言った。

「カフェやその他施設の併設については、運用が軌道に乗ってから再検討でどう？」

鼻をピクピクさせて長坂が話に割り込んでくる。今回は世話になったので、

「はい、ぜひ先生に素敵な設計を提案していただけましたら」

と、春菜は長坂に花を持たせた。長坂は満足そうだった。

会議が終わると銀行関係者が先に席を立ち、お追従をするように長坂が彼らを追いかけて去った。身内だけが残された会議室では、総子と甥の社長が連れ立って春菜たちのところへ挨拶に来た。

「井之上さん。このたびはたいへんお世話になりました」

坂崎製糸場の社長が深々と頭を下げる。

「約束を守ってくださって嬉しいわ」

総子も春菜に微笑みかけた。ここぞとばかりに春菜は言う。

「実はひとつお願いがあるのです」

「あら。なにかしら」

総子が春菜を見上げると、社長は専務を呼び寄せた。

「曳家の際に裏の空き地で蠱峯神の箱を燃やしたいのです。許可を頂けないでしょうか」

社長らは顔を見合わせ、総子が訊いた。

「そんなことがおできになるの？」

春菜は唇の内側を噛んでから、

「今回の調査で、箱の中身が人間の遺体とわかったんです。DNA鑑定の結果、六十代くらいの日本人男性でした」

「まあ……」

と、総子は口を覆った。聡明《そうめい》そうな表情でしばらく考えてから、

「そうだったの……それでわかったわ……だから父は、アレを持っていることをひた隠しにしてきたんだわ……なんておぞましい」

「その男性が祟っていたというわけですか？　黒沢さんたちが亡くなったのは」

声をひそめて社長も訊いた。

どう説明したらいいものか考えて、春菜はごくかいつまんだ説明をするにとどめた。

「大昔のご遺体で、成仏されておられないんです。だから」

「火葬にするということね」

「それって、警察に届けなくていいのかな」

専務が首を傾げると、

「バカなことをおっしゃい」

総子がぴしりと甥っ子を叱った。

「いまさら警察に届けて、どう説明するつもりなの？　坂崎家が神様のつもりで死体を買ったと、そしてそれを長いこと屋根裏に隠していたと言うんですか。だから変死人を出したのだと」

「それはまあ、そうだよなあ」

社長も困ったことになったという顔だ。井之上が言う。

「すべてを公にするのも一つの方法ではありますが、これまでの経緯に鑑《かんが》みて、あれを公にした場合、もっと大きな災厄を呼ぶこともあるのではと」

総子は甥っ子たちをジロリと睨んだ。

「こちらの方の言うとおりだわ。そもそも、わたくしなどはアレを屋敷ごと燃やしてしまおうと考えていたくらいですからね」

「おばさん、そんな乱暴な」

「乱暴なものですか。わたくしはもうこの歳ですよ？　あなたたちや、あなたたちの子供にアレを残していってもいいの？」

社長が口を閉じてしまうと、総子は春菜と井之上を振り向いた。

「やってください。むしろお願いいたします」

「燃やしても骨が残るでしょう？　それはどうするつもりです」

と、専務が訊いた。春菜は静かに頷いた。

「ご心配なく。ご遺灰は私どもがお預かりして子孫の方に渡し、丁重に葬りますので」

「まあ……」

総子は口を覆ったが、それは誰かと訊ねて一族の業を掘り下げようとはしなかった。

春菜と井之上は視線を交わし、ほんのわずかに頷き合った。

少し離れた場所から滝沢も様子を見守っていたが、振り向いた春菜と目が合うと、ぜひそうしてほしいと表情で語った。


明けて五月。

坂崎製糸場では裏側駐車場と敷地を隔てる塀が取り払われて、往時の空き地に無数の資材や重機が運び込まれた。スロープは補強されて重機が通る道ができ、廃倉庫の跡地に鉄板や枕木が積み上げられて、邸宅と撰繭場兼繭倉庫の地下に大きな穴が掘られた。

曳家の際には建造物が建っている部分の地盤を掘り下げ、鉄骨などで補強してから構造物を基礎と切り離し、持ち上げて曳く。春菜が知る限り最大級の曳家だ。しかも建物の形状が特異なうえに、木造と鉄骨という構造の違う建物同士がくっついており、壊してはならない鉤の手部分が後付けされている。一体で曳くには綱だけというわけにもいかず、鐘鋳建設は強力な助っ人を招集した。棟梁の葬式に参列していた者たちである。ほかの曳家職人、大手の建築会社、宮大工など、隠温羅流と懇意の業者らそれぞれが、得意とする技術を提供するために集ったのだ。彼らを差配するのは軔で、各社のベテラン職人がその下に入り、隠温羅流の仕事を覚えたい社員たちを連れてきた。鐘鋳建設の社員は百人に満たないが、隠温羅流を巣立った者らが集結すると、持ち寄った重機や職人の数は圧倒されるほどになった。掘削も切り離しも新しい基礎造りも目に見えて進む。

曳家に先立ち、徳永造園から造り師の親方が弟子を連れてきて、庭園の木々を掘り上げた。曳家が終われば同じ意匠の庭を造り直して戻すためである。

「この庭はお世話されていなくてかわいそうだった。だがまあ、木は生きているから手を入れてやって、元通りに再生できると思うよ」

春菜を見ると、親方はそう言って笑った。

職人は力を試されるほど燃えるものだし、期待以上の成果を出すことに生き甲斐《いがい》を感じる。老齢の親方はお世話する庭がひとつ増えたと嬉しそうだ。人の寿命は短いけれど、職人の技は受け継がれれば死ぬことがない。だからそれを喜ぶのだと春菜は思う。

空き地で箱を燃やす件については、教授が上田消防署に書類を届けて許可を得た。井之上は比嘉や岡本と曳家後のプランを進め、轟は改修工事の図面を描いた。

今回の件では怖い思いばかりした滝沢も、観光資源活用のために動き始めた。

現場で進捗《しんちょく》状況を見守る春菜は、物事の流れがつくということの現実をまざまざと思い知らされる気持ちがした。

そして五月中旬、晴れた日の夕暮れ。

ついに春菜は、仙龍から「準備は整った」と電話を受けた。

慌てて現場へ向かってみると、すっかり均《なら》された敷地に複雑な形状の新しい基礎が出来上がっていた。長坂が引いた図面どおりに風や太陽光を有効活用できる位置である。この基礎の周囲にレールが敷かれ、建物がそこを滑っていくのだ。すでに職人たちの姿はなくて、仙龍だけが待っていた。

「すごい……こんなの初めて見たわ」

コンクリートの基礎に夕日が当たって、不思議な世界にいるかのようだ。基礎部分から無数に突き出た鉄筋が細くて長い影を引き、構造物と切り離された基礎が触手を伸ばして上物が来るのを待ち受けている。仙龍が手を差し出したので、春菜は素直にその手を取った。足下が危ないと考えたのだろう、仙龍は比較的平らな地面に春菜を引き寄せた。

「いよいよなのね」

春菜は仙龍だけでなく、自分自身のためにも言った。

「これだけの建物は一日では曳けない。俺と青鯉、そして叔父兄《おじき》の軔が導師を務める」

「導師が三人……」

「そうだ」

「大丈夫なの？　青鯉さんはともかく、軔さんは厄年を過ぎているんでしょう？」

かつて隠温羅流が導師の厄を祓おうとして、厄年を越えた導師を立てたときにはその日のうちに死んだと聞いた。

「叔父兄は死ぬ気はないそうだ。そして、おそらくそうならない。根拠は流れだ。すべてが一連の大きな流れの中にあり、その目的は蠱峯神を祀ることだからな」

仙龍が何を言いたいのか春菜にはわかった。それこそが壮大な計画の目的ならば、この曳きは成功しなければならない。三人の導師も隠温羅流も、アーキテクツも長坂も、サニワの自分も金屋子の駒《こま》だ。蠱峯神を祀るまで死なせるつもりはないはずだ。

「曳きには重機を併用する。撰繭場兼繭倉庫は木賀建設がウインチで、蠱峯神がいる邸宅は重機と綱の併用になる」

いったいどんな曳家になるのだろうと、春菜は思って緊張した。

つないだ手を離さぬままに仙龍は言う。

「構造が違うから慎重に曳くし、数日かかる。勝負は最終日。棟梁の四十九日に当たる日がそれだ。計算したわけではないが、そうなった」

「棟梁は知っていたのね」

「彼岸に行かねば見えないことがあるんだろう。だから棟梁は彼岸へ渡った……春菜」

仙龍は春菜を自分に向かせた。

「ありがとう」

「やだ、やめてよ」

もっと女らしい受け答えをしたかったけど、遅かった。思ったことがすぐに口から出てしまう性格なのだ。

「もう終わったみたいに言わないで。これからが本番なんだから」

仙龍は微かに笑い、けれど目を逸らさずに先を続けた。

「導師の寿命は四十二だが、そこまでは生きられるということではないと、棟梁のことで気が付いた。明日のことはわからない」

だからなんだと言うのだろう。春菜は不安になってきた。

「覚悟しておけとか言わないわよね？　そんな卑怯なことは言わないわよね」

冗談じゃないわと悪態をつくと、仙龍は声を上げて笑い、ふいに春菜を抱き寄せた。

一瞬だけ驚いたけど、思い切って彼に体を預けた。仙龍の胸は逞しいが鋼鉄ではない。温かく血が流れ、弾力があって鼓動が聞こえる、生きた男の胸だった。仙龍の体温に包まれて、心臓の音を聞きながら、これが止まってしまうことなど考えたくないと春菜は思った。そんな運命は受け入れない。人は死ぬために生まれてくるわけじゃない。私たちは生きるんだ。そう考えて、春菜も仙龍の背中に腕を回した。

「言わない。俺もおまえが欲しい。生きておまえを嫁にする」

春菜は無言で頷いた。本当に人を愛するということ。互いを知って許し合うこと。私と彼がひとつになること。心だけじゃなく、体もすべて、生き様も人生も共有すること。それに見合う私だと仙龍が感じてくれたこと。春菜はバッグを地面に落とし、全霊で仙龍を抱きしめた。胸に頰を当てたまま、一緒に同じ方向を見る。

目の前にはあの建物が、枕木で宙に浮いている。築山も庭もなくなって、夕日にそそり立つ奇っ怪な屋根に、ご先祖の飛龍が囚われている。人間の女を愛して屋根の神にされ、隠温羅流導師に災厄を引き継いだ。愛し愛されてひとつになること。金屋子もそれを望んだのだろう。望んで、でも、叶うことなく、自らを妄執で縛っているのだ。

頭の中で小林教授の声がする。

──物事を上手に収めるコツは、よいものを分け合うことだと思うのですよ──

そうか、そうよ、そうなのね。春菜は金屋子も救えるのではないかと初めて思った。

「雷助和尚は広島へ行った。弥山《みせん》には千二百年以上消えない火があって、八幡《やわた》製鉄所の溶鉱炉の種火に使われているんだ」

春菜を抱いたまま仙龍が言う。普通の火では飛龍は燃えない。だから霊験あらたかで、しかも金屋子の精《しょう》が入った火で燃やす。それが和尚の仁義なのだ。

「和尚は、女には滅法優しいからな」

それが和尚の優しさだ。和尚と教授はよいものを分け合う術《すべ》を知っていたのだ。

「人は人に、神は神に返すのね」

「そうだ。待っていてくれ」

待つわ。と、春菜は仙龍に応えた。でも、待つだけじゃなく一緒に戦う。

夕日は次第に赤さを増して、曳家の現場に風が吹き、春菜は仙龍の鼓動に温められる。桜の季節は終わったというのに揺れるケヤキに夕日が当たって、狂おしくも艶やかな色が満開の桜に見えた。ああそうか。これはサニワが見せた魂呼び桜のメッセージ。かつて仙龍と棟梁が曳いた魂呼び桜も今回の曳きを見守ってくれているのだ。桜に扮《ふん》したケヤキを見つめて、春菜はそんなふうに感じるのだった。


五月二十日早朝。ついに巨大建造物の曳家が始まる。

鉤の手に曲がった結束部分は特に脆《もろ》いが、そこに秘密の部屋がある以上、切り離して曳家することはできない。慎重を期すために曳家は日数をかけて行う。

仙龍に現場へ呼ばれた翌日から、導師たちは水垢離《みずごり》のために九頭龍神社に籠もった。残った者らが準備を進め、鐘鋳建設の工場内でも飛龍を燃やす櫓の製作が進んでいた。

櫓は宮大工の鶴竜建設が準備する。鶴竜建設のベテラン職人は、火の女神に対抗するため水の神社から集めた材を使うと決めて、ちょうど大鳥居のかけ替え工事をしていた九頭龍神社から廃材をもらい受けてきた。即時組み上げられる工夫を施し、完成したのが曳家の前日。金屋子の目に触れないよう白布で覆って製糸場の空き地へ運ばれ、機材の間に隠された。

蠱峯神の箱を下ろすタイミングで鶴竜建設が櫓を組み上げ、遺体を燃やす計画だ。小林教授のアドバイスを受けて燃焼剤は和蠟燭のかたちに整えられた。神は灯明を見慣れているので、蠟燭ならば怪しむことがないというのだ。

曳家初日。春菜は今までの隠温羅流とはまったく違う曳きを見た。

現場には坂崎家の者たちのほか、学術調査チームやパグ男が呼んだメディアもいて、市役所からも複数人が見学に訪れていた。春菜の隣で小林教授がカメラを構え、岡本や比嘉も記録書籍のデータを作るため現場に来ていた。雷助和尚はまだ戻らない。

見学者のなかにいた春菜を、滝沢が見つけて走ってきた。

「おはようございます、高沢さん。いよいよですね。ぼく、曳家を見るのは初めてなんです。高沢さんは、今日は最後までいるんですか？」

春菜は頭を振って答えた。

「いいえ、初日なので様子を見に来ただけです。このあと内装業者と打ち合わせして、それから、こちらへ誘導するサイン関係の調査をしないと。ここにいても役に立たないし」

「そうですか」

「誘導サインプランができたらお電話します。明日も顔は出しますけど」

わかりました、と滝沢は言い、

「総子さんの望みが叶ってよかったです」と、微笑んだ。

「私もとても嬉しいです」

話していると、「おお」と、教授が声を上げ、

「春菜ちゃん、来ましたよ!」

と言い置いて、あっという間に人垣に紛れた。

裸の胸にサラシを巻いて純白の法被を纏った三人の導師が、七色の幣を被って現れたのだ。見物人が息を呑み、職人たちの間に緊張が走る。

「滝沢さん、始まるみたい」

春菜は滝沢の視線を建物のほうへ向けさせた。

邸宅の前には隠温羅流の綱取り職人がずらりと並んで立っている。建物は井桁に組まれたH形鋼《がたこう》に載せられて、綱のほかにもウインチのワイヤーが取り付けてある。導師はそれぞれ建物に消え、しばらく待つと屋根の上に現れた。

邸宅には仙龍が、細長い撰繭場兼繭倉庫には、かつての鉄龍こと軔と青鯉が立っている。隠温羅流は揃いの白い姿だが、一般業者の職人たちは作業着の者もいればシャツに鳶

ズボンの者もいる。それでも全員が同じ気概を背負って立つ様は十分に壮観だ。

転と茶玉が持ち場に着いて、

「いくぞ、野郎ども」と、大声を上げた。

「うす！」と、野太い声が返る。

「ようーいっ！」

転が号令をかけたとき、春菜は棟梁のつないだ技が確かに生きているのを感じた。抜けるような空に一条の雲がいく。

職人たちが掛け合う声を聞きながら、どうか曳家が無事に済みますようにと、春菜は隠温羅流の先達に祈った。


二日目。営業部長が手配してくれた郷土史の出版社から、坂崎製糸場の変遷をまとめた書籍データの素案が届いた。まだ白紙のままのページも多いが、春菜は内容を確認して井之上や轟の意見を聞いた。プロジェクトが動き始めると、やるべきことが大波のように寄せてくる。携帯電話はひっきりなしに鳴り、会社へも電話が掛かり続ける。

現場の様子を見たかったけれど、春菜は会社を出られなかった。

四日目早朝。まだ暗いうちに、春菜は坂崎製糸場へ曳家の様子を見に行った。

誰もいないと思ったのに、現場では職人たちが今日の曳家の準備をしていた。建物は初日よりかなりセットバックして、方向を変える準備が進む。建造物が水平移動を終えて回転に入るのだ。ここからはわずかずつ角度を変えた短いレールを線路のように敷き詰めて、その上を移動させていくことになる。春菜は建物をつぶさに眺めたが、見た限りではキズもなく、鉤の手部分も変形屋根も無事に思えた。思い立って現場事務所を訪ねるとコーイチがいて、複数の会社が参加する現場なので夜間も時間を区切って作業しているのだと教えてくれた。

「春菜さんこそ、どうしたんっすか？　こんな早くに」

お茶を出してくれたので、心配で様子を見に来たのだと言うと、コーイチはヘラリと眉尻を下げて、「今のところは大丈夫っす」と言った。

「んだけど、明日が正念場っすよ。社長からも電話が行くと思うんっすけど、明日は春菜さんの力が必要になるっす」

「わかったわ」

と、春菜は頷く。

「私も水垢離してきたほうがいいのよね？　体に塩を塗り込んでくる？」

「あー……まあ」

と、コーイチは曖昧《あいまい》に頷いた。それから近くへ寄ってきて、内緒話のように言う。

「和尚がようやく戻ってきたんす。日頃から不義理してるんで、いろいろと大変だったみたいっすけど、お土産はちゃんと持ってきたっす」

それからロッカーに立っていき、視力検査に使う遮眼子《しゃがんし》のような品を持ってきた。持ち手も本体も金属製で、丸い部分に蓋がついている。

「なあに。それは」と訊くと、小声で「火種入れっす」と答えた。

丸い部分の蓋を開けると、黒っぽい石綿状の内容物に熾火《おきび》の赤さがチラリと見えた。それで春菜は納得がいった。例の火だ。和尚が弥山から持ち帰ったのだ。

「関係者で分けたんで、春菜さんもひとつ持っててください。万が一のときのために」

春菜はそれを受け取った。

現場事務所はプレハブで、二方向に窓がある。窓の外には建物が見えるが、朝日に照らされて清々しいばかりだ。

「嵐《あらし》の前の静けさっすかね」

そう言うコーイチが胸に巻く白いサラシは一部が四角く突き出して、そこに木製の名刺入れが入っている。襲名式に棟梁が墨書きしてくれた命名の文字を、春菜が彫り込んで贈ったものだ。コーイチはそれをお守りとして、曳家が始まってからずっと身につけているのだと言う。今までのところは何事もないが、それは金屋子が曳家を成功させて人々を集め、蠱峯神を崇拝させせようとしているからだ。けれどもそれでは済ませない。春菜は和尚が持ち帰ったモノを、そっとバッグに忍ばせた。

その夜のこと。春菜は仙龍に呼ばれて鐘鋳建設へ向かった。

すっかり日常を取り戻した工場内には、導師姿の仙龍たちと、協力業者が集まっていた。現場から戻ったばかりの綱取りたちは、まだ純白の法被を着ている。同じ場所に和尚も小林教授もいるので、(いよいよなんだ)と春菜は思って緊張した。

巨大建造物は水平移動を終えて回転の準備が整ったという。回転時、支点に使われる部品がベアリングの入った『茶玉』で、上下で向きを変えられるローラーを使って移動するため比較的スムーズに作業が進み、だからこそ女神を出し抜く余力が持てる。

因縁と対峙する曳きは明日こそが正念場。仙龍はそのために一同を招集したのである。坂崎製糸場に関わってからこのかた鐘鋳建設の工場は注連縄を張って盛り塩が置かれている。塩はひと晩で溶解するので毎朝新しい塩が盛られて、職人たちは仕事の前に身を清め、仕事の後にも穢れを祓う。それを毎日続けている。今、仙龍は工場の最奥に立ち、頭に被っていた七色の幣が背後に置かれている。額に縛っているのは隠温羅流の因が入った鉢巻きだけで、全員がそれを身に着けている。彼は一同を見渡して、

「段取りを確認するが、いいか」と訊いた。

四天王が仙龍の両側に立ち、向き合って社員が並んでいる。社員の後ろには関連業者の

責任者がいて、長野市周辺の曳家業者ほか鶴竜建設の姿も見える。

春菜と和尚と小林教授は、職人たちから離れた工場の隅にいた。

「邸宅の屋根裏にはひと抱えほどの箱があり、隠温羅流の始祖である導師飛龍の遺体が入っている。明日、無事に曳き終えたら箱を下ろして空き地で燃やす。そのための櫓は鶴竜建設さんに用意してもらった。重機置き場に隠してあるが、箱を下ろすまでの間に組み立ててほしい」

「五分で組み立てられるようにしてあります――」

と、鶴竜建設は言った。

「――完了の催事をする体で紅白幕を張り、幕の内部に櫓を立てます。建物の方向に幕を切っておきますから、箱を入れたらすぐ出てください。櫓の周囲に並ぶ蠟燭が燃焼剤で、導火線でつないでおきます。どの蠟燭でも、火さえつけば櫓に燃え移る仕組みです」

「風鐸が着火する」

仙龍が言うと、コーイチが一歩前に出て頭を下げた。

「どうやって箱に近づくつもりか」

隅から和尚がそう訊いた。訊きながら顔は伏せている。

「古書も文献も残っていないので懸けてみるしかないが、金屋子を箱から離す方法に思い当たることがある」

仙龍はその先を軔に言わせた。コーイチは下がり、軔が一歩前に出る。

「鉤の手になった連結部分は内部が部屋になっていて、蠱峯神がいる屋根裏と通風口でつながっている。倉庫側は漆喰で塗り固められているが、こちらはただの中土だ。曳家が終われば漆喰を剝いで部屋を開ける」

茶玉が続ける。

「中土だからレシプロソーを使えばものの数分で入り口は開く」

その役を担当する職人を見て言った。

「壁はなるべく外側に倒せ。中は婚礼の準備がしてある」

再び仙龍が先を続ける。

「その部屋に入って金屋子を呼ぶ。おそらく蔵之介氏も、蠱峯神を分けるときに同じ方法を使ったのだと思う」

「どう呼ぶか皆に説明をせい」

和尚に言われて青鯉が、涼しげな目をして「血です」と答えた。

「部屋の祝い膳に三三九度の盃があり、盃には血を注いだ跡が残されている。なので、部屋に入ったら、盃に血を注いで神を呼びます」

青鯉は頭の後ろに手をやると、額に縛った隠温羅流の鉢巻きをほどいた。

軔も仙龍もそれに倣《なら》うと、転と茶玉がお盆に小刀を載せて持ってきた。仙龍が言う。

「金屋子は死の穢れと血を好む。導師の血ならひとしおだろう」

小刀を取って手のひらに当て、グッと押しつけて傷を作った。傷口から流れ出る血を白い鉢巻きに吸わせると、続いて軔が、そして青鯉が、同じように自分の血で鉢巻きを染めた。茶玉が持ったお盆に三本の鉢巻きが並ぶと、彼はそれを春菜のところへ持ってきた。

春菜は戸惑い、仙龍を見た。傷つけた左手を拳に握って仙龍が言う。

「部屋に入って金屋子を呼んでくれ。血を酒に溶いて盃に入れるんだ」

「案ずるな。明日は儂がそばにおるゆえ」

と、和尚が言った。

「わかったわ」

春菜が答えると、転は三本の鉢巻きを手早く白布に包んで春菜に託した。

「消えずの火は風鐸と、サニワの娘子《むすめご》と、儂が持つ。他の火では燃えまいから不浄の薪でも燃えるまい。どうあっても櫓に積んで燃やさねばならぬ」

「大事な遺体が燃えたなら、金屋子さんはどうするでしょうねえ」

小林教授が小さな声で呟いた。仙龍が言う。

「おそらく荒ぶる。荒ぶるとしても諦めるほかはない。飛龍の遺体が妄執の元だ。それを失えば神に還るほかないとして、実際に何が起きるかはわからない。だから皆は敷地を離れて逃げてくれ。鶴竜建設さんも櫓を組み上げたら逃げてくれ。そこから後は隠温羅流の仕事だ」

業者に背中を向けていた社員らは、一斉に踵を返して関連業者と向き合った。

「心から感謝している。明日もどうか力を貸してほしい」

仙龍の言葉で隠温羅流の職人たちが頭を下げる。春菜も一緒に頭を下げた。

明日。どうか万事が上手くいきますように。


体中に塩を塗り、冷たいシャワーを頭から浴びて、春菜は朝食にミネラルウォーターを一杯飲んだ。何が清浄で何が不浄かわからないので真新しい下着をつけてから、鏡でオオヤビコの痣を確認した。髪を整え、薄く化粧し、動きやすさを重視して服を選んだ。ブラウスではなくプルオーバーにすると鎖骨の痣が丸見えになったが、有事につき、よしとした。棟梁の手帳を出して胸に抱き、「行ってきます」と呟いた。

棟梁の四十九日の、本当にギリギリになってしまった。

作業用のウエストポーチを腰に巻き、大切なものはそちらに詰めた。導師の血を吸った鉢巻きに、スマホに数珠に火種入れ。火種入れから火を移す方法は、昨晩何度も練習をした。何かに移して着火する暇はたぶんない。けれども火種入れの蓋を開け、火口《ほくち》を載せてフッと息を吹きかければ着火する。春菜はそれを何度も試した。

他に必要なのは血を溶く清酒だ。買っておいたそれを冷蔵庫から出して持つ。

準備が整ってから家を出た。アーキテクツへは出社せず、直接現場へ行く予定だ。井之上にはその旨伝えてあるし、井之上も来ると言っていた。

運転席に乗り込むと、春菜は、「よし」と自分に言った。試験会場へ向かうような、二度と同じ世界へ戻ってくることができないような、奇妙な緊張で体が震える。

今日、大屋根の天辺《てっぺん》に立つ仙龍を、私は黙って見ていられるだろうか。

「棟梁」と、バックミラーを覗いて言った。

棟梁……けれど後の言葉が浮かばない。春菜はエンジンをかけて出発した。

曳家最終日。

坂崎製糸場の上空は澄みきっている。現場へ向かう道中で、住宅地や河川で泳ぐ鯉のぼりを見た。上田市や白馬村では六月まで鯉のぼりが泳いでいる。空には形のない雲が流れて、駐車場に着いたとき、ケヤキの葉が揺れていた。

坂崎製糸場は操業の手をしばらく止めて、従業員らが見守る中で最後の曳家が始まった。工事に手を貸してくれた業者らも勢揃《せいぞろ》いして、人々が息を呑むなか三人の導師が屋根に立つ。儀式と工事が一体になったかのような隠温羅流の曳家は評判を呼び、近隣住民が見学に押し寄せたほか、長坂までもが顧客を連れてやってきた。地元テレビのクルーもいれば役所の関係者らも揃っている。

職人たちが持ち場について、仙龍が御幣を振り上げたとき、

「そーれっ！」

と職人の声が上がって、綱取りが建物を回し始めた。巨大で重い建造物が滑るように向きを変えていく。屋根の上では導師が跳ねて、建物の声を聞いている。その声は御幣の動きで職人に伝わり、動いては止まり、調整を終えてまた動く。

これが終われば一気に攻める。緊張しながら曳きを見ていた春菜のところへ、サラシに鳶ズボン姿のコーイチが駆けてきた。純白の法被は腕にからげて抱いている。

「春菜さん、ちょっと」

と、コーイチは言った。

「どうしたの？　綱取りは？」

人混《ひとご》みから抜け出して訊くと、

「ちょっとマズいかもしれないんすよ」

コーイチは深刻な顔で言う。

「マズいって？」

「あの部屋っす。あの部屋の壁に、黒沢って人が火を点けちゃったじゃないっすか」

「だから？」

コーイチはスマホを出して文字を打つ。金屋子に聞かれないよう用心したのだ。

——壁が崩れそうなんす——

春菜もスマホを出して答えた。

——どうせ曳家がすんだら崩すんでしょう——

——だけど　急に今　崩れそうなの　ヤバいじゃないすか——

「不穏ってこと?」

声に出して訊くと頷いた。コーイチが高速で文字を打つ。

——あれはアレの神聖な部屋っすよね　壊されるなんて禁忌っす　俺たちが壊すのももってのほかだけど　人の分際が手を出して　人目に晒されるの　絶対に　許すはずないすでも　今はまだ鎮まっててもらわないとマズいっす——

春菜も文字を打ち返す。

——どうしたらいい?——

コーイチは目をしばたたき、小首を傾げて、小指の先で瞼を掻いた。

巨大建造物は動いている。三人の導師の艶やかな幣が風をはらんで炎のようだ。法被の裾《すそ》がたなびいて、御幣を振る手を職人たちが見上げている。

曳家のとき導師には建物が神懸かる。だからこそ全霊で建物の軋みを聞き取って、曳き手にそれを伝えることができるのだ。現代の曳家がレーザーや機械で確認する建物の傾きや重心の乱れを、往時は導師がそうやって見た。コーイチはスマホに打ち込んだ。

――鶴竜さんに話して櫓の準備を進めておくっす　あと　生臭坊主は　どこ？――

「人のいないところにいるはず」

そう言って見回すと、人垣から遠く離れた物陰《ものかげ》にサングラスをかけて立っていた。

「おおーっ！」

と、そのとき前方で悲鳴が上がり、五階建て倉庫の上に立つ青鯉の体がぐらりと揺れた。さっきまで爽やかだった風に蟲の臭いを嗅いだ気がする。青鯉は姿勢を正し、三人の導師が視線を交わす。七色の幣に隠れた仙龍の口元がキッと結ばれるのを春菜たちは見た。

「やっぱヤバいっす」

言うなり、コーイチは走り出す。春菜も心臓を錐《きり》で突かれたような気がした。近くでシャッターを切っていた小林教授にバッグを預け、酒の瓶《びん》をひったくって物陰の和尚を呼びに行く。

「え？　春菜ちゃん、どうしたのですか」

教授の声が聞こえたが、返事をしている間などない。走って、走って、走っていくと、和尚がギョッとした顔をこちらに向けた。サングラスを外して訊く。

「どうした娘子」

コーイチは裏の空き地へ走っていくと、あっという間に戻ってきた。

「赤い部屋の壁が崩れかけているって、風鐸が」

「なんと！」

駆け出す和尚にコーイチが追いついてきた。

「櫓と祭壇を組み始めたっす。ヤバいっすよ、ああもう、なんか、ヤバいっす」

春菜は建物の屋根を見た。御幣を振り上げている仙龍と目が合った。オオヤビコが懸かっているのか、それとも今は金屋子が足下に蟠《わだかま》っているのだろうか。どうでもいいけど、壁が崩れかけていることを、なんとしても仙龍に伝えなければ。

……妾《わらわ》の殿を崩すなよ……曳家が無事に終わらなければ、妾は此奴《こやつ》らを真《ま》っ逆《さか》さまに突き落とすぞよ……

金屋子の声がする。

……そうれ、それ……家を曳くのじゃ。そして村下の啓明を神に祀って妾によこせ……

走りながら何度も屋根を見る春菜に気付いて、仙龍が頷いた。その足下には黒い鎖が巻き付いている。鎖は隆々と猛《たけ》り狂《くる》って、仙龍の体に巻き付いていく。

うそ、なんで？　と、春菜は思った。金屋子はこの曳きを成功させたいはずじゃなかったの？　蟲峯神を神として祀らせるために。なのにどうして仙龍を縛るの。

――守屋家の曳家職人は、亡くなるとご遺体が火を吹くんすって――

コーイチの言葉が脳裏を過ぎり、春菜は金屋子の魂胆に気がついて、一気に血の気を失った。この曳きが終われば金屋子の望みは成就する。そうなればもう、金屋子は隠温羅流に用がないのだ。守屋家の曳家職人の遺体を燃やして我が物としてきたように、仙龍の命も肉体もまた、その場で屋根から引きずり落とし、奈落へ持ち去るつもりなのでは。

仙龍もそれに気がついたんだ、と春菜は思った。私が知らせようとして、仙龍も知らせようとして、だから視線が絡み合ったのだ。

その時だった。仙龍の御幣は見たこともない動きをし、構造物はキシキシと鳴りながら、やがて静かに回転を止めた。

コーイチもまた、その一瞬を見逃さなかった。レールと枕木をハードルよろしく飛び越えて、曳家中の撰繭場兼繭倉庫へと走り込む。普段から山奥を駆け回っている雷助和尚も、老齢とは思えぬ動きでそれに続いた。基礎と切り離された建物は内部に補強が施されている。コーイチは身軽に飛び込んでいったが、追いかける春菜には難しい。慎重に中へ入ると内部はあまりに暗かった。ジ……ジジジ……プツ……と、音がする。

「こっちっす！」

闇の奥からコーイチが呼ぶ。春菜は酒瓶を和尚に押しつけてポーチをまさぐり、スマホのライトで内部を照らした。連結部分の漆喰壁に不気味な亀裂が走っている。割れ方がとても奇妙で、自然な亀裂のようには見えない。

「これは為たり」

と、和尚は唸った。亀裂の奥が真っ赤に照って、漆喰の焦げ跡が炎のようだ。和尚と青鯉が貼ったお札も剝げて、隙間から瘴気が吹き出している。

「おーい」

と、外で関連業者の声がした。

「どうしたー？　大丈夫かー？」

入り口からヘルメットを被った頭がひょっこり覗く。とたんに雷助和尚が怒鳴《どな》った。

「誰も中へ入るでない。出ろ、出ろ！」

ヘルメットはすぐさま引っ込んだ。部屋から噴き出す瘴気は回転しながら紐状になり、黒い蛇のようにのたうち始めた。それが隙間から這い出そうともがいている。

これこそが金屋子の精なのだ。それがあまりに強すぎて、自ら壁を壊そうとしている。秘して聖域としてきた部屋の壁を自ら壊すその意味は、それを見た者すべてを殺す気だということだ。それが女神の本性だ。和尚は中空で九字を切り、手のひらにツバを塗りつけて漆喰壁に押しつけた。ジュッと音がして肉が焼け焦げる臭いがした。

「ぐぬうぅぅうっ」

と和尚が呻《うめ》く。割れ目の向こうが燃えているのだ。溶岩のように滾《たぎ》っている。

「ひい、和尚!」

コーイチが悲鳴を上げて、壁から手を引き剝がそうとする。

「かまわぬ! 見ておれ」

雷助和尚は気を吐いて、もう片方の手を口元に置き、二本指を立てて何事か唱えた。するとみる間に亀裂は塞がり、代わりにふるふると建物が揺れた。和尚がガクリと膝をついたとき、壁に置いていた手は真っ赤に焼《や》け爛《ただ》れていた。

「酷い、早く手当を」

「かまうな。それよりコーイチよ」

和尚はコーイチを見上げて言った。

「決断の時がきたようじゃ。火付けの炎と放火男の邪気を吸い、金屋子は息を吹き返したぞ。儂の呪も長くは保つまい。やるべきことをやるしかないと仙龍に伝えよ」

「うっす!」

と、コーイチが頷いたとき、ゴゴゴゴゴ……と建物が揺れ、和尚が塞いだ土壁に再び亀裂が生じ始めた。

「行けぃ、風鐸!」

と、和尚が叫ぶ。壁は内側から膨《ふく》れ上《あ》がって、今にも破裂しそうな勢いだ。

コーイチは階段を駆け上がっていった。

「ダメよ、壁が崩れるわ」

「承知の上じゃ。仙龍に危機が伝わればよい。娘子よ、酒を持て。急げ！」

火傷《やけど》の手当をするのだと思って酒瓶を出すと、和尚はそれをひったくり、口に咥《くわ》えて封を切り、傷にかけずにグビグビ飲んだ。

「なにやってるのよ」

春菜は酒を奪い取り、火傷に注いでハンカチで縛った。中身が半分に減っている。

「よいか娘子、よく聞けよ。間もなく壁が崩れるで、入って盃を持って出よ。あと、婚礼布団の中に箱がある。それも同じく持って出よ」

「箱？ 布団の中に？」

「左様」

「どうしてわかるの」

「スケベゆえ、まあそれはよい。敵は滾っておるぞ。神の道理は人とは違う。このままでは屋根から精が出て見物人の瘴気を吸い取るぞ」

わかっていても、和尚にそう言われると春菜は恐怖ですくみ上がった。建物が大きく揺れて壁が裂け、春菜と和尚の目の前に真っ赤な部屋が現れた。照明もないのに内部の様子がクッキリ見える。あたかも溶鉱炉の中のようだ。

「行け、取ってこい」

春菜は弾丸のように飛び込んだ。

婚礼布団を剝ぐと和尚が言った箱がある。軽々しく開けぬよう赤い組紐で縛られた絢爛《けんらん》豪華《ごうか》な手箱である。春菜は祝い膳にも目をやると、躊躇《ためら》いもせずに手箱の組紐を解いて蓋を開け、そこに盃を摑んで放り込み、祝い膳は小脇に抱えて飛び出した。

「なんと乱暴な、玉手箱を開けるとは!」

驚愕して和尚が言うと、

「こうしなきゃ持てないんだから仕方ないでしょ」

春菜は和尚を追い立てて、揺れる建物から脱出した。

外では業者が呆気《あっけ》にとられて空を見ている。五階建て倉庫の上には二人の導師と、最上階から屋根に登ったコーイチがいる。導師に危機を知らせているのだ。

「なら、曳きはどうする」と、青鯉が訊いた。

「続けてください」と、コーイチが言う。

「あっちはどうする」と、軔も訊いた。

「そっちは俺がなんとかするっす」

そして再びコーイチは、窓から入って階段室へ戻った。建物はまだ揺れている。軔は御幣を握って天空を仰いだ。そして、

「いくぞーっ」

と、大空に叫んだ。巨大建造物は一心同体、邸宅の屋根で仙龍も、同じように御幣を振り上げた。綱取り職人は綱を持ち、業者もウインチに取り付いた。

「そーれっ！」

レールの上を再び建物が動き出す。見物人は息を呑み、春菜と和尚もそれを見る。真っ黒で鎖のような金屋子の瘴気が、もうもうと建造物の壁を這っていく。

「どうすればいいの」

春菜は考えてあたりを見回し、そして空き地に目を留めた。

鶴竜建設は櫓を設営し終えてくれた。紅白幕に囲まれて、火を焚く準備が整っている。曳家に目を転じれば、五階建て倉庫の上にコーイチはもういない。と、思う間に、彼は建物を飛び出してきた。今度は法被を纏っている。

「春菜さん、俺、飛龍さんを連れにいきます」

叫ぶが早いか走って消える。

仙龍は変形屋根の上からそれを見ていた。

計画どおりに事は運んでいないのだ。おそらく黒沢が火を使ったために、金屋子の力が増大してしまったのだ。強欲にも似た妄執が肥大化して、建物内部から噴き出している。

壁を伝って屋根に来て、自分の足を縛っている。青鯉と軔の足下にもそれがあり、轟々《ごうごう》と渦巻いているのがわかる。建物は瘴気を厭い金屋子を怖れて、曳家で命をつなぐことを諦める。そうなったら曳家はできない。建造物は軀体《くたい》から壊れて崩れ落ち、我々は死ぬ。

仙龍は春菜と目が合った。

生きて帰ると約束をした。足下から瘴気が染みてくる。さっきまではオオヤビコの力を感じたが、今は諦めの声が聞こえる。

「うわーっ！」

と、悲鳴のような声がして、変形屋根に立つ仙龍の、七色の幣が千切れはじめた。黒い瘴気が仙龍を縛り、彼はガックリ膝を折る。もはや瘴気は黒雲のように膨らんで、建物から地面までひとつながりになっている。ずり……ずり……それは奈落《ならく》へ向かって動く。仙龍から怨毒を吸い取れないなら、肉体ごと奈落へ引き込むつもりだ。

「いかん」

和尚が呻いた次の瞬間、変形屋根が真っ赤に光り、金屋子の声がした。

……婚礼の部屋を侵したな……あれを戻せ……盃を返せ……。

春菜の耳には声であったが、実際は、真っ青な空からにわかに降った稲妻が製糸場の敷地内に炸裂《さくれつ》した音だった。その衝撃で、見物人が何人か倒れた。

コーイチは仙龍が立つ邸宅の階段で閃光《せんこう》を浴び、雷鳴を聞いた。それでも脱兎のごとく二階へ上がり、廊下を走って執務室へと飛び込んだ。ガランとした室内は屋根裏へ上がる秘密の扉が剝き出しになっている。足下の壁を蹴ってからくり扉を開けた。

目の前にあるのは粗末《そまつ》な階段だ。その上に鏡張りの部屋がある。長い法被を背中にからげ、コーイチは階段を上がった。

落雷に次いで春菜は人々の悲鳴を聞いた。何人かの見物人が地面に倒れ、転げ回りながら顔や体をかきむしっている。金屋子が瘴気を吸い取り始めたのだ。建物が振動し、古い材が軋み始める。

「うわーっ！」

と、職人の悲鳴が上がる。重機と建物をつないでいたウインチが切れたのだった。

五階建て倉庫の上では青鯉と軔がなすすべもなく立ち尽くしている。

そして邸宅の屋根の上では、仙龍が今にも引きずり落とされそうになっていた。彼は歯を食い縛り、何度か春菜のほうを見る。行け！　と、声が聞こえた気がした。

コーイチは目眩《めまい》で足を踏み外しそうになった。変形屋根の内側に張られた鏡が空間を歪めて平衡感覚がずれていく。歯を食い縛って最上段に手を掛けたとき、焼きごてを押しつけられたように手が燃えた。階段を転げ落ち、床にしたたか頭をぶつける。再度階段に取り付くと、天井に張られた鏡におぞましいモノが映っていた。春菜が言っていたとおり、鋼だと思った。真っ黒で、ゴツゴツしていて、内部が赤く燃えている。それが呼吸するかのように、ふうぅ、ふうぅ、と蠢《うごめ》いているのだ。

金屋子の瘴気は外部に溢れ、職人たちは呆然《ぼうぜん》としてそれを見上げた。

建造物が動かなければ導師は建物の声を聞けず、その霊力も操れない。曳きがなければ導師はただの職人だ。仙龍は覆い被さる瘴気に抗おうともがいている。神宿る幣が千切れていき、手にした御幣を振ることができない。

「だめよ、曳いて、建物を曳いて」

叫んだとき、誰かが肩に手を置いた。

振り返って春菜はギョッとした。

三人の導師は屋根にいるのに、そこにも導師がいたからだ。

純白の法被に七色の幣、キリリと唇を結んだその人は、春菜を押しのけて前に出た。

「若！　踏ん張りどこだよ、しっかりしなせえ」

死んだはずの棟梁の声が、稲妻のように空から降った。

職人たちは打たれたように綱をとり、業者は声がしたほうを見た。そこでは落ちそうになっていた仙龍を一人の導師が支えている。

「昇龍さん」

と、春菜は呟く。そうよ、さっきのあれは仙龍の父親、昇龍よ。

五階建て倉庫の上では、青鯉と軔のそばにも数人の導師が立ち上がっていた。等しく純白の法被を纏い、七色の幣を被って、手には御幣を持っている。

ウインチが切れて綱取り職人だけになった曳家師のもとへ駆け寄っていく者たちがいる。それぞれが純白の法被を纏い、職人たちと綱を持つ。

彼らの先頭に立ち上がったのは、死んだはずの棟梁だった。

「負けるんじゃねえぞ、野郎ども！」

いつもどおりの破《わ》れ鐘《がね》のような声で怒鳴ると、

「おう！」

と、職人たちは全霊で応《こた》えた。

春菜は魂が震える気がした。同時に言いようのない力が自分の中に滾るのを感じた。その力は金屋子が燃やす執念の火より、もっと、ずっと、強くて熱い。春菜はきゅっと唇を嚙み、迷うことなく金屋子の瘴気のさなかに突っ込んで行った。

コーイチは再び階段を上って、屋根裏に蠢く鋗を見ていた。

二本の柱の下に箱がある。箱は赤い紐で括られて、その上に鋗が載っている。自分の使命は死ぬことではなく、隠温羅流を解放することだ。胸のお守りに手を置いて、呼吸と心臓の鼓動に意識を集中していると、外で大きな声がした。それは棟梁の声だった。

負けるんじゃねえぞ、野郎ども！

コーイチもまた屋根裏部屋に躍り出た。

屋根の上では仙龍と昇龍が、そして歴代の導師たちが、再び幣を振り始めていた。

「そーれ！　そうーれっ！」

掛け声は天空から地上へ降り注ぎ、巨大建造物は再び静かに滑り始めた。

春菜は見物人の中にいた長坂の許へ駆け寄った。何人かと一緒に長坂も倒れ、のたうちながら体中をかきむしっている。金屋子は怒りに突き動かされると周りが一切見えなくなるようだ。長坂の頰には穴が空き出している。春菜がそれを両手で塞ぐと、次には額に穴が空き、そこを塞ぐと腕に空く。このままでは死んでしまう。春菜は叫んだ。

「ダメよ、自分を卑しんじゃダメ！　所長は腕が確かなの。言ったことないけど最高の設計士だわ！　みんなあなたが必要なのよ」

苦しみに目を見開いて、長坂はかすかに笑った。

「バカ！　笑ってる場合じゃない、生まれてくる赤ちゃんどうするの！」

そのとき一人の女が春菜を突き飛ばして長坂の体に覆い被さった。婚約者の『ノリちゃん』だ。彼女は体全体で、必死に長坂を庇っている。

「行け、春菜ちゃん」

と、パグ男は言った。なぜか幸せそうに微笑みながら。

「そーれ！」

と、綱取りの声がする。春菜はキッと顔を上げた。

和尚は空き地へ突進していた。紅白幕で囲われた敷地には飛龍を燃やすための櫓がある。しかし蠱峯神の箱はまだ来ない。金屋子が張り付いているからだ。

和尚は手箱を膝に抱えて紅白幕の外へ祝い膳を運び、蠱峯神の箱が通る切れ目の反対側の地面に置いて三三九度の盃を載せた。それから手箱を抱えて紅白幕の中に入ると、櫓の前に立って箱を見た。

手箱に入っていたのは白い鳥の死骸と、粗末な藁で括った黒髪だった。

「なるほど白鷺に乗った金屋子姫とな」

蠱峯神の箱を置く櫓の下には九頭龍神社の薪が詰め込んである。薪は燃焼剤が染みこんで、薬品の臭いがする。和尚は薪を少し出し、空いた隙間に手箱を押し込むと、再び薪を詰め込んだ。

「白鷺の死骸と女の髪と、それを依り代に信州まで来たか。怨嗟《えんさ》と怨毒のみの愛は辛かろう。縁は円。怨嗟を発すれば怨嗟が返る。可愛《かわい》い女子が苦しむ様は哀れである」

南無南無南無……と経を読み、振り向けば春菜がこちらへ駆けてくる。

「たしかにのう。人の意見を聞きもせぬ、生意気で強情っ張りのサニワを選んだまではよかったが、娘子の本意を舐めておったな」

和尚は春菜を呼び寄せた。

「こっちじゃ、急げ！」

金屋子神をここへ呼び、飛龍の箱と切り離す。春菜はウエストポーチから血まみれの鉢巻きを取り出した。そーれ、と隠温羅流の声がする。櫓の裏へ回り込み、用意された祝い膳の前に跪《ひざまず》く。和尚も酒瓶を持っている。

「金屋子姫、聞いて。あれは人間の職人の声よ」

言いながら春菜は血濡れの鉢巻きを盃に置く。和尚がそれに酒を注いだ。

「人は脆くて危ういけど、傷つきながら変わっていくのよ。けれどあなたは変われない。妄執に囚われたまま抜け出すことができないの」

酒は鉢巻きから血を吸い出して、盃の中が赤く染まった。春菜は言う。

「だからあなたは苦しんで、周りまで苦しめてしまうのよ。でも、私が救ってあげる」

盃から鉢巻きを取って三段に積み、春菜は叫んだ。

「金屋子姫！　ここに導師の血があるわ」

背後でザッと音がして、見れば鶴竜建設の職人たちが逃げることなく集まっていた。和尚も懐《ふところ》から火種入れを出し、飛龍の亡骸を燃やす準備は整った。

春菜は彼らに頷くと、さらに大きな声で叫んだ。

「来なさいよ！　でなきゃ私が盃を交わすわよ！」

そのとき、春菜の目前に溶岩のような顔が迫った。

……おのれ小娘、そこを退《ど》け。

煮えたぎって溶けた鉄に胸ぐらを摑まれて、春菜は地面に押し倒された。

屋根裏から鉧が消え、コーイチは箱に取り付いた。赤い組紐をカッターで切り、木箱の蓋に手を掛ける。「むっ」と一気に引き開けたとき、コーイチは見た。

箱の中には、蠟のように変じて灰色になった男の死骸が入っていた。胸の前で両膝を折り、自分を抱くように腕をクロスし、頭部を大きくのけぞらせている。その顔は苦悶《くもん》に歪み、悲鳴のように口を開け、閉じた瞼は顔面に溶け込んでいた。両足の指はすべて切り取られ、手の指も第一関節から先がない。おぞましい姿ながらも容姿は守屋家の男たちに似て、コーイチは棟梁のことを想った。

咄嗟《とっさ》に法被を脱ぐと遺骸に被せ、雛《ひな》の形に固まったそれを背中に担いで、痛ましさに胸が張り裂けそうになりながら、一気に階段を駆け下りた。

そーれ、と職人の声がする。いつの間にか掛け声は、観衆のそれと混ざり合う。

金屋子は春菜を押しのけて三三九度の盃に覆い被さった。春菜は地面からそれを見ていた。こうしてみると金屋子は確かに女の姿をしている。皮膚が鉧そっくりで、髪は燃え立つ炎であっても、産み増える宿命に満ち満ちている。それが金屋子の精なんだ。これは産むために生まれた神で、神とはそういう存在なんだ。溶岩のような手で盃を持ち、浅ましく背中を丸めて炎のような舌を出し、貪るように血を舐めている。

「春菜さーんっ！」

と、コーイチの声がした。それがなにを意味するか、聞かずとも春菜にはわかっていた。和尚の姿がフッと消え、春菜は金屋子のそばに取り残された。どうする？　女神を足止めしないと。考えて、春菜は言う。

「そうやって血を吸ったのね？　村下が死ぬと血を吸った。遺体も誰にも渡さなかった。だから飛龍は、魂だけが遺骸を離れて流離《さすら》って、苦しみのあまり鬼に変じようとしていたのね。鬼の名前はオオヤビコ。字は玄長《げんちょう》、幼名はトク、啓明を名乗り、号は飛龍」

金屋子神は振り向いた。赤黒い鉧の中から恐ろしい目で睨んでくる。

……なぜにその名を知っている。

「私が諦めの悪いサニワだからよ。飛龍の遺骸を神に祀って男女二体の蠱峯神となり、未来永劫添い遂げるために、私をサニワに選んだのよね」

言い終わるか終わらないかのうちに金屋子の爪が喉《のど》に触れ、春菜は呼吸ができなくなった。もっと言ってやりたいことがある。そっちが妄執と怨嗟の神だというのなら、こっちは人間の女よ、舐めないで。けれど金屋子の触れた喉は見る間に腫れて、顔に血液が充満し、心臓は煙を噴き上げているような気がした。

ああ、このまま焼け死ぬのかな。

春菜がそう思ったとき、紅白幕の裏側に飛龍を担いだコーイチが到着した。

コーイチの背から櫓の上へ。鶴竜建設の職人たちは素早く飛龍の遺体を運んだ。定位置に置くと法被を剝ぎ取り、和尚が導火線に火を点けた。櫓を囲んでずらりと並ぶ蠟燭をコーイチが端から蹴り込んでいくと、その火はたちまち薪に引火し、櫓は炎に包まれた。弥山の炎と九頭龍神社の水の薪が、飛龍ともども金屋子神を焼いていく。

体がフッと軽くなり、春菜は金屋子が後ずさるのを見た。

黒々と皮膚が燃え、その苦しさに女神は叫んだ。

悔しや、おのれは何をした。

紅白幕の内側が火の色に光る。春菜は地面に倒れたままで、櫓に火がついたことを悟った。鎖骨のあたりが激しく疼き、春菜は口から血を吐いた。苦しくて喉に触れると、ヌルリとした。そこに心臓があるかのように痣が脈打ち、夥しく血を噴いている。痣を見て金屋子神は雄叫《おたけ》びをあげた。噴出する溶岩のような叫び声だった。

……そのしるし……なぜそれを……なぜそれを……おのれがその身に纏っているのか。

金屋子姫が泣いている。

……それは妾と村下の婚姻の印。村下に刻んだ呪いの印。妾と、村下と、蟲峯神の因であるものを……それがどうしておのれの体に……。

飛龍を焼く炎は空を染め、金屋子の体からも煙が上がった。あのとき咄嗟に開けただけの手箱の中身は知らないが、蟲峯神は大きな箱と小さな箱に入ってきたと言う。和尚は飛龍の遺体と共に、小さな手箱も燃やしているのだ。

金屋子は苦しんでいる。悲しんでいるのかもしれない。与えることが愛だと思い、当然のように見返りを求めた。村下と通じて鉄を産み、産み出すことが宿命になった。村下は産むための道具のひとつ。だから裏切られたことが許せないのだ。

「あなたに言いたいことがある」

春菜は口に溢れた血を拭い、その場にゆらりと立ち上がる。

そーれ！　と職人の声がする。飛龍を焼く炎の奥に、邸宅の屋根が近づいてくる。

「あなたは村下を愛したと言う。でも、人はそれを愛と呼ばない」

妬《ねた》ましや……妬ましや……おのれがどうしてその因を……どうして妾の邪魔をする……。

「そんなのは愛じゃない、人はそれを欲と呼ぶのよ！」

人差し指を突きつけたとき、金屋子はつんざくような悲鳴を上げた。体全体から火を噴いて、ぼろぼろと皮膚が剝がれていく。やめろ！　と女神は叫び続ける。和尚が読経する声が朗々と響き、炎はやがて白い煙になって、天空に向かって伸びていく。ぐつぐつと煮えていた金屋子の体は、錆びた鉄が剝がれるように次第に崩れ、そして、春菜の体にも異変が起こった。痣が千切れて舞い上がり、天空で光に変わったのだ。

櫓のあたりから黄金の光が噴き上がり、サーチライトのように空を照らした。吉備の中山で見た光の柱そのままにどこまでも高くそそり立ち、それを見上げる春菜の目の前に、オオヤビコが立っていた。今はもう、長い手足が折れ曲がった蜘蛛のような姿ではない。豊満に揺れる幣を被って御幣を手にした導師の姿。その顔は棟梁に似て、唇に笑みを湛《たた》えていた。

「オオヤビコ……」

そう呼ぶのが正しいのか、春菜にはよくわからない。

でも、彼の冥福《めいふく》を祈ればこそ、春菜はその名を呼び直した。名は祈り、名は存在、そしてその者の生き様だ。

「字は玄長、幼名はトク、啓明を名乗り、号は飛龍。あなたは人で、神ではないわ」

飛龍は深く頭を下げて、足下からサラサラと崩れ去り、あっという間にどこかへ消えた。春菜はくずおれ、今さらながらに全身が震えた。焼け爛れた腕と体から皮膚と血液と体液が流れ出ていくようで、自分の体を抱いたとき、そこには傷も、火傷もなかった。

「春菜さん」

コーイチが飛んでくる。春菜は思わず両腕を伸ばし、コーイチと、その隣に来た雷助和尚の体を抱いた。二人の体は紛れもなく、ただの人間のそれだった。


巨大建造物は新しい基礎の上に立ち、屋根にいた三人の導師も、振り上げた御幣をついに下ろした。導師の数は三人で、仙龍の父の昇龍も、歴代導師もどこにもいない。綱を引いてくれた先人たちも棟梁の姿も消えて、澄み渡った空の下、五月の風がそよいでいた。

「春菜ちゃん、コーイチくん、和尚さんも、凄かったですねえ、見ましたか?」

カメラを提げた小林教授が、春菜のバッグを抱えて走ってきて、空き地でまだ煙を上げている櫓の燃えかすと、髪を振り乱した春菜たちを見た。

「おやおや……皆さんはどうされました?　こちらも大変だったようですが、どなたか写真を撮りましたでしょうかねぇ」

「ふっ」

と和尚が吹き出して、コーイチと春菜は顔を見合わせ、そしてみんなで笑ってしまった。導師が屋根を下りてくる。綱取り職人が歓声を上げ、見物客から拍手が起きる。鶴竜建設の人たちもやってきて、春菜たちは全員で曳家の場所へ戻っていった。

「隠温羅流の因にあった三本の爪はね」

春菜は言う。

「あれは金屋子姫と飛龍と蠱峯神の象徴だったのよ。飛龍の遺骸が金屋子に囚われてしまったから、魂だけが抜け出してオオヤビコとなり、歴代導師に懸かっていたの。こうして時が満ちるまで、その謎を解ける者はいなかった。隠温羅流の名前も、号も、因も、すべてが因縁を解くための設計図だったのよ」

「幸甚講に祀られた飛龍さんを追っかけて奥出雲を飛び立ち、奉ずる信者を失ったから、金屋子さんも力をなくしていたんすね」

「そういうことになりましょう。金屋子神社の崇拝は安部氏の遺体が集めている。たとえ蠱峯神が崇拝されても、飛龍さんと一体で祀られる限りは、金屋子さんが崇拝されているとはいえないわけですからねぇ」

「まこと縁とは不思議なものよ」

と、酒臭い息を吐きながら和尚が言った。

「金屋子は男女二体の一神にならんと欲した。而してその野望は導師仙龍を愛した娘子によって崩された。これが因果でなくてなんであろうか」

和尚に愛を語られるのは厭だったけど、そのとおりだと春菜は思った。もしも仙龍を愛さなかったら、金屋子の魂胆に気付けずに、蠱峯神を祀っていたことだろう。

「隠温羅流の呪いは愛が生み出したものですからして。飛龍さんが人の女を愛し、神がそれに嫉妬して……」

「愛に始まる因縁を、結局は愛が解いたのじゃ」

「和尚にしちゃ上手いこと言ったっすねぇ」

コーイチが笑ったとき、建造物の前で春菜たちを待つ仙龍ら導師の姿が見えた。

幣の千切れた仙龍は、それでも両足を踏みしめて、大地に雄々しく立っている。両側にいる軔と青鯉も憑物が落ちたような顔だ。仙龍は春菜たちに目を細め、少しだけ口角を上げた。

彼岸に渡った導師たちと同じ出で立ちは、部下に悲しみを背負わせないため自分の代で因縁を断ち切る決意をし、そのために闘ってきた男の姿だ。斜め後ろに棟梁がいなくても、春菜にはもうわかっていた。人が人と真剣に関わるときには、命も寿命も超えた何かが、残された人たちに宿るのだと。

誰かがパチパチと拍手を始め、それが次第に広がって、見物人や、職人たちや、導師も春菜たちも加わった。互いが互いを称える音は、主《あるじ》のいなくなった変形屋根を駆け上り、風に乗って広がっていった。

エピローグ

その年の秋。

築山の紅葉が五色《ごしき》に変わり、遠くの山々に初冠雪が望めるようになった頃。ギャラリーとして生まれ変わった幸甚館脇の撰繭場兼繭倉庫では、建造物とそれを守る人々と伝承に光を当てた展示会が開かれていた。

初の企画展は、主催者が坂崎製糸場と信濃歴史民俗資料館で、バックアップをしているのがアーキテクツと隠温羅流だ。そして早くも来年の夏には、東按寺の怨毒草紙をテーマにした企画展を、その道のエキスパートである清水《しみず》教授が開催することが決まっていた。

五階建ての撰繭場兼繭倉庫は一階フロアがギャラリーと展示室に生まれ変わって、坂崎製糸場の歴史的背景と変遷をつぶさに伝え、二階から上でワンフロアワン企画展を開催している。小林教授が撮りためた数々の民俗学的写真と解説パネルは思いのほか好評で、奇跡のように花を咲かせた魂呼び桜や蟲峯神のブースは特に人気を集めた。

併設する幸甚館は鏡張りの屋根裏含め婚礼の部屋まで全室が公開されて、離れで文化会が開かれていた。来訪者は坂崎製糸場の正門から入って、邸宅の前に新設された駐車場に車を停め、分校のような事務所棟で受付をする。配られるパンフレットは岡本の写真を使って比嘉がデザインしたもので、富を与え、それを分けることを求めた神についてもページを割《さ》いて表記した。

教授が展示会に来ている日を選び、春菜は仙龍とコーイチと花束《はなたば》を持って見学に来た。展示を請け負ったのは春菜だから内部の様子はわかっているが、訪れた人々がどんな反応をするか知りたかったし、何より教授の得意げな顔を見たかったのだ。

会場は大入りで、教授はすでに誰かにもらった花束を抱えて入り口の奥にいた。

「教授、おめでとうございます」

彼のために選んだ和風の花を持って近づきながら、どうして今日も、いつもと同じグレーの作業着で手ぬぐいを下げているんだろうと思った。これでは資料館の整備をしている職員のようではないか。でも、だからこそ教授は素晴らしい。

「おやおや春菜ちゃん、仙龍さんも、コーイチくんも」

抱えていた花束をテーブルに置くと、教授は諸手《もろて》をあげてそばへ来て、春菜とだけ抱き合った。

「盛況ですね、素晴らしいわ」

見学者はパネルの前で足を止め、奇跡の写真と説明文に見入っている。人の流れがゆっくりなのは興味を惹ける内容だからだ。教授はメガネを押し上げてから、手招きして三人を片隅へ呼んだ。

「じつはですね、和尚と相談してサプライズを用意しておりました」

「え。生臭坊主が来ているんすか？」

コーイチが訊くと、教授はすまして「来ておりません」と言った。

「何分にも人が多いですし、山はキノコのシーズンで、和尚さんは忙しいのです。でも、アイデアは出してくださったのですよ」

話しながらどんどん歩いて、展示室の中央へ行く。そして、

「じゃじゃん」

と、活字のような声で言った。

そこは隠温羅流のコーナーで、展示については春菜も知らされていなかった。隠温羅流マニアの小林教授が長年に亘《わた》って撮りためた写真と説明の数々には、仙龍の父昇龍や、棟梁や、棟梁の兄たちの写真があって、あのとき巨大構造物の屋根に乗り、曳家を助けてくれた人たちが生きていた。展示の仕方そのものは素人臭くて稚拙だが、そこには間違いなく教授の想いが生きていて、春菜は胸が詰まってしまった。

「棟梁のお葬式で仙龍さんが言っておりましたでしょ？　隠温羅流は表に出ると」

「そうですね」

と、仙龍が言う。長い歴史と葛藤《かっとう》と、さらに未来を見つめるような目をしている。

「これをして隠温羅流は、もはや陰の流派ではなくなった。そういうことだな」

仙龍が静かに言ったとき、コーイチがそばに来て、春菜の体にコツンと当たった。春菜は微笑み、コーイチはグスンと洟を啜った。教授は多くを語らなかったが、展示された写真の多さと多様さは、隠温羅流のみならず小林寿夫という民俗学者の人生を物語っている。彼に関わった多くの人と、その人生、その中にいる自分と仙龍、コーイチに、和尚に、棟梁に、歴代導師、そして飛龍。彼らを愛した女たち……祓った因縁、曳家した建物、宿敵だったパグ男のことも、次々に春菜の脳裏を行き過ぎた。

それはわずかな縁から始まった。振り切りたいほど唐突で、剣呑《けんのん》な縁だった。春菜は猫背で白髪の教授を見やる。スケベでケチで酒飲みで、だらしない雷助和尚を思う。頑固だった棟梁や、ヘラヘラしていたコーイチや、無愛想《ぶあいそう》で口の悪い仙龍のことを思《おも》い遣《や》る。人は寿命を計れない。明日のこともわからない。でも、せめてこの一瞬は私の腕の中にある。だから一瞬を積み重ねて生きていこう。

「あと、ですねえ、コーイチくん」

と、教授はニヤついた顔でコーイチを見た。

「なんすか」

「コーイチくんはその、彼女といいますか……まだ決まったお相手がいないのですよね」

「そっすよ」

コーイチは軽く答えた。

「そうしましたら、如何でしょうねえ？　私の博物館の受付にいる女の子が、コーイチくんのことが気になっていると言うのですけど」

「ふぇっ」

と、コーイチは妙な声を出す。

「ちょうど今日、その子が受付のお手伝いに来てくれていまして」

教授に誘われると、コーイチは真っ赤な顔で春菜と仙龍を振り向いた。行ってやれというように仙龍が笑い、コーイチは右手と右足を同時に出しながら、小林教授に連れられていった。

棟梁を写したパネルの前で、春菜たちはそれを見送った。鐘鋳建設は今後も因縁物件を扱うし、パグ男はまだ十分に厭なヤツである。蟲峯神は彼の顔に痕《あと》を残したが、ノリちゃんはそれも含めてパグ男を愛し、お腹は順調に膨らんでいる。アーキテクツは業績を上げたが、井之上と轟は驚くほど変わらない。

そして仙龍の寿命がどうなるのかは、今のところ誰にもわからない。

最近春菜は、風呂に入るたび自分を鏡に映して見ている。鎖骨の下に醜い痣となっていたオオヤビコの印はきれいに消えた。オオヤビコは成仏したのだ。

彼らの長い愛の物語を考えるとき、自分たちはどうなのだろうと裸体を見つめる。今のきれいな自分のうちに、仙龍とひとつになりたい。この体が輝きを失って老いさらばえてしまっても、仙龍は自分を愛してくれるだろうか。それとも棟梁や奥さんのように、愛のかたちを変えながら、ずっと添い遂げていけるだろうか。

そしてまた思うのだ。それは重要なことじゃない。初めから、重要なのはそこじゃなかった。答えは最初からわかっていた。たとえば明日、私が死んでも、愛がなくなるわけじゃない。たとえ仙龍が死んだとしても、私は彼を忘れない。愛したことを後悔しない。

春菜はようやく気がついた。隠温羅流の女たちもそうだったのだと。嘆きよりも幸せを尊んだから、棟梁の奥さんは、仙龍の母親は、隠温羅流の女たちは強いのだ。縁は円。私もその輪に入れるだろうか。

春菜の背中に手を置いて、仙龍が不意に訊く。

「それで？　俺はいつまで待てばいいんだ」

にっこり笑って春菜は答える。

「必要ないわ。待つのはまっぴら」

仙龍が春菜の手を握る。そして二人は歩き出す。

隠温羅流のパネルの中で、過去を生きた人々が二人を静かに見送っていた。

〈了〉

【坂崎製糸場と幸甚館】

同製糸場の創業は明治初期。当時では最先端だった機械製糸工場で、創業時から大正時代にかけて建設された繭倉庫群を中心にさまざまな施設が現存し、蚕糸で栄えた長野県上田市の姿を今に伝える貴重な文化遺産となっている。

五階建て鉄筋繭倉庫、撰繭場等七棟の建物は国の重要文化財。創業者住宅、蔵、文庫館、幸甚館等は経済産業省認定近代化産業遺産上田市指定文化財に登録されている。

本書は書き下ろしです。
この物語はフィクションです。実在の人物・団体とは一切関係ありません。

〈著者紹介〉

内藤 了（ないとう・りょう）

長野市出身。長野県立長野西高等学校卒。2014年に『ON』で日本ホラー小説大賞読者賞を受賞しデビュー。同作からはじまる「猟奇犯罪捜査班・藤堂比奈子」シリーズは、猟奇的な殺人事件に挑む親しみやすい女刑事の造形がホラー小説ファン以外にも広く支持を集めヒット作となり、2016年にテレビドラマ化。

隠温羅《おうら》　よろず建物因縁帳《たてものいんねんちょう》

2021年12月15日　第1刷発行　　定価はカバーに表示してあります
2024年10月 4 日　第2刷発行

著者……………………内藤 了《ないとう りょう》

発行者……………………森田浩章

発行所……………………株式会社 講談社

〒112-8001 東京都文京区音羽2-12-21

編集03-5395-3510

販売03-5395-5817

業務03-5395-3615

KODANSHA

本文データ制作…………講談社デジタル製作

印刷……………………株式会社ＫＰＳプロダクツ

製本……………………株式会社ＫＰＳプロダクツ

カバー印刷………………株式会社新藤慶昌堂

装丁フォーマット………ムシカゴグラフィクス

本文フォーマット………next door design

ISBN978-4-06-526408-9　N.D.C.913　328p　15㎝

呪《のろ》いのかくれんぼ、死の子守歌、祟《たた》られた婚礼の儀、トンネルの凶事、
桜の丘の人柱、悪魔憑《つ》く廃教会、生き血の無残絵、雪女の恋、そして――

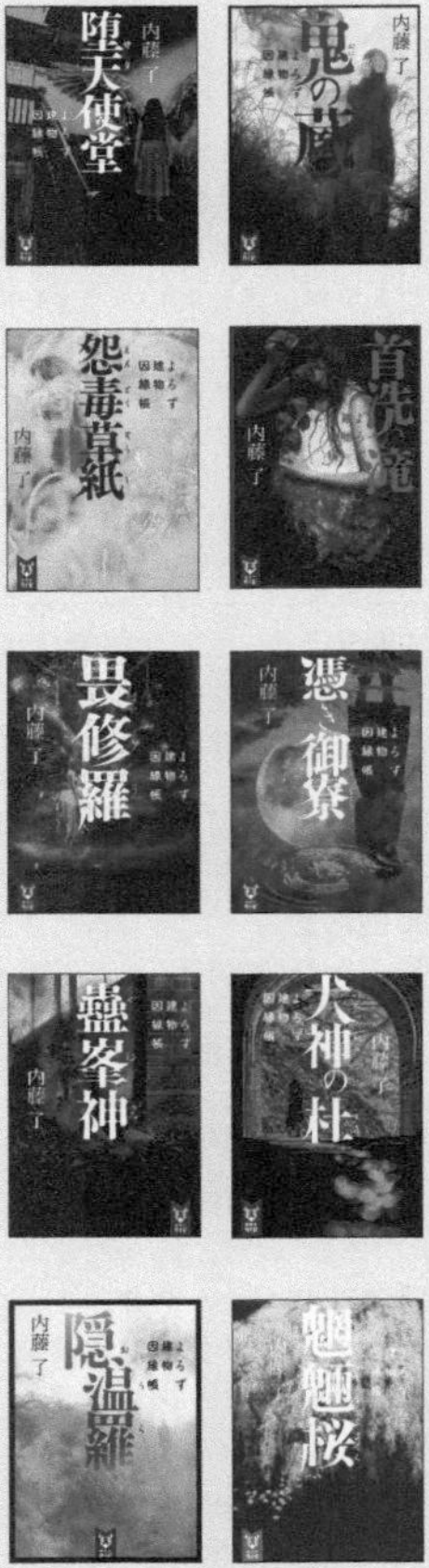

これは、〝サニワ〟春菜《はな》と、建物に憑く霊を鎮魂する男――仙龍《せんりゅう》の物語。

よろず建物因縁帳

内藤了

講談社タイガ

よろず建物因縁帳

完

そして、新たな物語が紡がれる――

在処《そこ》は東京霞が関。
桜の御紋をいただいた警視庁の底の底に
――ソレは、ある。

桜底《さくらそこ》

警視庁異能処理班ミカヅチ

／内藤了

講談社タイガ

男・安田怜。住所不定無職、異能あり。
所属は、明日から「警視庁異能処理班ミカヅチ」。

二〇二二年一月、緊急刊行

講談社タイガ

警視庁異能処理班ミカヅチシリーズ

内藤 了

桜底《さくらそこ》

警視庁異能処理班ミカヅチ

ヤクザに追われ、アルバイト先も失った霊視の青年・安田怜《やすだれい》は、路上で眠っていたところ、サラリーマン風の男に声をかけられる。曰く「すこし危険な、でも条件のいい仕事を紹介しよう」「場所は警視庁本部——」警視正は首無し幽霊、同僚も捜査一課も癖の強いやつばかり。彼らは人も怪異も救わない。仕事は、人知れず処理すること。桜の代紋いただく警視庁の底の底、彼らはそこにいる。